dtv

»Ich will keinen Kerl! Nie wieder!«, verkündet Eva ihrer Freundin Silke, nachdem sie ihren untreuen Ehemann verlassen hat. Silke sieht das völlig anders. Jetzt erst recht, sagt sie und schaltet heimlich eine Kontaktanzeige für Eva. Auf die melden sich 40 Exemplare der Gattung Mann – von absurd bis diskutabel ist alles dabei. Widerstrebend lässt sich Eva auf das eine oder andere Treffen ein, doch bald stellt sie fest, dass die Sache auch Spaß machen kann. Die 40 Männer sind so abwechslungsreich wie das Leben selbst. Und es sind sogar ein paar darunter, die Evas Herz berühren.
Ein Reigen herrlich komischer Verwicklungen beginnt, und Eva fragt sich irgendwann verblüfft, ob das Verlassen- und Betrogenwerden am Ende nicht sogar Vorteile hat …

*Christiane André*, geboren in Koblenz, studierte Publizistik, Psychologie und Soziologie, arbeitete als Eventmanagerin mit eigener Firma, Produktionsassistentin im Bereich Spielfilm und TV sowie als Assistentin bei einer Schauspiel- und Casting-Agentur. Sie lebt mit ihrer Familie in der Nähe von Dessau auf dem Land.

Christiane André

# Eva und die 40 Männer

Roman

Deutscher Taschenbuch Verlag

Von Christiane André
sind im Deutschen Taschenbuch Verlag erschienen:
Mensch, Amor! (21357)
Make Me Glücklich (21378)

**Ausführliche Informationen über**
**unsere Autoren und Bücher**
**finden Sie auf unserer Website**
**www.dtv.de**

MIX
Papier aus verantwortungsvollen Quellen
FSC® C019821

Originalausgabe 2014

Umschlagkonzept: Balk & Brumshagen
Umschlaggestaltung: Wildes Blut,
Atelier für Gestaltung, Stephanie Weischer
unter Verwendung eines Fotos von plainpicture/ponton
Satz: Fotosatz Amann, Memmingen
Gesetzt aus der Sabon LT Pro 9,75/12˙
Druck und Bindung: Druckerei C. H. Beck, Nördlingen
Gedruckt auf säurefreiem, chlorfrei gebleichtem Papier
Printed in Germany · ISBN 978-3-423-21490-2

# Vier Wochen vorher

Eva hatte Mühe, sich auf die Zeitung zu konzentrieren. Obwohl sie ganz allein am Frühstückstisch saß, trieb ihr die Erinnerung an den gestrigen Abend eine leichte Röte auf die Wangen. Eilig trank sie einen Schluck Kaffee, doch das half auch nichts. Der Kerl auf der Party hatte verdammt gut ausgesehen, das musste man ihm lassen. Diese angenehme Stimme, die schönen Hände. Eine umwerfende Ausstrahlung. Vor Aufregung hatte sie sogar seinen Namen vergessen – Tobias? Torsten? Thomas? Egal. Sie würde ihn sowieso nie wieder sehen. Er war nur zu Besuch in der Stadt, hatte er gesagt.

Aber dieser fremde Kerl hatte irgendetwas in ihr berührt. Etwas, von dem sie gar nicht gewusst hatte, dass es in ihr war. Etwas, das sich verdammt gut anfühlte – aufregend, gefährlich und verboten zugleich. Seine Stimme war trotz des belanglosen Smalltalks geradewegs in ihren Bauch gewandert und hatte dort dieses weiche, prickelnde Gefühl ausgelöst.

Eva schüttelte den Kopf über sich selbst. Sie war eine glücklich verheiratete Frau. Und außerdem schon fast 41 und Mutter eines Teenagers.

Mann und Sohn hätten ganz schön seltsam geguckt, wenn sie jetzt den Glanz in ihren Augen gesehen hätten. Sie fühlte sich so warm und lebendig – und das am frühen Morgen, nach noch nicht mal einer halben Tasse Kaffee.

Obwohl sie ja bloß geflirtet hatte gestern Abend. Die Party war schließlich voll von Leuten, die sie kannte. Und in der Kleinstadt, in der sie lebte, wäre die Sache sofort rum gewesen: *Die Frau vom Morbach, du weißt schon, hat's gestern mit irgend so einem Fremden ganz ungeniert getrieben …*

Puh. Diese Gefühle! Diese Hitzewallungen. Natürlich war sie nicht über ihn hergefallen, sie hatten sich nicht in der Besenkammer vernascht. Sie hatten hauptsächlich getanzt und geredet. Worüber nur? Über Brötchenpreise, Kreuzkopfschrauben, den Weltfrieden? Sie wusste es beim besten Willen nicht mehr. Aber an das *Gefühl* konnte sie sich sehr gut erinnern. Er hatte diese dichten Wimpern gehabt, die sie bei Männern so liebte. Und die Art, wie seine Hände beim Tanzen auf ihrem Po lagen, unverschämt und atemberaubend zugleich.

Musste sie sich jetzt schämen, auch wenn sie gar nichts weiter getan hatte? Nachdenklich betrachtete Eva das Honigbrötchen auf ihrem Teller. Dann biss sie entschlossen hinein. *Schluss jetzt mit den Vorwürfen*, dachte sie. Sie war eben auch nur aus Fleisch und Blut. Und dann diese Komplimente … wie verlockend sie sich anfühle, wie geheimnisvoll ihre dunklen Augen leuchteten. Ihr Haar sei wie goldener Honig, hatte er geflüstert, sie möge ihm das Klischee verzeihen, aber es sei nun einmal so … Ein Vollweib hatte er sie genannt, prächtig und anbetungswürdig.

Eva grinste schwach ihr Brötchen an. Natürlich waren das Plattitüden, aber sie funktionierten trotzdem. Sie hatte nämlich gespürt, im wahrsten Sinne des Worts übrigens, dass er sie ernst meinte. Dass er sie wunderbar fand. Und so etwas war, bei aller Liebe, nach 18 Jahren Ehe natürlich etwas, das man nicht mehr allzu oft zu hören bekam.

Marcel hatte sie lange nicht mehr so angesehen wie der Fremde von gestern Abend. Gut, das durfte man nach all der Zeit vielleicht nicht mehr erwarten. Sie hatte ihm auch ewig kein Kompliment mehr gemacht, wenn sie es recht bedachte. Doch ihre Ehe lief seit 18 Jahren gut, mit den üblichen Tiefen und Ermüdungserscheinungen. Und gestern hatte sie bloß einmal an der verbotenen Frucht geschnuppert. Reingebissen hatte sie nicht.

Hätte sie es tun sollen? Wie oft bekäme sie solch eine Chance noch, in ihrem Alter?! Eva seufzte und nippte an ihrem Kaffee. Es war sowieso reiner Zufall gewesen, dass es zu dieser Begegnung gekommen war. Hätte Marcel nicht auf diesen blöden Lehrgang gemusst, wäre sie gar nicht alleine auf die Party gegangen.

Das Telefon klingelte. Eva stellte die Tasse ab und stand auf. Wer konnte das sein, so früh? Oliver lag noch im Bett, er hatte heute erst später Schule.

»Morbach.«

Eine unbekannte Frauenstimme antwortete. »Guten Tag, Frau Morbach. Wir kennen uns nicht, noch nicht. Das kann auch so bleiben, wenn es nach mir geht. Aber anrufen musste ich Sie trotzdem mal.«

Eva wartete. Noch begriff sie nichts.

»Ich wollte Ihnen mal sagen, dass es doch gute Mittel gegen Ihre Krankheit gibt. Man muss das so sehen – als *Krankheit*. Man braucht sich da nicht zu verstecken, wissen Sie. Es ist keine Schande. Aber so wie es ist, ist es doch auf die Dauer unerträglich. Für uns alle.«

Eva öffnete den Mund, doch ihr fiel nichts Vernünftiges ein. Sie war nicht krank, war seit Ewigkeiten nicht mehr krank gewesen.

»Ich …«

»Nein, nein, keine Ausflüchte. Wir beide können doch ehrlich zueinander sein, oder? Wo wir beide doch … so etwas miteinander teilen. Aber das genau ist der Punkt. Ich will nicht mehr teilen. Ich finde, Sie sollten etwas unternehmen wegen der Depressionen, dann ist uns allen geholfen.«

»Es tut mir leid, ich verstehe kein Wort. Sie müssen mich verwechseln, ich leide nicht unter …«

»Schon *gut*. Mir müssen Sie nichts vormachen, ich weiß doch Bescheid. Jedenfalls ist klar, dass Sie uns im Weg stehen!«

»Also bitte, jetzt reicht's mir aber. Sie haben sich schlicht und einfach verwählt, glaube ich.«

»Ha! Das passt ja. *Sie wird mich nie freigeben*, hat er gesagt. Und mit Selbstmord zu drohen – da sollten Sie sich wirklich schämen!«

»Ich lege jetzt auf …«

»Begreifen Sie endlich! Sie können dagegen nichts tun. Marcel liebt mich, und das mit Ihnen ist schon lange vorbei!«

Eva hatte den Hörer schon beinahe auf der Gabel, als sie den Namen hörte. Marcel.

Sie hob den Hörer wieder hoch. Er wog eine Tonne.

»Sind Sie noch dran?«, fragte die Stimme. »Sie machen Ihren Mann unglücklich, ist Ihnen das nicht klar?«

»Wer … wer sind Sie?«, fragte Eva schwach. »Ich weiß gar nicht …«

»Jetzt kommen Sie doch nicht so! Marcel hat Ihnen doch von uns erzählt! Sie biegen sich die Wirklichkeit ja wohl auch so zurecht, wie's Ihnen gerade passt!« Die junge, angespannte Stimme wurde plötzlich aggressiv, als verlöre ihre Besitzerin die Nerven.

Eva legte auf. Ihre Finger zitterten so, dass sie den Apparat zuerst gar nicht richtig in die Halterung bekam. Dann sank ihre Hand herab und blieb hängen wie etwas, das nicht zu ihr gehörte.

War das ein makabrer Scherz oder etwa die prompte Strafe irgendeiner höheren Instanz für ihren gestrigen Abend? Sie hatte nicht die geringste Ahnung, wovon diese Frau gesprochen hatte. Eigentlich konnte es nur ein Irrtum sein. Natürlich! Keine Frage, das Mädchen hatte sich verwählt, sie hatte mit der Frau eines anderen Mannes sprechen wollen, aber doch nicht mit ihr, Eva Morbach. Wie leicht verwählte man sich mal, besonders wenn man aufgeregt war. Der Anruf galt jemand anderem, einer anderen Frau, der Frau eines anderen Marcel.

Eva merkte erst jetzt, dass sie den Atem angehalten hatte, und ließ langsam die eiskalte Luft aus ihren Lungen.

Wenn Marcel doch nur nicht auf dieser Fortbildung wäre, eine ganze Woche in Hannover. Heute im Laufe des Vormittags werde er eintrudeln, hatte er ihr gestern am Telefon gesagt. Nachdem er ihr – ungefragt! – erzählt hatte, dass er sie sehr vermisse. Diese Frau konnte sich also nur verwählt haben.

Das Telefon klingelte erneut. Eva starrte es an, als hätte sie noch nie gehört, dass dieser Einrichtungsgegenstand ein Geräusch von sich geben konnte. Es kostete sie eine Menge Kraft, den Hörer abzunehmen.

»Ja?« Sie konnte sich selbst kaum hören.

»Einen wunderschönen guten Morgen wünsche ich Ihnen! Mein Name ist Lilo Plenske von der Tele4Kompanie …«

Eva begriff immerhin so viel, dass es nicht *diese* Frau war.

»… es geht um Ihren Anschluss an das Internet, da möchten wir Ihnen ein wunderbares neues Angebot machen, und wenn Sie uns ein paar kleine Fragen beantworten, können Sie außerdem noch einen vierwöchigen Traumurlaub gewinnen! Das *große Glück* – na, wie klingt das?!«

»Gut«, sagte Eva heiser. »Das klingt sehr gut.« Etwas blockierte in ihrem Hirn, eine Art Wackelkontakt.

»Wunderbar! Dann legen wir doch gleich los. Frau Morbach, mit wem leben Sie denn in einem Haushalt zusammen – Mann und Kinder vielleicht?«

»Vielleicht? Vielleicht mein Mann, ja.« Sie suchte ihren

Verstand, der möglicherweise schon zum Traumurlaub unterwegs war.

Am anderen Ende der Leitung herrschte kurzes Schweigen. Dann: »Ja. Sie sind also verheiratet?«

Eva überlegte. Etwas rastete in ihrem Kopf wieder ein. »Ich dachte schon«, sagte sie und legte auf.

I

# Heute

*»Liebe E – darf ich dich Eva nennen?*
*Eva – die allererste Frau, Eva, das geheimnisvolle Wesen, das Sinnbild aller Frauen! Sicher passt dieser Name zu dir, denn was du über dich schreibst, ist verlockend, einladend, verführerisch. Und doch schreibst du so wenig! Kann ich der Richtige für dich sein? Lass es uns ausprobieren, Eva. Es ist nie zu spät. Dein Mister X, vielleicht Mr. Right. 0172-56…«*

Eva sah von dem Blatt Papier auf, das Silke ihr in die Hand gedrückt hatte, und musterte die Freundin. »Was um alles in der Welt ist das?«

Silke lachte betont harmlos auf. »Na, was denkst du? Ein Brief natürlich, von einem Mann.«

»Ach nee. Aber wieso *Liebe E*? Das klingt nicht unbedingt so, als ob du gemeint bist.«

Silke lachte wieder und beugte sich zum Backofen hinunter, als brutzele darin ein von ihr in vielen Stunden mühevoller Arbeit hergestelltes Gericht. »Das mit dem E war irgendwie ein Versehen«, plauderte sie munter. »Erst hab ich deinen Namen ja ausgeschrieben, aber dann war mir das doch zu …«

»*Meinen* Namen?«

»Ja, äh … ich hab für dich eine Anzeige in die Zeitung

gesetzt.« Silke hatte sich wieder aufgerichtet und schnitt eine zögerliche Grimasse.

»Eine Anzeige? Das ist nicht dein Ernst, oder? Eine *Kontaktanzeige*?« Eva schüttelte ungläubig den Kopf.

»Ja, klar. Du suchst doch einen Mann, oder etwa nicht? Ich meine, wo du jetzt wieder solo bist.«

Um Zeit zu gewinnen, bückte sich Eva und begutachtete nun selbst ihren Auflauf im Ofen. Sie taten immer noch ein bisschen weh, diese Worte: *allein, getrennt, Exmann* … Aber der Schmerz ließ langsam nach. Vier Wochen war es her, dass sich ihr Leben von den Füßen auf den Kopf gestellt hatte, dass sie Marcel verlassen hatte, weil sie es nicht aushielt, mit den Gedanken an die andere Frau zu leben. Er hatte die Affäre heruntergespielt, hatte von einem Ausrutscher gesprochen, aber sie hatte ihm nicht geglaubt. Stattdessen war sie in ein Hotel geflohen, damit ihr Sohn nicht mitbekam, wie sie sich in eine heulende, tobende Furie verwandelte. Sie hatte geweint, die Minibar geleert, mit Kissen geworfen … Eva piekte mit einer Gabel in die Kartoffeln und verzog das Gesicht. Natürlich hatte sie es nicht fertiggebracht, mit Lampen oder Stühlen zu werfen, obwohl ihr danach gewesen war. Und was hatte sie dann getan?! War auf eine selten dämliche Idee gekommen …

Silke war mittlerweile zum Kühlschrank hinübergeflattert und plauderte weiter. Eva verstand nur einzelne Worte. *Abwechslung … Männer …* Genau. In ihrer Verzweiflung war ihr damals der Mann von der Party wieder eingefallen, der aufregende Fremde, der zu Besuch in der Stadt war. Hatte er nicht das Marquardt Hotel erwähnt? Unglaublicherweise hatte sie ihn tatsächlich aufgetrieben, hatte Eisbeutel auf ihr Gesicht gepresst, sich aufgebrezelt und auf den Weg gemacht. Jetzt sollte Marcel mal sehen, was er davon hatte! Jetzt würde sie ihm zeigen, wo der Hammer hing! Sie wollte Rache, und diese Rache würde Torsten heißen!

Eva spürte, wie ihre Wangen glühten, und das lag nur teilweise an der Hitze des Ofens. Rasch schloss sie die Ofentür wieder und richtete sich auf. Tja, ganz so war es dann nicht geworden. Sie hatte es versucht, und es war wirklich nicht schwer gewesen, in Torstens Hotelbett zu landen. Aber dann hatte sie es nicht gekonnt. War in letzter Sekunde und mit hochrotem Kopf wieder aufgesprungen, hatte sich tausendmal entschuldigt und war davongestürmt. Peinlich. Aber es hatte sich eben einfach falsch angefühlt. Eva verkniff sich ein schwaches Grinsen über sich selbst und wandte ihre Aufmerksamkeit wieder Silke zu.

»Du suchst doch auch einen neuen Job, stimmt's?«, fragte die gerade. »Warum also nicht gleich einen neuen Kerl?«

Eva strich sich die dunkelblonden Strähnen aus der Stirn. Eine neue *Frisur* brauchte sie auf jeden Fall. Ihr dichtes Haar hing ihr viel zu schlapp über die Schultern. Aber einen Mann? Na ja, Silke meinte es gut. Sie hatte sie schließlich ohne Wenn und Aber aufgenommen, als sie vor gut zwei Wochen aufgetaucht war, mit nichts als zwei Koffern und ganz viel Weltschmerz im Schlepptau.

»Den neuen Job brauche ich, wenn ich nicht nach Hause zurückgehen will«, antwortete sie. »Schließlich kann ich euch nicht ewig auf der Tasche liegen. Aber ein neuer Mann ist dafür nicht nötig.«

»Das meinst du *jetzt*. Wart's ab, in zwei Wochen sieht das vielleicht schon ganz anders aus.«

Eva zuckte die Achseln und begann, Petersilie zu waschen. Immer noch hing der aromatische Duft von Kartoffeln, Fleisch und Kräutern in der Luft. Doch Silke gab keine Ruhe. »Also du bist nicht sauer, ja? Wollen wir dann die Antworten nachher mal zusammen durchgehen? Da sind wirklich vielversprechende Exemplare dabei, glaub mir.«

»So vielversprechend wie der da?« Eva machte eine Handbewegung zu dem Brief, aus dem Silke vorhin vorgelesen hatte. »So *verlockend, einladend, verführerisch*?«

Die Freundin musste lachen. »Na, mir gefällt er aber …«

»Na, dann triff doch du dich mit dem Kerl«, grinste Eva. »Ich verrat Uli nichts davon, versprochen.«

Bevor Silke antworten konnte, stand plötzlich Lena in der Tür, ihre zehnjährige Tochter. Sie kam nachmittags immer alleine vom Hort nach Hause, selbstständig wie eine Große. Mit hoch erhobener Stupsnase trat sie einen Schritt in die Küche.

»Wow, wie riecht's denn hier? Ich hab Hunger!« Sie beugte sich neugierig vor, um durch die Backofentür zu linsen. Die Schultasche hing ihr noch halb vom Rücken herunter.

»Kartoffelauflauf«, sagte Eva. »Von meiner Urgroßmutter.«

»Echt?« Lenas Gesichtsausdruck war eine Mischung aus Ekel und Faszination. »Kann man den denn immer noch essen?«

Eva brach in schallendes Gelächter aus. »Das *Rezept*, Süße«, erklärte sie, sobald sie wieder sprechen konnte.

Als Lena kurz darauf in ihr Zimmer verschwunden war, kam Silke wieder auf das Thema zurück. »Wollen wir sie später mal zusammen durchgehen, deine Briefe? Ich freu mich richtig drauf. Oder willst du sie lieber in Ruhe alleine lesen?«

»Mitnichten. Es ist mir ganz recht, wenn du eine Vorauswahl triffst.«

Die Ironie entging der Freundin komplett. »Super! Wir machen dazu eine Flasche Wein auf, ja?«

Eva sah ihr nach, wie sie mit schwungvollem Schritt aus der Küche eilte. Wenn diese Aktion mal nicht für Silke selber ist, dachte sie. Ganz optimal schien die Ehe der Breitlings nicht zu laufen, so kam es ihr wenigstens vor. Aber vielleicht hörte sie auch nur die Flöhe husten, weil sie selbst in ihrer eigenen Ehe nicht richtig aufgepasst hatte …

Uli, Silkes Mann, tauchte fünf Minuten später auf, genau rechtzeitig zum Essen. Die Breitlings schafften ein gemeinsames Abendessen sonst eigentlich nur am Wochenende, zu unwägbar waren ihre Arbeitszeiten. Uli war Allgemeinmediziner mit einer kleinen Praxis in der Schillerstraße, Silke war Inhaberin und Leiterin eines nicht viel größeren medizinischen Labors. Die beiden schufteten viel.

Heute zeigten sie sich allesamt begeistert von dem dampfenden Topf, der in der Mitte des Tisches thronte.

»Das ist ja ein Gedicht!«, schwärmte Uli nach Kurzem und verdrehte die Augen. »Eva! Kannst du nicht für immer hierbleiben?«

Alle lachten. Eva freute sich über den Zuspruch, schließlich musste sie sich irgendwie erkenntlich dafür zeigen, dass sie hier wohnen durfte.

»Das finde ich aber auch!«, verkündete Silke mit erhobenem Löffel. »Du kannst wirklich ewig lange hierbleiben, Eva! So lange du willst.«

»Das ist wirklich sehr nett und großzügig von euch, danke. Aber natürlich muss ich eine Entscheidung treffen, schon allein wegen der Arbeit. Ewig kann ich mich nicht mehr krankschreiben lassen.« Sie sandte Uli einen dankbaren Blick. Es war schon ein echter Vorteil, einen Arzt zu seinen Freunden zu zählen. »Wenn ich tatsächlich hier neu starte, dann suche ich mir so schnell wie möglich eine eigene Wohnung.«

»Aber das ist teuer, Eva.«

»Ich weiß. Zuerst einen Job, dann eine neue Wohnung.« Sie sah, wie Silke ihr heimlich zuzwinkerte. *Und einen neuen Mann*, stand der Freundin auf die Stirn geschrieben.

»Ich find's nett, wenn da drüben am Ende vom Flur auch

ein bisschen Leben ist!«, sagte Uli. Der Blick, mit dem er Eva musterte, war vielleicht etwas zu anerkennend.

Eva lächelte trotzdem brav zurück. Es war jedenfalls ein Vorteil, dass das Gästezimmer relativ abgeschieden war vom Rest der großzügigen Wohnung, direkt neben der Eingangstür. So ging sie den Breitlings nicht allzu sehr auf die Nerven.

»Und du kannst mir ja bei Englisch helfen, Eva« meldete sich Lena zu Wort, die das Ganze praktisch nahm. »Wir schreiben übermorgen eine Klassenarbeit.«

»Lena!«, tadelte Silke.

»Wieso denn? Sie ist doch Englischlehrerin, oder nicht?«

Eva lachte. »Mach ich gerne. Dann kann ich mich dafür erkenntlich zeigen, dass du mich aushältst, Lena.«

»Ach, so schlimm bist du gar nicht«, erwiderte das Kind.

# 2

*Wenn Du keine Vegetarierin bist, keine militante Nichtraucherin, keine Antialkoholikerin, keine zu Große, keine zu Dicke, keine Transuse, keine Zicke, keine Spaßverderberin und keine Besserwisserin, dann sind wir vielleicht füreinander geschaffen.*
*Falko, FalkoHermanns@gnx.net*

»Ist das nicht klasse, Eva? So viele!« Silke zeigte auf den kunterbunten Haufen Briefe, die sie auf dem Bett ausgebreitet hatte. »40 Stück, ich hab sie gezählt. Ganz genau sogar, das ist bestimmt ein gutes Omen: *Eva und die 40 Männer!*« Sie gluckste. »Die professionellen hab ich dabei schon aussortiert.«

»Die professionellen?«, echote Eva und betrachtete den Stapel Post. Sie saßen auf dem Bett im Gästezimmer, damit sie ganz ungestört ratschen konnten, wie Silke sich ausgedrückt hatte. Gleich nach dem Essen und Kücheaufräumen hatte die Freundin sie hierher gelotst.

»Na, die von den Heiratsvermittlern, die Werbepost. Hier, hör mal: *Liebe E., deine Anzeige hat mich völlig geflasht…*«

Eva lehnte sich entspannt zurück und lauschte. Ja, es mochte lustig werden, diese Männer durchzugehen. Aber sie war lange nicht so überzeugt wie Silke, dass sie wirklich jetzt schon anfangen sollte, sich auch mit ihnen zu treffen.

»Nee, so ganz optimal klingt es dann doch nicht, oder?

Also, nehmen wir mal den: *Hallo Deckel*«, Silke schüttelte den Kopf, »Deckel, also echt. ... *vielleicht bin ich der passende Topf dazu. Lass uns gemeinsam ...*«

Eva zog unwillkürlich die Nase kraus. Wenn die Briefe alle in der Art waren, würde sie sich lieber mit keinem der Männer treffen. Überhaupt nahm Marcel immer noch viel Raum in ihrem Kopf ein. Bis jetzt wusste sie nicht, ob seine Affäre weiterging oder ob er sie beendet hatte. Sie war ja abgehauen, hatte sich nicht dem Kampf gestellt. Hätte sie das tun sollen? Sie war zu verletzt gewesen, hatte geglaubt, Marcel sowieso nie wieder vertrauen zu können. Irgendjemand hatte einmal gesagt, sie müsse aufpassen, bei all den jungen Frauen, die Marcel als Fahrlehrer jeden Tag in seinem Auto herumkutschierte, aber sie hatte nie an ihm gezweifelt. Der Schlag war dann umso bitterer gewesen. Sie, die sich selbst immer für so gefestigt und ruhig gehalten hatte, voll westfälischer Gemütsruhe, war dramatisch zusammengebrochen. Hatte sie sich 18 Jahre lang etwas vorgemacht? Oder war sie nur in letzter Zeit blind und taub gewesen? Wie oft hatte Marcel sie möglicherweise vorher schon betrogen?

»Ist es zu fassen? Guck mal: ... *in meiner Frei Zeit ...*« Wie es schien, war Silke schon beim nächsten Brief. »Wo hat der Kerl Deutsch gelernt? ... *gehe ich gern schwimmen, ins Kino und Teather* – guck: *Teather*! Wenn der jemals im Theater war, heiße ich Goethe.«

Eva warf einen kurzen Blick auf die ungelenken Buchstaben, die das bunte Briefpapier verzierten. Da hatte sich einer Mühe gegeben, der so etwas nicht oft machte. Ihr weiches Herz hätte sie beinahe zu dem Blatt greifen lassen, aber sie beherrschte sich.

»Nein, also den legen wir mal weg, ja? Hoffentlich haben wir nicht hinterher einen ganzen Stapel mit Unmöglichen«, meinte Silke besorgt. Sie griff schon nach dem nächsten Umschlag.

Eva unterdrückte ein Schmunzeln. Silke war schon immer eine quirlige Person gewesen, aber so animiert hatte sie sie selten gesehen. Ihre Augen leuchteten wie bei einem Kind, das seine Weihnachtsgeschenke auspackt.

»Sag mal, was für einen Text hast du dir denn eigentlich ausgedacht?«, fiel Eva plötzlich ein. »Auf was bewerben sich all diese Kerle hier?«

»Oh – stimmt, das hab ich dir ja vorenthalten!« Silke schüttelte den Kopf über sich selbst. »Den genauen Text hab ich drüben in meiner Schreibtischschublade vergraben, ganz tief unten. Ich hab lange rumprobiert, warte mal, ungefähr so: *Ich bin Eva, Anfang 40, schlank und attraktiv, suche endlich den Richtigen. Bin weltoffen und bodenständig zugleich, vielseitig interessiert.* Na, wie findest du das?«

Eva lächelte unentschieden. »Du hast meinen Namen hineingeschrieben? Macht man das denn?«

»Na genau, eben nicht. So hatte ich's zuerst, aber dann fand ich es zu intim und hab das *va* einfach wieder gestrichen.«

»Hm. *Weltoffen und* …«

»*Bodenständig zugleich*! Ganz originell, oder? Und knackig kurz. Ich hoffe, es gefällt dir.«

Eva überlegte. Sie hätte es wahrscheinlich anders formuliert, aber so schlecht war der Text nicht. Vielleicht ein bisschen brav, aber sie war ja auch keine *femme fatale*. Und das war vielleicht sogar das Problem.

»Was war das – *schlank und attraktiv*? Na ja, in die Kategorie falle ich ja leider nicht mehr …«

Silke zog die Augenbrauen hoch. »Wie bitte? Du siehst einfach klasse aus, Eva, jede Rundung an der richtigen Stelle, darauf stehen die Kerle doch. Ich wünschte, ich hätte deine Figur. Und wenn du dich ein bisschen aufmotzt, haust du die Männer immer noch um.«

Eva grinste schief. »Obwohl ich die magische 40er-Grenze schon überschritten habe? Na gut.«

Silke war schon beim nächsten Brief. »Siehst du, dem hier gefällst du jedenfalls, so wie ich dich beschrieben habe. Hör zu: *Dein Schreiben trifft genau in mein Herz. Auch ich bin einsam und vom Leben enttäuscht, hätte beinahe alle Hoffnung fahren lassen …*«

Eva lehnte sich wieder an das Kopfende ihres Bettes zurück. Ja, ihr 40. Geburtstag war kein Tag ganz ungetrübter Freude gewesen, doch auch kein Weltuntergang. Wenn sie damals allerdings geahnt hätte, dass ihr Ehemann schon wenige Monate später etwas mit einer jüngeren Frau anfangen würde, dann hätte sie sich bestimmt schon während der Geburtstagsparty in der Schüssel mit Erdbeerbowle ertränkt.

»Also nee, der ist ja völlig depressiv.« Silke legte den Brief kopfschüttelnd zu dem anderen, der bisher den Stapel der »Unmöglichen« bildete. »Vermutlich sucht er einen kostenlosen Therapeuten.«

»Tun sie das nicht alle?«, grinste Eva. Einen kostbaren Moment lang fühlte sie sich völlig unbeschwert.

Silke nahm die Frage ernst. »Hm, vermutlich hast du recht. Sie sollten es nur nicht so deutlich raushängen lassen, finde ich. Nein, also der Kerl ist ein – wie sagt man so schön auf Neudeutsch – ein *No Go.*«

»Ich glaube, jeder sucht eine Beziehung, die ihm über irgendwelche Probleme hinweghilft. Männer *und* Frauen«, meinte Eva und betrachtete nachdenklich ihre Knie, die sich spitz unter der Hose abzeichneten. Sie hatte abgenommen in der letzten Zeit. Vielleicht war sie doch nicht mehr zu dick.

»Also, wenn ich mir meine Freundinnen so anschaue, hast du wohl recht.« Silke schälte den nächsten Brief aus seinem Kuvert. »Zum Beispiel Vera: Ehemann abgehauen, seit einer Weile hat sie eine Affäre. Charlotte: vor 4 Wochen geschieden, sucht aber schon seit Monaten einen Neuen. Erfolglos übrigens.«

Während Eva zuhörte, griff sie selbst zum Stapel der Briefe. Ein dicker, cremefarbener Umschlag fiel ihr ins Auge und sie zog ihn heraus.

»Ellen: alleinerziehend seit Ewigkeiten. Ihr letzter Freund hat vor einer Weile wegen einer anderen mit ihr Schluss gemacht. Janna hat vor zwei Jahren ihren Mann rausgeworfen, seither solo, aber nicht freiwillig. Kirsten ist bis über beide Ohren verliebt, aber irgendwie wird es nie richtig was.« Silke hob den Finger wie eine Lehrerin, die der aufmerksamen Klasse etwas erklärt. »Wenn das alles nicht therapiebedürftig ist, dann weiß ich auch nicht.«

»Du scheinst die Einzige zu sein, die eine intakte Ehe führt.«

Über Silkes Gesicht zog ein leiser Schatten, den Eva sofort bemerkte. Waren die gelegentlichen Missstimmungen zwischen Silke und Uli doch mehr als die üblichen Abnutzungserscheinungen?

»Halt, da fällt mir noch Irmela ein«, fuhr Silke fort. »Bei ihr ist das alles natürlich anders. Sie will keinen Mann, sagt sie, wenigstens nicht auf Dauer.«

»Guck an. Die sollte ich mir vielleicht als Beispiel nehmen.«

»Du verstehst das falsch. Sie hat dauernd einen Kerl! Zum Ausgehen und zum Sex, je nachdem; weiß der Himmel, wo sie die alle herkriegt. Aber bloß keine Beziehung, sagt sie. Na ja, wenn man auch so komfortabel geschieden ist wie sie. Ihr Mann hatte damals auch eine Affäre, und Irmela hat das Beste daraus gemacht. Finanziell, meine ich. Und sonst auch.«

Eva öffnete den cremefarbenen Brief, sah aber gar nicht hin. »Siehst du? Es geht auch ohne Mann.«

Silke schüttelte vehement den Kopf. »Nichts da. Irmela geht ständig mit Männern aus. Und dich würde das auch auf andere Gedanken bringen.«

»Ehrlich, ich denke gar nicht mehr so viel an Marcel.«

Silke guckte skeptisch. »Immerhin telefonierst du dauernd mit deinem Sohn, was ja auch gut und richtig ist. Aber Oliver ruft aus deinem alten Zuhause an, wo du mit ihm und Marcel 18 Jahre lang gelebt hast. Wie sollst du da nicht dauernd daran denken?«

Eva sagte nichts. Die Telefonate mit Olli waren manchmal schmerzhaft, jawohl, aber sie wollte sie nicht missen. Oliver stand mitten im Abitur und brauchte die Zuwendung seiner Mutter, auch wenn er das sicher nie so ausgedrückt hätte. Er hatte schon angekündigt, ebenfalls nach Berlin zu kommen, sobald seine Prüfungszeit vorbei war. Darauf freute sie sich sehr, und Marcel tat ihr kein bisschen leid, weil er auf seinen Sohn würde verzichten müssen.

»Ich bin ja bereit, mich gelegentlich mit einem zu treffen. Und wenn's nur ist, um zu sehen, ob ich theoretisch überhaupt noch einen abkriegen würde …«

Silke schnaubte. »Einen? Da wird mehr rauskommen, ich schwöre es dir. Zum Beispiel das hier, hör dir das an: *Ich liebe es, Frauen auf Händen zu tragen. Stark genug bin ich dafür, und vermögend genug auch …*«

»Steht das wirklich da? Zeig mal her … *wie Richard Gere seine Pretty Woman* … Ich fasse es nicht. Was manche Kerle sich so ausdenken.« Eva schüttelte grinsend den Kopf.

Aber urplötzlich fühlte sie sich richtig angeregt, interessiert. Wieder fiel ihr Torsten ein, mit dem sie am Abend vor dem verhängnisvollen Telefonat mit Marcels Geliebter so heftig geflirtet hatte. Gut, das zweite Treffen mit ihm war zwar gründlich danebengegangen, aber das waren außergewöhnliche Umstände gewesen. Also – wo stand geschrieben, dass man die zweite Hälfte seines Lebens in Einsamkeit versauern musste, wenn man das Pech hatte, seinen ersten Mann an eine andere abgeben zu müssen? Wer sagte denn, dass auch mit über 40 nicht noch eine Menge ging?

Allmählich verspürte sie regelrecht Lust, das einmal auszuprobieren.

## 3

*Ich bin sehr naturverbunden und kenne nichts Beseligenderes, als sportlich aktiv zu sein und nach draußen zu gehen. Täglich brauche ich so um die 2,5 Std. Bewegung, damit ich mich wohl und glücklich fühle, als da wären Radfahren, Laufen, Wandern oder Inline-Skaten. Vermeide eher die Öffentlichkeit in Orten wie Disco, Kneipe und andere Orte, wo sich die schlechten Energien ballen, weil es mir bei meiner Sensibilität schnell zu viel ist und ich auch nicht so viel damit anfangen kann. Da muss ich schon in Stimmung sein. Dafür interessieren mich schon eher ruhigere Orte, wie Ausstellungen und alles was mit Kunst, Fantasie, Selbsterfahrung und Entspannung zu tun hat.*
*Geld und materieller Besitz sind für mich nebensächlich, es muss nur zum Wohlfühlen genug sein. Ich ernähre mich gesundheitsbewusst, mit ein paar Ausnahmen zwischendurch, die einfach dazugehören, und vermeide auf jeden Fall den Konsum von allem, was süchtig macht, zum Beispiel Drogen. Ich finde es schwierig, eine Frau zu finden, weil ich ein so andersartiger Mensch bin, der einfach festgestellt hat, dass die meisten meine Interessen nicht verstehen, also bin ich dann bisher lieber alleine geblieben, als mich für etwas zu verbiegen. Meine beruflichen Interessen liegen in Gesundheit, in der Heilkunst und bewusster Ernährung, auf*

*der Herzebene. Wie genau ich da vorgehen möchte, weiß ich noch nicht, aber mein jetziger Beruf bringt mir keine Energie und Lebensfreude mehr. Ich gestalte gerne auch künstlerisch etwas, weil es mich bereichert, mein Inneres ausdrücken zu können.*
*Da ich kein Internet habe und so viel draußen bin, also in der Natur, wäre es am besten, du schreibst mir an folgende Adresse: Roland Kluckert, Oberlandstr. 34, 15991 Bad…*

Den neuen Schwung, den Silkes verrückte Aktion bei ihr ausgelöst hatte, nutzte Eva gleich am folgenden Morgen. Nachdem alle Breitlings zu ihren verschiedenen Tätigkeiten aufgebrochen waren, räumte sie flugs die Wohnung auf und ging dann los, um sich am Kiosk am Savignyplatz mit den aktuellen Zeitungen zu versorgen. Es war an der Zeit, ernsthaft nach einem Job Ausschau zu halten. Seit zwei Wochen hockte sie jetzt tatenlos in der Wohnung herum und leckte ihre Wunden. Das war genug. Andere Menschen hatten auch Sorgen. Silke und Uli zum Beispiel. Deren Ehe-Fassade wies doch auch die ersten Risse auf, sie hatte bisher nur nicht darauf geachtet, weil sie so mit sich selbst beschäftigt gewesen war. Sie erkannte die Zeichen, die es auch in ihrer eigenen Ehe gegeben haben musste: der abwesende Blick, wenn der eine etwas erzählte. Das Küsschen, das egal wo landete. Die spitze Bemerkung, die sich als müder Scherz tarnte. Glück – auch das stille, langjährige – musste anders aussehen. Wenn sie das rechtzeitig begriffen hätte, wäre vielleicht auch bei Marcel und ihr noch etwas zu retten gewesen. Aber nun war das Kind in den Brunnen gefallen, und sie musste sehen, was sie mit den Resten ihres eigenen Lebens anfangen konnte. Deswegen stand sie hier.

Sie beriet sich mit der Kioskfrau und machte sich dann,

einen dicken Stapel Zeitungen im Arm, wieder auf den Rückweg. Kaum hatte sie drei Schritte gemacht, klingelte das Handy in ihrer Jackentasche.

*Anruf von Marcel*, sagte das Display.

Mit einem Schlag war all ihre Lässigkeit und gute Laune zerstoben und löste sich in Schmerz auf. Eva sog scharf die Luft ein, um sich zu beruhigen. Seit über drei Wochen hatte sie nicht mit Marcel gesprochen. Damals hatte sie ihn aus dem Hotel angerufen und ihm erklärt, dass sie auszöge. Es war ein kurzes, nicht sehr erfreuliches Gespräch gewesen. Danach hatte er noch zwei- oder dreimal versucht, sie zu erreichen, doch sie war nicht rangegangen.

Es klingelte immer noch. Eva zögerte noch einen letzten Moment. Es wurde Zeit, auch das hier zu überwinden, dachte sie fieberhaft. Irgendwann würde sie sowieso mit ihm sprechen müssen. Außerdem konnte ja auch etwas mit Oliver sein.

Sie drückte auf »Annehmen«. Ihre Finger zitterten, ihre Beine setzten sich wie von selbst in Bewegung, irgendwohin, den Gehsteig entlang.

»Eva? Das ist schön, dass du rangehst, ich hab gar nicht wirklich damit gerechnet.«

Seine Stimme war genauso weich und dunkel, wie sie sie in Erinnerung hatte.

»Ja, ich ... eigentlich kann ich gar nicht, aber jetzt bin ich nun schon mal dran. Ich muss gleich ... aber ich wollte wenigstens hören, ob was Wichtiges ist, ich meine, es kann ja immer was mit Oliver sein oder so.« Sie redete Blödsinn, aber das war auch egal.

»Nein, mit Oliver ist nichts. Er ist in der Schule und ... alles in Ordnung.« Kurze Pause. »Es ist schon anders hier ohne dich.«

Was sollte sie dazu sagen? Auch für sie war es anders, sehr sogar.

»Ich wollte eigentlich nur mal wieder deine Stimme hören. Danke, dass du mit mir sprichst.«

»Bitte.« Evas Stimme klang dünn. Das ärgerte sie ein bisschen.

»Kannst du … können wir nicht mal richtig reden? Ich meine, so von Angesicht zu Angesicht? Du bist einfach weggegangen, ohne mir wirklich die Chance zu geben, alles zu erklären. Ohne dass wir in Ruhe reden konnten.«

»Ruhig war ich wirklich nicht, das stimmt. Aber bleib mal ruhig in dieser Situation.«

»Hm, ja, ja klar … Aber jetzt?« Er klang hoffnungsvoll. »Du hörst dich ziemlich beherrscht an, wenn ich das so sagen darf. Gefasst. Das könnte doch vielleicht ein Anfang sein.«

»Ein Anfang wovon?« Eva sah in dem Schaufenster, vor dem sie stehen geblieben war, ihre tief gerunzelte Stirn. »Ich fange hier gerade neu an.«

»Willst du es dir nicht noch mal überlegen? Nach so kurzer Zeit dein ganzes Leben hinwerfen und ein neues anfangen …«

»Du hast angefangen mit hinwerfen.« Es klang kindisch, aber das war Eva egal.

Marcel seufzte. »Ich weiß. Aber ich wollte das nicht! Es ist irgendwie passiert. Und jetzt will ich mein altes Leben wiederhaben, aber du bist nicht mehr da.«

»Ich bin nicht für Polygamie zu haben«, sagte sie spröde. »Im Gegenteil. So was tut mir verdammt weh.«

»Ich weiß. Es tut mir leid, wirklich.«

Eva blinzelte; die Sonne spiegelte sich in der Schaufensterscheibe und stach ihr in die Augen. Blindlings wandte sie sich um, stand nun mit dem Rücken zum Schaufenster, irgendwo am Straßenrand.

»Du hast noch nicht mal gesagt, dass du dich von ihr trennst. Dass du sie sofort wegschickst.« Allmählich regte sich der Zorn in ihr und begann, den Schmerz niederzuringen. »Hast du Schluss mit ihr gemacht? Bist du im Hotel aufgetaucht, um mich zurückzuholen? Bist du mir nach Berlin gefolgt und standest mit einem riesigen Blumenstrauß vor Silkes Tür? Nein, nein, dreimal nein! Nichts davon hast du getan!«

Marcel schien einen Augenblick sprachlos. »Warte, warte, leg nicht auf. Du hast nie gesagt, dass du es dir dann noch einmal überlegen würdest. Du hast gesagt, du gehst, egal was. Aber dass ich nicht mit ihr ... nicht auf Dauer, das war doch klar. Für mich wenigstens.« Er zögerte. »Aber ich hab mir geschworen, ab jetzt ehrlich zu sein – vollkommen ehrlich. Und da ist es nun mal so, dass alles nicht ganz so einfach ist. Ich *will* ja Schluss machen, ganz bestimmt, das ist nicht der Punkt! Aber du kannst dir gar nicht vorstellen, wie schwer das ist. Sie ist beinahe durchgedreht, hat gedroht, sich was anzutun, verstehst du? Also hab ich ein gewisses Problem, bisher ist es nicht ...«

Eva ließ das Handy sinken. Ihre Finger drückten wild auf irgendwelche Tasten – Hauptsache weg mit dieser Stimme.

Sie merkte, dass sie zitterte. Er hatte Mitleid mit der anderen Frau, er brachte es nicht über sich, ihr so etwas anzutun. Und was war mit *ihr*? Ihr hatte er das antun können, bei ihr war's wohl nicht so drauf angekommen! Etwas piepte in ihrer Hand. Verständnislos starrte Eva auf das Display.

Dann schmetterte sie ihr Handy mit aller Kraft in den Rinnstein. Doch es zersprang nicht etwa, sondern blieb unversehrt im Dreck liegen und blinkte, als wolle es sie verhöhnen. Eva bückte sich wütend und hob es wieder auf. Nicht weit entfernt hing ein Mülleimer an einem Laternenpfahl. Eva packte das Handy fester. Dieses Ding würde sie schon kleinkriegen. Keine Anrufe mehr von Marcel, nie wieder! Sie holte aus und schleuderte das Telefon mit

Schwung in Richtung Abfallkorb. Doch statt auf Nimmerwiedersehen darin zu verschwinden, prallte es gegen den Pfahl und zerplatzte augenblicklich in tausend Teile. Die Splitter sausten durch die Luft wie winzige Raketen. Eva sah entsetzt zu, wie einer davon einen Mann, der gerade eben vorbeiging, an der Wange traf.

»Nein!«

Der Mann blieb abrupt stehen, den ungläubigen Blick auf Eva gerichtet. Seine Hand fuhr zu der Stelle, wo ihn das Geschoss getroffen hatte. Dort prangte ein unübersehbarer Schnitt, aus dem bereits Blut quoll.

»Oh Gott, das tut mir so leid! Bitte entschuldigen Sie, das wollte ich nicht!« Eva eilte zu ihm, das Gesicht flammend rot, die Hand bereits in der Tasche, um nach einem Tuch zu kramen.

»Das wäre ja auch noch schöner«, knurrte der Verletzte. Er zuckte vor Evas zerknittertem Taschentuch zurück, Abwehr im Blick. Dass er ein unglaublich gut aussehender Mann war, verschlimmerte ihre Aufregung noch. Um Himmels willen, das war ja, als hätte sie George Clooney eins übergebraten! Sein Mund war so sinnlich, dass sie den genervten Ausdruck in seinen Augen völlig übersah.

»Lassen Sie mich das ...«, stotterte sie. »Bitte, es tut mir wirklich leid. Ich wollte doch nicht ... ich hätte nie gedacht ...«

»Das hätten Sie aber vielleicht vorher tun sollen – denken«, kam die trockene Antwort. »Nein, nehmen Sie das Tuch weg.«

Eva ließ hastig den Arm sinken. »Aber Sie bluten da ...« Sie zeigte überflüssigerweise auf die ramponierte Wange.

»Danke für den Hinweis«, sagte er spitz, zog ein blütenweißes Taschentuch aus seiner eigenen Jacke, drückte es kurz an die Schramme und steckte es wieder ein.

»Kann ich irgendetwas tun? Ich meine, Sie zum Arzt bringen oder so …« Angesichts der Ablehnung in seiner Miene hatte Eva eigentlich gar keine Lust, ihm zu helfen. Sie hatte genug eigene Probleme. Marcels Stimme erklang plötzlich wieder in ihrem Kopf. *Ich will ja Schluss machen, aber du kannst dir gar nicht vorstellen, wie schwer das ist.* Hatte er das wirklich gesagt? Was für eine bodenlose Schweinerei! Einen Moment lang sah sie sich Marcel gegenüberstehen, sah seinen zerknirschten Blick, suchte nach Worten, mit denen sie ihm klarmachen konnte, wie unmöglich und herzlos er sich benahm. Dann begriff sie plötzlich, dass sie in *dunkelblaue* Augen starrte, nicht in Marcels braune.

»Oh, Entschuldigung«, stammelte sie wieder. »Ich … Sie bluten immer noch.« Schon fuhr ihre Hand mit dem zerknüllten Taschentuch zu seinem Gesicht. Doch noch bevor sie seine Wange berührte, hielt der Fremde ihr Handgelenk fest.

»Offenbar sind Sie nicht nur sehr emotional, sondern auch noch vergesslich«, versetzte er ärgerlich.

Evas Wangen brannten. Entnervt riss sie ihre Hand aus seinem Griff. »Dann eben nicht! Ich habe mich wirklich bemüht …«

»Vielleicht ist genau das Ihr Problem«, sagte er kühl. »Viel Mühe und wenig Erfolg.« Damit wandte er sich um und ging davon.

Eva starrte ihm aufgebracht hinterher und marschierte dann in die entgegengesetzte Richtung los. Was für ein unangenehmer Mensch. Sie hatte sich doch tausendmal entschuldigt, was wollte er denn noch? Bildete sich wahrscheinlich Gott weiß was auf sein gutes Aussehen ein. Das gab es nun mal, dass man etwas durcheinander war, ein Minimum an Verständnis konnte man da ja vielleicht erwarten. Sie packte ihre Zeitungen fester und blieb an der Straße stehen, um sie zu überqueren. Da zupfte sie jemand am Ärmel.

Eva schoss herum, halb in der Annahme, der Mann mit der Schramme hätte es sich anders überlegt. Es war aber nur ein Jugendlicher in Jeans und Lederjacke, das Haar verwegen und etwas verfilzt, der seine Hand in ihre Richtung ausstreckte. Auf seinem noch weichen Gesicht schwankte ein schon männliches Grinsen.

»Das hier ham Sie vergessen. Ist doch blöd, wenn Sie überhaupt keene Nummern von Ihren Leuten mehr haben. Oder jemand mit Ihrem Chip telefoniert.«

Jetzt sah sie, dass auf seiner offenen Handfläche die SIM-Karte aus ihrem Handy lag. Er musste sie vom Gehweg aufgeklaubt haben.

»Ach du Sch... Den Chip hab ich vollkommen vergessen. Das ist aber nett, vielen Dank!« Sie wollte danach greifen, aber urplötzlich zog der Junge die Hand wieder zurück.

»Also, das kostet natürlich was. Is ganz schön dreckig da im Müll.«

Evas Dankbarkeit schmolz wie Butter in der Sonne. Sie musterte den Kerl aus schmalen Augen.

»50 Euro.«

»Bist du verrückt? Fünf Euro kriegst du, maximal.«

Der Junge war vor ihrem lodernden Blick zurückgewichen und sah schon ein bisschen weniger selbstsicher aus. »Nee, echt. Aber ich könnte... wir könnten uns bei 30 einigen, okay.«

Eva bekämpfte den Impuls, ihm vor die Kniescheibe zu treten und den Chip aus der Hand zu winden. »Das ist immer noch ein Schweinepreis. Hast du grade ein Praktikum bei einer Tankstelle gemacht?! Nein, keine Chance. Zehn – und das ist mein allerletztes Wort.«

Der Junge zögerte kurz. »Na gut«, sagte er dann. »Zehn, weil Sie's sind.«

Mit umwölkter Stirn fischte sie ihr Portemonnaie aus der Jackentasche. Durch die Zeitungen auf ihrem Arm etwas behindert, öffnete sie das Banknotenfach und wollte gerade einen Zehner herausziehen, als der Jugendliche vorschoss, einen braunen Schein aus dem Fach riss und davonrannte, alles innerhalb einer einzigen Sekunde. Eva brauchte einen Augenblick, um zu realisieren, dass ihr soeben 50 Euro sowie ein Telefonchip geklaut worden waren.

Sie schnappte nach Luft. Doch dann schoss das Adrenalin in ihre Blutbahnen.

# 4

*Etwas jünger, etwas kleiner, etwas frischer wäre angenehm, aber nicht wichtig wenn nur die Chemie stimmt! Wollen wir es ausprobieren? René, 43, 75 kg.*

»Schweinehund!«, brüllte Eva und setzte dem Jugendlichen nach. »Bleib sofort stehen!« Im Laufen stopfte sie das Portemonnaie wieder zurück, doch die Zeitungen schleuderte sie von sich, die behinderten sie nur. Der Junge war schnell, aber nicht blitzschnell. Er blieb auf dem Gehweg, schlüpfte zwischen den Passanten hindurch, wich einer Litfasssäule aus und sprintete dann quer über das Rasenstück in der Mitte des Platzes.

Eva blieb ihm auf den Fersen. »Haltet ihn!«, schrie sie. Aus dem Augenwinkel sah sie, dass der eine oder andere Fußgänger stehen blieb, doch keiner stellte sich dem Dieb in den Weg. Die Wut verlieh ihr Flügel. Wie konnte dieser kleine Pinscher es wagen, ihr Geld zu klauen? Sie war quasi arbeitslos, hatte weiß Gott nicht genug davon. Und den Chip hatte er ihr natürlich auch nicht gegeben.

Sie schrie noch einmal: »Haltet ihn! Er hat mein Handy geklaut!«

Wieso sie auf »Handy« kam, wusste sie später nicht mehr. Doch es war dieses Wort, das die folgende Kette von Ereignissen auslöste: Eine Gruppe junger Mädchen, die im Pulk über den Gehweg geschlendert war, blieb abrupt stehen. Der Jugendliche wollte seitlich an ihnen vorbeihuschen.

Da trat eins der Mädchen, ein 14-jähriges Küken mit Pferdeschwanz und schickem Rucksack, einfach einen Schritt zur Seite, genau in seinen Weg. Der Junge wich instinktiv aus – und donnerte frontal an den Laternenpfahl, der am Rand des Grünstreifens stand.

Er ging lautlos zu Boden, wie von einer Axt gefällt. Eva rannte zu ihm; ihr Atem ging schon schwer, allzu lange hätte sie ihm nicht mehr folgen können. Als sie neben ihm niederkniete, regte sich der junge Mann schon wieder. Seine Augenlider flatterten und ein leises Stöhnen drang aus seiner Kehle. Nachdem Eva sich vergewissert hatte, dass nirgendwo Blut aus ihm herausschoss, hob sie den Kopf und sah die Mädchen an, die immer noch in zwei Schritt Entfernung dastanden.

»Danke. Das war mutig von euch. Von dir besonders«, fügte sie mit Blick auf das Küken hinzu.

»Ist er okay?«, fragte das Mädchen.

Eva betrachtete den Dieb. Der Junge hatte die Augen geöffnet und hörte ganz offenbar zu.

»Scheint so.« Sie legte die Hand fest um seinen Arm, damit er nicht etwa auf die Idee kam, plötzlich aufzuspringen. »Noch mal danke, Mädels.«

»Keine Ursache«, sagte das Küken. »Handy klauen – also das geht gar nicht. Man ist ja dann Gott weiß wie lange nicht bei facebook drin. Das ist das *Armageddon.*« Drehte sich um und marschierte mitsamt ihren Freundinnen davon.

Eva sah ihr einen Moment sprachlos hinterher, dann spürte sie, wie sich der Junge anspannte. »So, mein Lieber«, knurrte sie. »Ich hätte gute Lust, dich der Polizei zu melden. Aber ich hab ja kein Handy mehr. Das ist dein Glück.«

Mit festem Griff wand sie ihm den Geldschein und den Telefonchip aus der verkrampften Hand. »Und außerdem habe ich meine Sachen jetzt wieder. Ich geb dir einen letzten Rat mit auf den Weg: Hör auf damit, solange du noch kannst.«

Erst als Eva ein ganzes Stück gegangen war, fingen ihre Hände an zu zittern. Was für ein Glück sie gehabt hatte! Der Junge hätte auch wesentlich aggressiver sein oder Kumpels in der Hinterhand haben können. Als sie sich entfernt hatte, hatte er keine Anstalten gemacht, ihr zu folgen. Vielleicht war er noch zu benommen, vielleicht hatte er sie aber auch stärker eingeschätzt, als sie wirklich war.

Als sie in der Nähe des Kiosks vorbeikam, fand sie ihre Zeitungen immer noch in einem Haufen auf dem Weg liegen und hob sie auf. Dann ging sie zu einem Telefonladen in der Kantstraße, gleich um die Ecke. Dort kaufte sie ein preiswertes, stabiles Handy ohne jeden Schnickschnack und ließ ihre SIM-Karte gleich einsetzen. Als sie den Laden verließ, atmete sie einmal tief durch. Der Morgen hatte ziemlich schief angefangen. Von daher konnte er jetzt nur noch besser werden.

Zwei Schritte später klingelte das neue Telefon. Nachdem sie ihren Schreck überwunden hatte, zog sie es aus der Jackentasche und starrte auf das Display. Wenn das jetzt noch einmal Marcel war …

»Unbekannter Teilnehmer«, stand darauf. Eva ließ die Luft aus ihren Lungen und drückte auf »Annehmen«.

»Ja?«

»Hallo. Eva … Eva Morbach?«

Diese Stimme kannte sie, aber ihr fiel nicht sofort ein, wer es war. Seltsamerweise schlug ihr Herz schon einmal schneller, so als wüsste es mehr als ihr Hirn.

»Ja, richtig. Mit wem spreche ich denn?«

»Hier ist Torsten. Erinnerst du dich?«

Evas Mund fühlte sich plötzlich ganz trocken an. Der Fremde. Der Mann von der Party – und aus dem Marquardt Hotel. Torsten, mit dem sie im Bett gelandet war, nur um gleich wieder aufzuspringen.

»Oh, das ist … hallo. Das ist eine Überraschung.«

»Ja, ich weiß. Aber da ich nun einmal deine Nummer habe, fand ich es zu schade, sie einfach zu vergessen.« Er machte eine kleine Pause, während der Eva trotz der Straßengeräusche ihr Herz schlagen hörte. »Ich hoffe, du hältst das nicht für schlechtes Benehmen.«

»Aber wieso denn? Ich bin doch diejenige, die sich seltsam benommen hat. Es ist … doch nett, dass du noch mal anrufst.«

»*Nett* wäre nicht das Wort, das ich gewählt hätte«, sagte er leise. Unwillkürlich sah sie wieder sein Lächeln vor sich, das so anziehend und unergründlich war.

»Sondern?« Sie merkte, dass sie das Handy sehr fest am Ohr hatte.

»Kühn. Vielleicht ein bisschen frech … Aber ich konnte einfach nicht anders. Du bist keine Frau, die man so leicht vergisst.«

»Oh. Danke«, machte Eva. Ihr Blut rauschte eindeutig zu schnell durch ihre Adern.

Kurzes Schweigen. Dann: »Ich möchte dich sehen.«

Eva lachte nervös auf. »Aber …«

»Ich bin ein paar Tage in Berlin, das ist ja nicht so weit. Ich könnte mir einen Mietwagen nehmen und dich irgendwann am Wochenende zum Essen ausführen.«

Eva starrte einen Moment in das Schaufenster vor sich, ohne irgendetwas zu sehen. »In Berlin? Das ist ja … Da bin ich auch.«

»Im Ernst? Das ist ein Wink des Schicksals.« Wieder konnte sie sein Lächeln beinahe hören. »Was sagst du, können wir uns sehen? Möglichst bald, vielleicht morgen oder übermorgen?«

In Evas Hirn wirbelte es, als zöge ein Tornado hindurch. Eindeutig konnte sie nicht klar denken. Doch das hinderte sie nicht am Sprechen.

»Morgen kann ich nicht. Da ist eine Party, da hab ich

schon zugesagt. Und übermorgen kommt mein Sohn zu Besuch. Tut mir leid, ich … ich glaube, es geht nur … heute.« Sie war selbst verblüfft.

»Heute?« Er schien leise zu lachen. »Das ist wunderbar. *Du* bist wunderbar. Okay, hör zu …«

Wie sie wieder nach Hause gekommen war, wusste sie gar nicht mehr. Irgendwann fand sie sich auf Silkes Sofa wieder, völlig perplex und geplättet von den Gesprächen des Morgens. Der Ärger mit dem fremden Mann und die Verfolgungsjagd quer über den Savignyplatz fielen dagegen kaum ins Gewicht. Marcel … der Schmerz hatte sich irgendwohin verkrochen, er war noch da, grinste ihr aber nicht mehr frech ins Gesicht. Vielleicht hatte sie ihn beim Streiten und Rennen ausgeschwitzt. Vielleicht hatte aber auch Torsten ihn vertrieben.

Mit ihm hätte sie nie gerechnet. Hätte nie geglaubt, ihn wiederzusehen, insbesondere nicht nach ihrem Auftritt damals im Hotel. Torsten war als Repräsentant von McDonalds ständig in ganz Europa unterwegs, mal hier, mal dort. Ob er Familie hatte und wenn ja, wo … sie hatte keinen Schimmer. Das war auch nicht wichtig gewesen. Doch jetzt war er hier, aufgetaucht wie ein Phoenix aus der Asche im genau richtigen Moment.

Trotzdem hatte sie ein mulmiges Gefühl im Bauch. Sie hätte die Verabredung verhindern können, stattdessen hatte sie sie noch forciert. 18 Uhr im *Araya Thai*, Uhlandstraße. Und sie wusste, ohne dass er es gesagt hatte, dass sein Hotel in der Nähe sein würde.

Eva schüttelte den Kopf. Der Mann brachte sie ganz schön durcheinander. Dabei hätte sie sich doch um ganz andere Dinge kümmern sollen, ganz reelle, vernünftige Dinge wie einen Job, eine neue Wohnung … Und das würde sie auch.

Die nächsten Stunden verbrachte sie tatsächlich mit dem Studium von Inseraten, mit dem Formulieren von Bewerbungsmails und dem Wäschewaschen. Besondere Sorgfalt ließ sie dabei ihrem bordeauxroten Kostüm zukommen, dem besten Kleidungsstück, das sie aus Möckern mitgebracht hatte. Mit schlechtem Gewissen gegenüber der Stromrechnung der Breitlings föhnte sie es trocken, sagte sich aber, dass außergewöhnliche Zeiten manchmal außergewöhnliche Maßnahmen rechtfertigten. Um 17 Uhr schaute sie sich, aufgebrezelt und abmarschbereit, ein letztes Mal im Spiegel an. So schlecht sah sie nicht aus – hundertmal besser jedenfalls als beim letzten Mal, als sie Torsten im Marquardt Hotel überfallen hatte.

Sie ging zu Fuß, langsam und mit Umwegen, um nicht zu schnell da zu sein. Trotzdem war sie noch ziemlich aufgeregt, als sie das *Araya Thai* betrat – 10 Minuten vor der Zeit, das konnte auch nur ihr passieren.

Er war schon da.

# 5

*Hallo, ich bin der alleinerziehende Maik, mein Sohn ist 13 und ein dufter Typ. Kannst du dir auch vorstellen, Mutter zu sein? Seine echte ist abgehauen, ein Miststück vor dem Herrn, wenn ich das mal so sagen darf. Nun wollen wir uns neu orientieren. Papa Maik, Tel. 941 65...*

Sie aßen Tom Kha Ghai, gebackene Wan Tans, Pa Goong und Kaeng Khua Sapparot, rotes Ananas-Curry. Sie lächelten, prosteten sich zu und sprachen über das Leben und die Arbeit. Die Liebe blieb irgendwie außen vor, so als sei sie eine gefährliche Klippe, die umschifft werden müsste. Trotzdem war sie allgegenwärtig. Eva erfuhr, dass Torsten zwar eine Wohnung in Frankfurt hatte, dort aber fast nie anzutreffen war. Dass es schwierig sei, längerfristige Beziehungen zu führen, wenn man ständig unterwegs war. Sie schloss daraus, dass er Single war. Diese Tatsache beruhigte ihre Nerven allerdings keineswegs. Hin und wieder ertappte sie sich dabei, den einen oder anderen seiner Sätze gar nicht mitbekommen zu haben, weil ihr plötzlich einfiel, dass ihre Unterwäsche leider aus der vorvorletzten Saison war.

Trotzdem genoss sie Torstens Komplimente, seine warmen Blicke, das Knistern, wenn sich ihre Hände berührten. Sie fühlte sich wie eine Pflanze, die nach ewigen Zeiten der Trockenheit endlich wieder Wasser bekommt. Dieses Gefühl war allerdings nicht mehr ganz so berauschend, nicht mehr ganz so irritierend und neu wie vor vier Wochen, als sie mit ihm auf der Party getanzt hatte.

Es lag sicher nicht an Torstens dunkelblauen Augen, seinen feingliedrigen Händen, seinem markanten Kinn. Seine Stimme berührte sie immer noch direkt in ihrem Inneren und verursachte dort Aufruhr. Und doch war etwas anders. Lag es daran, dass sie selbst sich verändert hatte?

Nach dem Dessert tranken sie noch einen *Sato*. Als Torsten nach der Rechnung winkte, wurde Eva plötzlich nervös. Sie hatte sich noch immer nicht richtig entschieden, was sie jetzt tun sollte. Oder etwa doch? Da kam schon die Rechnung, ganz ungebührlich schnell, wie sie fand. Selbst im Schummerlicht und von der verkehrten Seite her konnte sie die Zahl unten am Ende der Kolonne lesen: 143 Euro. Ach du grüne Neune, das war verdammt viel Geld …

Torsten missverstand ihren Gesichtsausdruck. »Bitte, Eva, wirklich. Ich würde ab jetzt hier sehr schief angesehen, wenn ich mir die Rechnung mit meinen Gästen teile.«

»Gäste?«, echote Eva. »Wieso? Bist du öfter hier?«

Torsten lächelte. »Ja, sicher. Ich bin oft in Berlin, und gelegentlich lade ich auch meine Geschäftspartner hierher ein. Ich liebe thailändisches Essen, besonders das hier auf diesem hohen Niveau.« Er hatte seine Kreditkarte diskret zwischen das Rechnungsbüchlein geschoben.

»Du arbeitest für McDonalds und liebst die Haute Cuisine«, lächelte Eva zurück. »Das ist sehr sympathisch.«

»Man muss Geschäft und Vergnügen trennen können, findest du nicht? Ich kontrolliere ja auch nur unsere Franchise-Nehmer, für die Burger bin ich also nur in zweiter Linie zuständig.« Er nickte dem Kellner freundlich zu, der das Rechnungsbüchlein abholte. »Früher wollte ich immer Koch werden, Sterne-Koch natürlich, was sonst. Da mir das nicht gelungen ist, fröne ich dem Vergnügen wenigstens an den Abenden.«

War das jetzt zweideutig gemeint? Eva wurde ein kleines bisschen rot. »Verstehe«, sagte sie und nahm einen letzten Schluck vom *Sato*, obwohl das Glas eigentlich leer war.

Viel schneller, als ihr lieb war, traten sie dann gemeinsam hinaus in die Nacht. Alles, aber auch wirklich alles sprach dafür, dass sie sich nun küssen und mehr oder weniger schnell in Torstens sicher nahe gelegenes Hotelzimmer verschwinden würden.

Aber Eva zögerte.

Er schien es nicht zu bemerken. »Danke für den wunderschönen Abend«, sagte er leise und legte für einen kurzen Moment seinen Arm um sie. Eva roch sein Aftershave – ein würziger, frischer Duft. Sein Mund streifte ihr Haar. Von dort aus wanderte ein köstliches Prickeln über ihren gesamten Körper. Ja, die Schnupperphase war vorbei und es mussten Entscheidungen fallen. Das sollte doch wohl kein Abschied gewesen sein? Nicht, dass er noch kalte Füße bekam. Wenn das einer durfte, dann höchstens sie selber.

Mit einem schwachen Lächeln wandte sich Eva zu ihm um.

Da klingelte ihr Handy.

»Nein!«, stöhnte Eva. »Das kann nicht sein, ich glaube es nicht.« Augenblicklich war sie aus jeder erotischen Stimmung gerissen. »Was ist heute bloß los? Entschuldige bitte, aber ich sollte ... vielleicht ist was mit Oliver. Ich sage dir, heute hatte ich schon *Gespräche*!«

Seinen leicht irritierten Gesichtsausdruck sah sie nicht mehr, denn sie betrachtete stattdessen das Display. »Silke« stand da. Sie zögerte kurz, nahm das Gespräch aber dann an. Die Freundin würde sonst keine Ruhe geben.

»Hallo, Silke.«

»Eva! Wo bist du denn? Du hast keinen Zettel hingelegt oder so, und da dachte ich, ich höre mal, was du treibst. Ob's dir gut geht.«

Eva lächelte schwach. Silkes wuselige Besorgtheit war süß, wenn auch manchmal nervig. Aber da sie die Freundin kannte, hätte sie auch wirklich eine Nachricht hinterlassen können.

»Alles ist gut. Ich war essen, mit ... einem Bekannten.«

»Ach?!« Silkes Augen waren jetzt sicher kugelrund. »Mit einem von den Briefen? Sag bloß. Mit welchem denn? Ich wusste ja gar nicht, dass es schon so schnell ...«

»Nein, nein. Keiner von denen.« Eva spürte, wie sie ein wenig rot wurde. »Du kennst ihn nicht. Ein alter Bekannter, der zufällig in der Stadt ist. Aber jetzt muss ich ...«

»Alles *klar*, alles klar, ich verstehe schon. Ich hoffe, es ist nicht wirklich ein *alter* Bekannter, sondern ein netter. Ein *interessanter*, wenn du verstehst, was ich meine. Also, viel Spaß!«

»Danke, Silke. Tschüß.«

»Ach, warte mal, Eva, nur ganz kurz. Gut, dass es mir noch einfällt, Uli nervt schon deswegen rum: Weißt du, was im Bad passiert ist? Da war eine Wasserlache vor der Waschmaschine, nicht sehr viel, aber genug, um sich Gedanken zu machen. Ist die Maschine kaputt, ist da was schiefgegangen?«

»Oh nein, echt? Das tut mir leid, ich dachte, ich hätte alles weggewischt. Ich hab gewaschen, weißt du, von Hand. Und äh ... trocken geschleudert, auch per Hand. Ich war's, tut mir wirklich leid.«

»Ach, dann ist ja gut. Wir dachten bloß, es wäre was mit der Maschine. Ist uns schon mal passiert, weißt du, dass Wasser ausgelaufen ist, so eine Nerverei.«

Eva warf Torsten einen entschuldigenden Blick zu. »Ja, so was ist doof. Gut, ich muss jetzt ...«

»Klar, natürlich, entschuldige! Also, ich wünsch dir wirklich einen schönen Abend, das weißt du ja. Wenn ich das geahnt hätte, dass du dich schon amüsierst«, sie lachte begeistert, »dann hätte ich dir keine Pizza mitbestellt. Ich dachte ja, du kommst jeden Moment. Aber mach dir bloß keine Gedanken darüber, die kann man ja morgen noch …«

»*Silke*. Ich muss jetzt wirklich.«

»Oh, klar, sicher. Bis später, *ciao*!«

Eva steckte das Telefon zurück in ihre Tasche. Das nächste Mal würde sie nicht rangehen, es sei denn, sie brauchte noch einmal eine Galgenfrist.

Torsten trat wieder einen Schritt auf sie zu, stand jetzt dicht neben ihr. Nahm ihre Hand.

»Schöne Frau, darf ich Sie zu einem Schlummertrunk einladen? Dort drüben wohne ich, es ist nicht weit.« Seine Kopfbewegung wies auf das Hotel am Ende der Straße, ein großer, unübersehbarer Kasten. »Brechen Sie nicht das Herz eines einsamen Verehrers.«

Eva schluckte, lächelte. Jetzt oder nie, diese Chance mit Torsten oder keine. Und warum auch nicht? Diesmal war sie weder gebunden noch außer sich, diesmal konnte sie sich frei und unbeschwert entscheiden und genießen, was ihr so zufiel. Im Grunde wäre sie bescheuert, wenn sie nicht zugriff. Dieser Mann schien sie aufrichtig zu bewundern, sie wertzuschätzen – wie lange mochte sie suchen müssen, bis ihr so etwas wieder begegnete?

»Gerne«, sagte sie und bot ihm ihren Arm.

Wie ein Gentleman alter Schule verbeugte er sich leicht und nahm ihn. Schweigend gingen sie auf das Hotel zu. Evas Herz klopfte. In solchen Dingen war sie ganz aus der Übung. Was, wenn sie sich blöd benahm? Was, wenn sie gar nicht mehr wusste, wie das ging? Sie warf Torsten einen raschen Seitenblick zu. Kannte sie ihn überhaupt gut genug?

Doch da waren sie schon an der gläsernen Eingangstür angekommen, die sich lautlos im Kreise drehte. Sie mussten einen Moment warten, Eva spürte Torstens warmen Blick auf sich. Als sie ihn ansah, schoss ihr für einen winzigen Augenblick Marcels Bild durch den Kopf.

*Wenn du mich jetzt sehen könntest*, dachte sie. Und trat an der Seite des anderen in den gläsernen Kreisel hinein.

Der Portier warf ihr einen unergründlichen Blick zu, als Torsten den Schlüssel zu seinem Zimmer verlangte. Einen Augenblick lang erwartete sie, er würde Schwierigkeiten machen. »*Es tut mir leid, Herr Brückner, aber Sie können diese Dame nicht einfach mit auf Ihr Zimmer nehmen. Das ist nicht üblich in unserem Haus.*« Sie wappnete sich innerlich bereits, überlegte, was sie sagen würde. »*Guter Mann, Sie haben sich wohl in der Zeit geirrt. Wir schreiben nicht mehr das Jahr 1950.*« Oder: »*Das ist unverschämt. Ich bin seine Schwester!*«

Urplötzlich musste sie lachen. Torsten und der Portier warfen ihr einen irritierten Blick zu, der Portier verwundert, Torsten unsicher. Mit gewaltiger Anstrengung kämpfte sie das Lachen nieder, tat so, als hätte sie gehustet, sie musste sich fest auf die Lippen beißen, damit es gelang. Nur ihre Schultern zuckten noch schwach.

Seine *Schwester*!

Oh Gott, war sie nervös.

# 6

*Ich bin Jungfrau, und mein bester Freund ist ein Hund. Wenn dich das nicht abschreckt, bist du bei mir richtig. Konrad, 49, 0125-78...*

Silke war noch auf, als sie zwei Stunden später, beschwingt und zufrieden, in die Knesebeckstraße zurückkehrte. Sie war zu Fuß gegangen, um sich allmählich abzukühlen. Es war schön gewesen mit Torsten, ungewohnt und ein bisschen aufregend, aber eindeutig gelungen. Sie war sich ziemlich sicher, auch eine ganz gute Figur abgegeben zu haben, zumindest hatte Torsten ganz so dreingeschaut. Die Unsicherheit, nicht mehr zu wissen, wie man so etwas machte, eine heiße Liebesszene mit einem, den man noch nicht ewig kannte, war angesichts seiner Wärme und Bewunderung rasch vergangen.

Er hatte sie gebeten, doch zu bleiben, doch das hatte sie nicht gewollt. Sie wusste nicht ganz genau, warum. Fehlte irgendetwas – eine innere Nähe, eine Vertrautheit? War sie zu verklemmt, nicht für Sex, aber für Gefühle? Oder lag es an seiner Art, sie mit Komplimenten zu überschütten, war es einfach ein bisschen zu viel?

Jedenfalls war sie lieber gegangen. Und stand jetzt vor der Frage, was sie Silke sagen sollte, die ihr unerwartet im Flur entgegenkam, als sie die Jacke ablegte.

»Wie war's?«, flüsterte die Freundin mit leuchtenden Augen. »Du warst ja ganz schön lange weg.«

»Hm«, machte Eva. »Wenn man erstmal so ins Reden kommt ...«

»Du hast mir überhaupt nicht erzählt, dass einer deiner Bekannten in der Stadt ist. Wer ist es denn? Einer, mit dem etwas mehr laufen könnte? Es klang fast so am Telefon.« Sie lächelte, aber es sah erschöpft aus.

Spontan entschied Eva, Silke nicht alles zu erzählen. Sie hatte einfach keine Lust, fast fühlte sie sich ein bisschen genötigt. Außerdem würde sie ab dann jeden Tag gefragt werden, ob sie mal wieder mit Torsten telefoniert habe, ob sie verliebt sei in ihn. Und dann wusste sie auch gar nicht, wie sie das erklären sollte: dass sie ihn toll fand, aber mehr nicht. Zumindest noch nicht.

»Du kennst ihn nicht, es ist nur ein flüchtiger Bekannter. Ganz nett, aber mehr nicht.«

»Aha? Aber er ist solo, ja? Ist er auf der Suche? Wie sieht er denn aus, du hast nicht zufällig ein Foto von ihm da?«

»Silke! Nein, hab ich nicht, das ist doch auch völlig unwichtig.«

»Wieso denn? Wenn du ihn nicht willst, okay, aber es gibt ja noch einen Haufen anderer Frauen, für die er vielleicht was sein könnte.«

»Du weißt doch gar nichts über ihn.«

»Das lässt sich ja nachholen, oder? Ich sage dir, Männer in unserem Alter, die Single sind und dann auch noch ganz interessant, die kannst du mit der Lupe suchen. Du wirst es sehen, morgen Abend. All meine Freundinnen sind mit so was unterwegs.«

Eva begriff nicht. »Mit was unterwegs?«

»Mit einer Lupe.«

»Morgen Abend« war die Klamotten-Tauschparty, wie Silke sie nannte. Alle paar Monate traf sich ihr Freundinnenkreis, um Kleidung zu tauschen und zu verschenken – die Jacke, die man nicht mehr mochte, den Rock, der nicht mehr passte, das Kleid, das man versehentlich eine Nummer zu groß gekauft hatte und den Kassenbon verschmissen. Der Kleidertausch war aber auch immer ein willkommener Anlass, ein paar Stunden in Ruhe zusammenzusitzen und zu klönen.

Silke und Eva waren ein bisschen spät dran, die Party war schon in vollem Gange. Kirsten, die Gastgeberin, stellte sie der Riege der bereits versammelten Frauen vor.

»Hört mal her! Das ist Eva, Silkes Freundin vom Land, ihr erinnert euch doch sicher. Von Silkes Geburtstag. Eva, das sind Janna, Ellen, Charlotte, Vera, und hier haben wir noch Angela. Was willst du trinken? Silke, bei dir kann ich's mir schon denken.«

Ein Glas perlender Flüssigkeit schwebte vorbei. Eva lächelte vage in die Runde und nickte dann ihrer Gastgeberin zu.

»Ich nehme auch ein Glas Sekt, danke.«

»Guckt euch um, bevor alles weg ist«, wies Kirsten sie auf einen mit Klamotten überladenen Tisch hin, der offensichtlich die noch ungetauschten Stücke enthielt. Eine schmale, blonde Frau – Charlotte – hielt sich dort gerade eine Lederhose vor die Hüften, und eine andere betrachtete zweifelnd ein safrangelbes Fransentop, das ziemlich eng ausfiel. Sie machte eine witzige Bemerkung darüber und alle lachten.

Während sich Silke gleich zu den anderen aufs Sofa begab, betrachtete Eva die mitgebrachte Kleidung. Es waren ausgesprochen schicke Sachen – ein T-Shirt von Zara, eine Hose von Mexx, eine Bluse von Wunderkind. Die schmale Blonde hielt sich ein teuer aussehendes rotes Schlauchkleid vor den Bauch und betrachtete sich prüfend im Spiegel.

Unerwartet verspürte Eva Lust, das eine oder andere Stück auszuprobieren. Schließlich hatte sie tatsächlich wenig anzuziehen, da die meisten ihrer Sachen noch zu Hause in Möckern lagen. Sie stellte ihr Glas ab und zog einen grünen Bleistiftrock aus dem Kleiderstapel. Wenn ich so etwas doch auch tragen könnte, dachte sie. Es passte gut in die Großstadt, zu einer Bar, einem Shopping-Bummel, einem neuen Leben.

»Ich glaube auch, der könnte dir stehen. Und das hier dazu, hm?« Die Blonde hielt Eva eine Bluse hin, ein asymmetrisches Teil in auffälligen grün- und lilafarbenen Streifen. »Der letzte Schrei der letzten Saison, kann man aber immer noch gut tragen.«

Eva nahm das Ding entgegen, wiegte aber zweifelnd den Kopf. »Ziemlich auffällig, oder?«

»Nicht sehr. Außerdem will man in bestimmten Situationen doch auffallen! Untergehen kann jeder.« Sie sah Eva mit todernster Miene an, zuckte lässig die Achseln und entfernte sich.

Die Diskussion der Frauen auf den Sofas war mittlerweile beim Thema Schule angelangt – das zweite Lieblingsthema, wie Silke sie vorher aufgeklärt hatte. Die meisten hatten Kinder auf der Simone-de-Beauvoir-Schule, etliche davon waren in Lenas Klasse. So hatten sie sich kennengelernt, die meisten schon vor Jahren. Und Kirsten war sogar Lehrerin an dieser Schule, auch wenn sie dafür eigentlich viel zu flippig aussah.

Niemand achtete auf Eva, also fasste die sich ein Herz und zog die bunte Bluse über ihr T-Shirt. Sie saß enger um den Busen als sie erwartet hatte, aber beim Blick in den Spiegel stellte sie fest, dass sie ganz flott wirkte. Sie drehte sich ein wenig. Ihre Jeans passte nicht ganz dazu. Aber sollte sie wirklich die Hose runterlassen, hier vor den anderen?

Doch keine der Frauen achtete auf sie. Gerade lauschten alle der kleinen, rothaarigen Janna, die eine wilde Geschichte von ihren Zwillingen und deren Zirkus-Referat erzählte, das in eine ausgelassene Turnstunde im Klassenzimmer ausgeartet war. Hatte Silke nicht von ihr berichtet, sie habe ihren Mann rausgeworfen und dann nicht wieder zurückbekommen?

Eva beschloss, die Hemmungen fahren zu lassen, genauso wie ihre Hose. Der Rock hatte gnädigerweise einen hohen Stretchanteil und ließ sich glatt über die Hüften ziehen. Tatsächlich, er ergänzte die Bluse ganz wunderbar. Es war eine ganz neue Eva, die sie da im Spiegel sah, nicht mehr die Jeans-und-T-Shirt-Eva, die solide, brave Gymnasiallehrerin aus der Provinz. Aber die war sie vermutlich schon gestern Abend nicht mehr gewesen.

»Wow, Eva! Du siehst ja toll aus!« Silkes Ausruf veranlasste alle anderen, den Kopf nach Eva umzudrehen.

Eva spürte, wie sie ein klein wenig rot wurde. »Meinst du?«

»Aber ja! Unglaublich, was so eine Klamotte ausmacht. Stimmt's, Mädels?«

»Steht dir wirklich gut.«

»Klasse Outfit.«

»Wenn du dazu High Heels trägst, haust du sie alle aus den Puschen!«

Silke war aufgestanden und trat mit aufrichtig bewunderndem Blick neben die Freundin. »Du hast ja eine Figur wie eine Sanduhr, ehrlich. Warum hast du die bloß immer versteckt? Du siehst wirklich umwerfend aus, Eva.«

»Na ja. Danke jedenfalls. Bloß meine Frisur ...«

»Mäkel nicht so viel an dir rum. Außerdem ist eine Frisur ja leicht zu ändern.«

Eva drehte sich noch einmal vor dem Spiegel (ja, sie gefiel sich selber) und kletterte dann wieder aus den Sachen. Das Gespräch der Frauen schwenkte von Schuhen zu Männern – offenbar kein weiter Sprung. Männer waren das erste Lieblingsthema der Runde.

»Nie eure Telefonnummer rausgeben, sage ich euch. Sonst kommt diese Geschichte mit Neben-dem-Apparat-wartenbis-nachts-um-zwei. Benno aus dem Tango-Kurs …« Eine Frau mit raspelkurzen schwarzen Haaren und Endlosbeinen berichtete gerade von ihren neusten Erfahrungen mit dem anderen Geschlecht. Die anderen nickten wissend.

Eva nahm ihr Sektglas und ließ sich auf einem freien Stuhl am Rand nieder. Die Sprecherin musste Ellen sein, Silke hatte von ihr erzählt. Grafikdesignerin in stylishen Klamotten und mit dem Problem, schon seit Jahren keinen Mann für mehr als eine Woche halten zu können.

«… hab ihm extra meine Nummer nicht gegeben, nach dem Motto *Rufen Sie uns nicht an, wir melden uns bei Ihnen*. Aber dann geht der Kerl nie an sein Handy, stellt euch vor …«

Eva ließ ihren Blick über die Reihe der Frauen wandern. Laut Silke hatten eigentlich alle von ihnen Männer-Probleme. Die wenigsten steckten in einer festen Beziehung. Getrennt – geschieden – sowieso allein, so hatte Silke es ausgedrückt. Ein oder zwei hatten geheime Affären, die aus verschiedenen Gründen nicht an die Öffentlichkeit dringen sollten. Waren das auch Abenteuer wie ihr gestriges, bei denen man nicht wusste, was man selbst davon halten sollte?

Aus einer vorbeiwandernden Flasche ließ sich Eva nachschenken. Als sie ihre Aufmerksamkeit wieder auf das Gespräch richtete, stand gerade Kirsten im Mittelpunkt des Interesses.

»Raus mit der Sprache, Kirsten, was ist dran an den Gerüchten von einem Techtelmechtel zwischen dir und dem Fehrenberg?«

Kirsten grinste und wiegte ihren hübschen Kopf. »Hmm … Wir werden sehen, sag ich mal.«

»Spielverderberin!«

»So kannst du uns nicht hängen lassen.«

»Ich hab euch letzte Woche gesehen, und zwar *nicht* in

der Schule«, rief Vera. »Auf der Terrasse vom *Sheller*. Also, was ist?«

Kirsten grinste noch immer, aber eine leichte Röte war in ihre Wangen gestiegen. »Wenn sich bei Nils und mir was ganz Ernsthaftes tut«, sagte sie dann, »verspreche ich euch, dass ihr die Ersten seid, die es erfahrt.«

Alle nickten mit glänzenden Augen. Entweder sehnen sie sich alle sehr nach Romantik oder dieser Nils ist ein richtiges Sahneschnittchen, dachte Eva.

Die schmale Blonde, Charlotte, erzählte jetzt von ihren beiden Dates, die sie letzte Woche gehabt hatte. Beide würden wohl ohne Fortsetzung bleiben, das alte Problem: der Interessantere war zu zurückhaltend, der Uninteressantere zu stürmisch. Sie hatte sie von einer online-Partneragentur, der auch langsam die geeigneten Männer ausgingen. Sie überlege, erzählte sie, ob sie mal auf eine Anzeige in einer guten Zeitung antworten solle.

»Unbedingt!«, verkündete Silke sofort. »Oder schreib gleich selber eine. Ich hab letzte Woche eine für Eva in den *Tagesspiegel* gesetzt.«

Ein halbes Dutzend verständnisvoller Blicke traf Eva. *Willkommen im Club,* sagten die Mienen. Eva lächelte vage. Sie wusste, was jetzt kam. Bevor sie zu Hause losgegangen waren, hatte Silke ihr gestanden, dass sie ein paar der Antwortschreiben eingesteckt hatte, um sie der darbenden Runde eventuell zum Besten zu geben – vorausgesetzt, Eva habe nichts dagegen. Es war ihr seltsam vorgekommen, aber sie hatte bloß mit den Schultern gezuckt.

Silke zog bereits die Briefe aus der Tasche. »Das Kroppzeug und den totalen Schweinkram rausgerechnet, gab es immerhin 40 Antworten im diskutablen Bereich! Na ja, mehr oder weniger diskutabel vielleicht.« Sie grinste. »Ich lese euch mal ein paar vor, okay? Zuerst einen lustigen …«

Mit leuchtenden Augen hörten sie zu. Eva, die die Highlights der Sammlung ja schon kannte, betrachtete insgeheim die erwartungsvollen Gesichter.

»*… eine nette Partnerin zu finden, die einfach sie selbst ist, wie ich. Bist du das vielleicht? Luis, 52.*«

»Hey, der klingt gar nicht so schlecht!«

»Also Eva, wenn der Kerl dich zufällig nicht interessiert, dann biete ich mich an…«

»Toller Name. Hat er ein Bild dazugelegt?«

Hatte er. Das Foto ging herum, wurde von jeder einzelnen kommentiert, allgemein wurde sehr zugeraten, Luis einmal zu treffen. Danach las Silke noch zwei weitere der diskutablen Kandidatenbriefe vor, die ebenfalls auf breite Zustimmung stießen. Eva, die sich mittlerweile vom Prosecco durchaus beflügelt fühlte, tat diesmal auch ihre Meinung kund. Als Resultat ging eines der Schreiben in den Besitz von Ellen über, die es begeistert umklammerte.

Vera machte den Vorschlag, die diskutablen, aber von Eva aussortierten Männer doch reihum weiter zu testen. Man wisse ja nie, ob sich nicht einer noch entwickele… Alle lachten, diskutierten die Frage aber ernsthaft. Irgendwann sagte Angela: »Kinder, die Lage auf dem Markt ist beschissen. Alle weg oder zum Weglaufen.«

Zustimmendes Gejohle. Eva stellte verblüfft fest, dass sie genauso laut lachte wie die anderen. Kirsten machte eine letzte Flasche auf. Und dann fragte plötzlich irgendjemand: »Und du bist jetzt ganz nach Berlin gezogen, Eva?«

Schlagartig fiel ihr wieder ein, dass sie genau das immer noch nicht komplett geklärt hatte. Aber zumindest war sie auf einem guten Weg dahin.

»Ich glaube schon«, erwiderte sie. »Hundertprozentig entschieden bin ich noch nicht. Aber Silke sagt mir andauernd, 40 sei genau das Alter, noch mal was Neues anzufangen…«

»Jetzt oder nie«, rief Silke dazwischen. Zustimmendes Nicken ringsherum.

»Sie ist auch sonst nicht ganz ohne, unser Mädchen vom Land!«, fuhr Silke fort. »Manchmal scheint mir, sie braucht gar keine Anzeigen, die Kerle fliegen auch so auf sie. Der von gestern Abend zum Beispiel – sag, Eva, für welche von uns würde der sich denn eignen? Du selber willst ihn ja offensichtlich nicht.« Ihr Blick war liebevoll, doch ganz eindeutig hatte sie ein Gläschen zu viel intus.

Eva spürte die Blicke der anderen auf sich, interessiert und möglicherweise ein kleines bisschen neidisch.

»Aber ich weiß noch nicht, was ich will«, sagte sie. »Oder wie es weitergehen soll. Nur so, wie es bisher war, soll es nicht weitergehen.«

# 7

*Über misch ist zu sagen: netter Kerl, Anfangfierziger, lieb, kinderfreundlich, mollig, schüchtern, mit Wohnung. Willst du es trozdem versuchen? Basti, 030-674 50...*

18 Stunden später stand Eva in der überfüllten Halle vom Bahnhof Zoo und wartete auf ihren Sohn. Sie hatte Lust gehabt, sich für diesen Anlass ein wenig aufzubrezeln, und den grünen Bleistiftrock angezogen. Er wertete ihre alte Webpelzjacke ganz erheblich auf, und zusammen mit den neuen Schuhen, die sie sich heute Morgen mit schlechtem Gewissen gekauft hatte, gab sie ein ganz flottes Bild ab.

Das spiegelte sich auch in Olivers Augen, als er ihr endlich gegenüberstand.

»Du siehst aber gut aus, Mama. Wow … Ganz verändert.«

»Danke«, sagte Eva und umarmte ihn fest. »Du irgendwie auch.«

Es kam ihr so vor, als sei er gewachsen. War das möglich in so kurzer Zeit? Seine Schultern kamen ihr ein wenig breiter vor, sein Blick erwachsener. Vielleicht lag es daran, dass er sich mit der Trennung seiner Eltern hatte abfinden müssen. Sie widerstand dem Impuls, ihm durchs weiche, kastanienbraune Haar zu streichen – das Haar seines Vaters! –, und hakte sich stattdessen bei ihm ein.

»Wir gehen zu Fuß, es ist nicht weit.«

Sie genoss es, ihr Kind nach all der Zeit wieder so nah bei

sich zu haben. Olivers wegen hatte sie lange gezögert, die alte Heimat hinter sich zu lassen. Zu Anfang, als Eva ihn schweren Herzens darüber aufgeklärt hatte, was zwischen seinen Eltern los war, hatte er gegen seinen Vater gewütet, aber mittlerweile schien er sich mit der Trennung einigermaßen arrangiert zu haben. Schließlich war man in seinem Alter schon flexibler – und außerdem ziemlich mit sich selbst beschäftigt.

»Wie ist es zu Hause?«, fragte sie spontan. Über ihr schiefgegangenes Gespräch mit Marcel vor zwei Tagen brauchte Oliver ja nicht unbedingt etwas zu wissen. Oder dass sie ihr Handy zerstört und unschuldige Passanten massakriert hatte.

Ihr Sohn zuckte die Achseln. »Na ja … ziemlich still. Wir sehen uns nicht so oft, weißt du? Aber ich finde, er macht nicht gerade viel im Haushalt. Dabei hab ich wegen Abi und so echt nicht so viel Zeit, das sollte er eigentlich wissen.«

Eva verkniff sich ein Lächeln angesichts Olivers finsterer Miene. Anscheinend hing der Haussegen in Möckern immer noch nicht ganz gerade. Andererseits bedeutete Ollis Bemerkung offensichtlich auch, dass Marcels Geliebte noch nicht eingezogen war. In den dunklen Stunden der Nacht nagte diese Vorstellung immer noch sehr an ihr. In einer spontanen Anwandlung beschloss sie, einfach nachzufragen.

»Ist er … bringt er seine Freundin manchmal mit?«

Oliver sog hörbar die Luft ein. »Nein! Was denkst du denn?! Das würde ich … das wagt er nicht. Oder vielleicht will er auch nicht, keine Ahnung. Aber ich bin ja dauernd zu Hause, wegen Abi und Lernen und so, und das wüsste ich.« Er sah ganz empört drein.

»Eigentlich geht es mich auch nichts an«, sagte Eva und sah ihn offen an. »Aber es lässt einen nicht so schnell los, verstehst du das?«

»Na klar.« Er nickte wissend, als sei er ein ausgewachsener Mann mit viel Erfahrung.

Als sie das sah, schlug plötzlich der Schmerz über ihr zusammen wie eine Welle, deren Kraft man völlig unterschätzt hat. Ihr war, als müsste sie nach Luft schnappen: Ihr Kind war groß, es war kein Kind mehr, und die Liebe, aus der heraus es entstanden war, war tot. Wie sollte man diesen Verlust ertragen? Keine Familie mehr. Kein kleiner Junge, der mit roten Backen und falschen Tönen Weihnachtslieder kräht, der mit aufgeschrammtem Knie und stolzem Blick seine ersten Skateboard-Künste präsentiert. Kein Geliebter und Kindsvater, der noch einmal von der Straße aus winkt, wenn er das Haus verlässt, dessen warme Hand sich beim Spazierengehen plötzlich um die eigene schließt. Aus, vorbei …

Eva blieb einfach stehen. Umarmte ihren Sohn, küsste ihn aufs Haar, kniff die Augen fest zusammen. Nein, sie würde jetzt nicht weinen. So war das Leben, und anderen ging es noch viel schlechter, *daran* sollte sie denken! Sie atmete einmal tief ein – und merkte, dass sie fast am Haus der Breitlings angekommen waren.

»Hier ist es ja schon.« Sie lächelte und kramte in ihrer Tasche nach dem Schlüssel.

»Wann, glaubst du, kannst du dir eine eigene Wohnung leisten?«

Die Unverblümtheit der Jugend. Eva ging es augenblicklich besser. »Keine Ahnung«, sagte sie mit schiefem Grinsen. »Ich arbeite dran.«

»Weißt du, ich hab mich nämlich gefragt …« Olivers Wangen färbten sich ein wenig rot. »… ob du vielleicht etwas Geld übrig hast. Ich hab wegen Abi und so ein bisschen viel telefoniert … und dann die Fahrkarte hierher. Jedenfalls hab ich im Moment noch 5 Euro im Portemonnaie, und das hier ist *Berlin* …«

Eva musste lachen. »Ich verstehe. Was hältst du davon, wenn ich dir das Geld für die Fahrkarte gebe? Ist ja schließlich meine Schuld, dass du hierherkommen musst, um mich zu besuchen.«

»Wieso denn? Ist doch Papas Schuld, oder etwa nicht?« Er hatte seine Verlegenheit schon wieder überwunden.

»Dann soll er dir eben auch was geben. Ich hab jedenfalls erst mal noch genug.«

Oliver brauchte ja nicht unbedingt zu wissen, dass das »genug« bald vorbei sein würde. Schon im nächsten Monat würde kein Gehalt mehr auf ihrem Konto eintrudeln. Doch wenn sie sich trotz dieser düsteren Aussichten ein neues Paar Schuhe gönnte, konnte sie Oliver gegenüber allemal großzügig sein. Das finanzielle Problem würde sie schon lösen. Und bis dahin den Besuch ihres Sohnes genießen, nichts sonst.

Sie gingen nach oben und begrüßten Silke und Lena, die am Küchentisch Hausaufgaben machten. Silke war überschwänglich, wie immer bei Besuch, aber Eva wusste, dass sie Oliver tatsächlich gern mochte. Wer hätte ihn auch nicht gemocht? Sie betrachtete ihren Sohn heimlich, während sie zusammen saßen und plauderten. Unverschämt gut sah er aus, empfand Eva mit einem Anflug von Stolz.

Silke bestand darauf, das Wohnzimmersofa als Bett aufzuschlagen. Obwohl Eva gerne wieder einmal das Atmen ihres Sohnes in der Nacht gehört hätte, widersetzte sie sich nicht. Sie bestand nur darauf, dass sie selbst im Wohnzimmer schlafen würde, sie konnte gar nicht genau sagen warum. Vielleicht, weil sie dann Olivers Geruch in ihrem Zimmer haben würde, wenn er wieder fort war.

Mitten in der Nacht lag Eva also auf dem Wohnzimmersofa in der Breitlingschen Wohnung, als seltsame Geräusche in ihren Schlaf drangen.

»Schsch, leise ... woll'n doch keinen wecken ... Na, rück doch ma' ...« Unzusammenhängende Worte, die ihren wohligen Traum störten.

»So is' gut ... hmm, so weich ...«

Eine Hand wanderte über Evas Rücken, über die Hüfte, über den Oberschenkel. *Marcel* ... Eva dehnte sich wohlig im Halbschlaf. Marcel drückte sich an sie, liebkoste ihre Schulter. Sie spürte, wie ihre Erregung wuchs, wie sich ihr Körper fast von selbst an seinen presste. Marcels Mund glitt über ihren Nacken. Er ...

*Marcel*? Eva schlug die Augen auf, schlagartig wach. Es war fast vollkommen dunkel um sie herum. Hier lief gerade etwas gründlich schief. Das konnte nicht Marcel sein. Und Torsten wohl auch nicht. Aber wessen Hand strich dann gerade über ihre Brust?

»Hmmm ...«

Sie fuhr herum, wie von der Tarantel gestochen. Die Hand zuckte zurück, irritiertes Gebrumm erklang aus dem Dunkel. Eva tastete hastig nach dem Schalter der kleinen Tischlampe und fand ihn. Greller Lichtschein blendete sie, und für einen Moment schloss sie die Augen.

»Was zum ... Nee doch, mach das aus!«

Langsam konnte Eva wieder sehen. Neben ihr im Bett lag eine männliche Gestalt, halb ausgezogen, das schmerzlich verzogene Gesicht vom Lichtschein abgewandt.

Uli. Ein eindeutig angesäuselter Uli in ausgebeulten Boxershorts, der wohl geglaubt hatte, er sei in seinem Schlafzimmer gelandet. Sie setzte sich auf und bemühte sich um ein strenges Gesicht. Was nicht richtig klappte, dafür war sie zu peinlich berührt. Und immer noch etwas schlaftrunken.

»Was machst du hier?«

Uli nahm langsam die Hand herunter und guckte ausgesprochen zerknittert. Sein Gesicht wirkte blass und übernächtigt; der deutliche Schatten eines Bartes prangte am Kinn.

»Wie ich ... äh, ich hab einfach ... na ja ...«

»Dich verlaufen. Anscheinend hat euer Kongress gestern Abend ein bisschen länger gedauert. Du hast ganz schön einen im Tee.«

»Ja, nee, aber ...« Der Schatten eines schelmischen Grinsens huschte über sein Gesicht. »Aber ich muss schon sagen, das war jetzt nich' wirklich ... also nich' wirklich schlecht ... Überleg doch ma', Eva ... so jung kommen wir nie wieder ...«

Er beendete den Satz nicht, weil ihn Evas warnender Blick traf. So betrunken war er nicht, dass er dieses Funkeln nicht begriffen hätte.

»Ich meine, ich wollt' sagen – ach, verdammich, Eva.« Er strich sich mit der Hand übers stoppelige Kinn und versuchte sich an einem Lächeln. »Du has' dich so weich angefühlt, ganz anders als Silke, ich geb's ja zu! Richtig ... rund und gut! Guck nich' so! Sinn wir doch ehrlich zueinander – zwischen mir und Silke, da läuft doch sowieso kaum was zurzeit ...«

Er machte wahrhaftig Anstalten, wieder ein Stück näher an sie ranzurücken. Eva verschlug es beinahe die Sprache.

»Mach ma' das Licht wieder aus. Is' viel zu grell.«

»Ich denke nicht dran!«, zischte sie. »Du kannst es wahrhaftig brauchen, richtig wach zu werden. Dann würdest du nämlich solche Sachen nicht sagen, nicht einmal denken!«

Er schüttelte den Kopf. »Nee, nee, was richtich ist, muss man ja auch sagen dürfen, oder? Un' du bist nun ma eine tolle Frau, wo überall was dran is an den richtigen Stellen ...« Sein leicht glasiger Blick glitt anerkennend über Evas T-Shirt.

Eva blitzte ihn böse an. Ihr blieb wohl nichts anderes

übrig – sie musste ihn hochkant aus seinem eigenen Zimmer werfen.

»Du solltest jetzt ins Bett gehen, Uli.«

»Bin ich doch schon, oder?« Er griente, ließ es aber gleich wieder sein, als er Evas Blick begegnete. »Wir könnten doch auch bloß ma' reden. Sonst fitscht *sie* ja immer um einen rum, weißt du?«

Eva machte den Mund auf, um ihre Aufforderung zu wiederholen, doch er fiel ihr ins Wort, mit dem plötzlichen Enthusiasmus eines Betrunkenen.

»Und du bist eben nich' so überkandidelt wie so manche andere hier. Du bist 'ne Fee, weißt du das? 'ne hübsche Fee mit allem, was dazu gehört.«

»Uli, jetzt …«

»Ich mein das nicht nur so!«, verteidigte er sich. »Ich meine, was du so alles zauberst, ganz anders als gewisse andere Personen … Du kannst dir gar nich' vorstellen, wie anstrengend das manchmal ist mit ihr. Ständig rennt sie rum wie so 'ne aufgezogene Plüschmaus, immer in Aktion. Aber du bis' anders. Du bis' eine sexy Frau, die dazu auch noch kochen kann …«

Eva rutschte unruhig herum. Musste sie ihn tatsächlich am Schlafittchen packen und aus dem Zimmer zerren? Wenn sie zu viel Spektakel machte, würde Silke aufwachen, und das war nun ganz und gar unnötig.

»Man braucht doch auch manchmal 'ne Frau ohne so harte Kanten, verstehste?« Uli rückte wieder ein bisschen näher. Sein alkoholseliger Atem streifte ihre Schultern. »Und du has' so was Verlockendes …«

»Also Uli, jetzt reicht's.« Entschlossen schwang Eva ihre Füße auf den Boden. Dann musste sie ihm ihre harten Kanten doch wohl mal zeigen. »Komm hoch, ja? Ich bin müde und …« Sie griff umstandslos nach seiner Hand und zog daran. Er wehrte sich nicht ernsthaft. Sein blasses Gesicht überzog sich mit fleckiger Röte, während er ächzend vom Sofa kletterte. Anscheinend wurde er langsam wieder nüchtern.

»Oh oh«, murmelte Uli, während er zur Tür schlich. Dort drehte er sich noch einmal um. Sein schon spärlich werdendes blondes Haar leuchtete im Halbdunkel.

»Aber … Eva, das bleibt unner uns, ja?« Für einen Moment sah er ganz erschrocken aus. »Ich weiß gar nich'… Das passiert einem nun ma', wenn man einen zu viel …«

Eva nickte nur. Über diesen Besuch breitete man sowieso besser den dicksten Mantel des Schweigens, den man finden konnte. Männer und Alkohol. Zwei Dinge, die man in Kombination gelegentlich gerne mal verbieten würde. Jetzt würde sie Silke gegenüber immer mit diesem Geheimnis herumlaufen müssen. *Idiot.*

Uli schenkte ihr ein letztes, schuldbewusstes Lächeln und schloss die Tür.

# 8

*Ich bin ein Jeans-Typ, was nicht heißen soll, dass ich mich nicht auch in einem Smoking bewegen kann. Ich bin selbstbewusst, redegewandt, ehrgeizig, ehrlich, weltgewandt & Nichtraucher! Ich mag Architektur, Reisen und niveauvolle Unterhaltungen. Mein Wunsch ist es, eine nette Partnerin zu finden, die einfach sie selbst ist, wie ich. Bist du das? Luis, 52, gesdago@tradepartners.com*

Am nächsten Tag ließ sich Uli nicht blicken, bis Eva mit ihrem Sohn losgezogen war, um die Stadt zu erkunden. Erst am Abend sah sie ihn kurz, doch da kam es ihr so vor, als hätte er beschlossen, sich lieber nicht an seinen nächtlichen Auftritt im Wohnzimmer zu erinnern – und wenn doch, dann höchstens als wirren Alkoholtraum. Silke gegenüber fühlte Eva sich ein bisschen unwohl und war froh, dass Oliver ihr die Gelegenheit bot, sich abzulenken und die meiste Zeit einfach nicht zu Hause zu sein.

Sonntagmorgen brachte sie ihren Sohn wieder zum Bahnhof. Als sie zurückkam, setzte sie sich an den Computer, um noch einmal nach Jobangeboten im Internet zu suchen. Die zwei schönen Tage mit Oliver waren nicht eben billig gewesen.

In ihrer Post wartete eine Nachricht von Luis. Sie brauchte einen Moment, bis der Name ihr etwas sagte. Richtig – das war einer der Anzeigen-Männer. Nach der Klamotten-Tauschparty hatte sie ihm im Überschwang auf sein Schreiben geantwortet, und er hatte sofort reagiert.

»Heute Abend?«, entfuhr es Eva, als sie die Nachricht las. »Silke, guck dir das an. Da kann doch was nicht stimmen, wenn er's so eilig hat.«

Die Freundin kam aus der Küche geeilt und las über den Schirm gebeugt mit. »Wieso denn? Der ist nur gut organisiert. Schau, er bietet ja noch zwei Ausweichtermine an, falls du heute nicht kannst. Aber du kannst ja. Los, schreib ihm gleich zurück.«

Eva zögerte plötzlich. »Aber am Montag reicht doch ...«

»Was hast du denn?«, fragte Silke verwundert. »Du sollst den Kerl doch nicht gleich heiraten, sondern dich bloß ein bisschen amüsieren.«

Eva sagte nichts. Die Freundin wusste ja nichts davon, dass sie sich schon amüsiert hatte, und wie. Natürlich war keine Rede davon, mit Luis ins Bett zu hüpfen, aber trotzdem ...

»Gerade nach einer Trennung wie deiner sollte man nicht ewig in Trauerkleidung rumlaufen«, dozierte Silke. »Außerdem tust du ein gutes Werk – du prüfst einen Kandidaten. Wenn du ihn nicht willst, haben andere dann schon mal eine Orientierung.«

Eva musste lachen. »Na gut. Von einem Abend mit einem neuen Kerl werde ich wohl noch nicht zum Luder.«

Die Freundin las noch einmal Luis' Nachricht. »Ein Luder ohne Stöckelschuhe ist sowieso keins. Er hat nämlich den Tiergarten vorgeschlagen. Da brauchst du was Handfesteres zum Anziehen.«

Nun stand sie also hier in Berlins Vorzeige-Park, von Silke mit einer detaillierten Skizze versehen, die ihr den Weg zur Bootsanlegestelle am Neuen See gewiesen hatte. Es war für Anfang April ein ungewöhnlich warmer Tag, und die letzte Abendsonne fiel bronzefarben durch die noch unbelaubten Äste. Hier und da bummelten Spaziergänger über die

Wege, doch insgesamt war es wunderbar still und beschaulich.

Ein wenig mulmig war ihr immer noch. Wollte sie das eigentlich wirklich – neue Männer daten? Dass sie noch *konnte*, das hatte ihr Torsten gezeigt. Eva trat einen Schritt näher ans Ufer. Neben ihr flatterte eine Ente empört mit den Flügeln und watschelte eilig ins Wasser des kleinen Teiches. Sie hatte das Tier offensichtlich aufgestört und verjagt.

»Entschuldigung«, sagte Eva zu der Ente. »Ich hab dich nicht gesehen.«

Die Ente warf ihr noch einen vorwurfsvollen Blick zu und paddelte davon.

»Sprechen Sie öfter mit Tieren?«, fragte eine Stimme.

Eva zuckte zusammen. Drei Schritte hinter ihr stand Luis, sie erkannte ihn sofort von dem Bild, das er mitgeschickt hatte. Jeans, teure Lederjacke, das Alter (seines, nicht das der Jacke) schwer zu schätzen. Er gehörte zu der Sorte Mann, die recht ansprechend altert – als hätte das Foto von einem 30-jährigen Luis nur etwas zu lange im Licht gelegen. An der Leine in seiner gebräunten Hand zappelte ein kleiner, schicker Hund – etwas Jack Russell-mäßiges, glaubte Eva. Der Hund hob gerade sein Bein an der nächsten Buche.

Luis sagte lächelnd: »Dann fragen Sie doch mal meinen Hund, ob seine Pfote tatsächlich wieder okay ist. Man weiß es bei Hunden nie so genau.«

»Ich kann nur Enten«, erwiderte Eva lächelnd. »Tut mir leid.« Sie wandte sich vom Teich ab, wo die verschwundene Ente eine spiegelglatte Oberfläche hinterlassen hatte.

»Eva Morbach, guten Tag.«

»Luis. Ich bin ein glücklicher Mann.«

Eva hoffte, dass sie nicht rot wurde. Während sie sich die Hand schüttelten, spürte sie seinen anerkennenden Blick.

»Das ist Ares«, sagte Luis. »Wollen wir ein Stückchen gehen?« Ares zerrte bereits nachdrücklich.

»Gerne«, sagte Eva.

Luis deutete mit der Hand die Richtung an, die er einzuschlagen gedachte. In Wirklichkeit hatte Ares längst entschieden. Nun, wenn jemand seinen winzigen Hund nach dem römischen Kriegsgott nannte, musste er wohl mit dessen Entschlusskraft rechnen. Aber die Idee mit dem Spaziergang war trotzdem gut: Auf die Art konnte man nebeneinander herlaufen und überall hingucken, nur nicht direkt ins Gesicht seines Gegenübers.

»Eine Wegskizze?«, fragte Luis unvermittelt.

Eva sah etwas überrascht auf den Zettel in ihrer Hand. Sie hatte ganz vergessen, dass sie ihn immer noch festhielt.

»Ja. Ich bin nicht von hier.«

»Ach? Zugezogen?«

»Ja, so kann man es wohl sagen.«

»Und wie kamen Sie auf die Idee? Ich meine, was hat Sie veranlasst, dem Zug der Lemminge zu folgen?«

Der Ausdruck ärgerte Eva ein wenig. »Weil ich ein dummes Herdentier bin, vielleicht?«

Luis guckte konsterniert. »Aber... Ich wollte Ihnen doch nicht zu nahe treten. Ein kleiner Scherz...«

»Klar, schon gut.« Eva wunderte sich ein wenig über sich selber. Warum war sie plötzlich biestig? Der Mann neben ihr sah einigermaßen gut aus, benahm sich nicht daneben, hatte einen hübschen kleinen Hund, der nur ein wenig zu stark an der Leine zerrte, und schien sogar halbwegs intelligent zu sein. Also sollte sie ihm verdammt noch mal auch eine Chance geben.

»Wahrscheinlich bin ich das nur nicht gewöhnt, was wir hier machen. Treffen mit völlig unbekannten Männern, wissen Sie...«

»Oh. Das erste Mal?«, fragte Luis. Auf seinem gebräunten Gesicht erschien ein zufriedenes Lächeln. »Ich dachte mir gleich, dass Sie keine abgebrühte Sucherin sind.«

Eva sah ihn fragend an.

»Ein Anzeigenjunkie. Eine Frau, die schon Dutzende von Anzeigen geschaltet und auf Hunderte geantwortet hat. Die kriegen so eine gewisse Routine, wissen Sie…« Luis' Miene kam einem Naserümpfen ziemlich nah.

Eva sagte nichts und tat so, als würde sie Ares zusehen, der an einem Laubhaufen schnüffelte und dann das Bein hob. Gezwungenermaßen blieben sie stehen. Als sie nicht länger so tun konnte, als sei der Hund wahnsinnig interessant, schaute sie auf und begegnete prompt Luis' Blick.

»Sie gefallen mir«, befand er unvermittelt. »Ja, wenn ich das so sagen darf… Ihre ungekünstelte Art, Ihre Ausstrahlung. Ganz anders als so manche Ihrer Geschlechtsgenossinnen.«

Eva sah wieder zum Hund. Schon wieder so ein verfrühtes Kompliment. Sie gingen gerade mal zwei Minuten nebeneinander her!

»So schnell können Sie das schon sagen?«, bemerkte sie leichthin. Ihre Aufregung vom Anfang war allerdings auch innerhalb von zwei Minuten abgeflaut. Wahnsinn, wie schnell *das* gehen konnte.

»Das kann ich. Ich bin Unternehmer. Gute Menschenkenntnis und Entscheidungsfreudigkeit sind da zwingend, verstehen Sie? Und in Ihnen täusche ich mich nicht.«

Ares hatte genug vom Herumstehen und zog kräftig an der Leine. Durch Luis ging ein Ruck, und Eva musste sich das Grinsen verkneifen.

»Was unternehmen Sie denn?«, fragte sie, nachdem sie ihn wieder eingeholt hatte.

»Ich führe eine Kette von Bäckereien«, vermeldete er mit Stolz in der Stimme.

»Bäckereien, aha. Habe ich schon mal in einer eingekauft?«

»Wenn nicht, dann sollten Sie schleunigst damit anfangen. *Backara*?! Sind Sie sicher schon mal dran vorbeigelaufen. Wir haben sechs Filialen in der ganzen Stadt.«

Was für ein dämlicher Name, dachte Eva, sagte aber: »Interessant ... Das sind dann schon eine Menge Angestellte, die Sie zu versorgen haben.« Unanständigerweise überlegte sie, ob ihr ein Job in einer Bäckerei für eine Weile zusagen könnte. Mit Sicherheit war es besser als gar nichts.

»16 Verkäufer im Schichtwechsel und dazu vier Leute im Büro. Ich denke daran, weiter zu expandieren.«

Eva stutzte. »Und die Leute in der Backstube?«

»Ach was, völlig unmodern. Das ist heute ein enormes Verlustgeschäft, eine Backstube zu betreiben. Das Brot wird angeliefert, die Brötchen kommen in den Aufbackofen. Nur so können Sie moderate Preise nehmen, nur so verdienen Sie was. Ich erkläre Ihnen gern einmal, wie das bei uns funktioniert ...«

Während sich Luis nun über sein Geschäftsmodell verbreitete, machte sich in Eva endgültige Lustlosigkeit breit. Der Kerl war irgendwie daneben. Nicht nur, dass kein Funke übersprang, sich nicht das geringste Interesse entzündete – nein, alles, was er sagte, reizte sie auch noch permanent zum Widerspruch. So kannte sich Eva gar nicht. Am liebsten hätte sie auf dem Absatz kehrtgemacht und wäre abgehauen. Die Wegskizze hatte sie immer noch in der Hand, wie sie jetzt merkte. Na, ihr Unterbewusstsein hatte wohl gleich gewittert, dass das hier nichts werden würde.

Sie fällte ihren Entschluss im Bruchteil einer Sekunde. »Ich würde eigentlich gerne gehen.«

Luis stockte in seinem Vortrag und sah sie verblüfft an. »Aber... wir sind doch noch gar nicht zum Eigentlichen gekommen.«

»Zum Eigentlichen?«

»Nun, zur Verhandlung über das Wesentliche. Über den Punkt: *eine Partnerin, die einfach sie selbst ist, wie ich*.«

Vage begriff Eva, dass er hier eine Passage aus seinem Antwortschreiben auf die Anzeige zitierte. Aber was wollte er damit sagen?

»Ich sehe schon, Sie haben nicht ganz verstanden. Leider geht das vielen so, unter Umständen muss ich diesen Punkt noch unmissverständlicher formulieren. Dabei ist er doch im Grunde eindeutig: Wann und wie sind Sie Sie selbst? Ich sage es Ihnen: nur, wenn Sie nackt sind.«

Ohne es zu merken, hielt Eva den Atem an. Mehr instinktiv als bewusst nahm sie wahr, dass sich auf den angrenzenden Wegen noch Spaziergänger bewegten. Sie war also nicht ganz allein hier draußen.

»Bitte verstehen Sie mich nicht falsch. Ich bin bekennender Nudist, weiter nichts. Doch im Gegensatz zu allen anderen Religionen werden wir in unserer ach so liberalen Gesellschaft nicht in Ruhe gelassen, sondern wie Freiwild gehetzt. Ich muss in dieser Aufmachung hier herumlaufen, obwohl mein Körper dies als Freiheitsentzug und Folter empfindet. Könnte ich am Morgen ohne Kleidung ins Büro gehen? Ich würde geteert und gefedert. So viel zu freiheitlich-demokratischer Grundordnung.« In Luis' plötzlich verschatteten Augen stand Verbitterung.

Eva rang um Fassung, bemühte sich jedoch, keine Miene zu verziehen. »Äh, Sie ... sind Nudist? Was äh ... na ja, natürlich ist das kein Problem. Für Sie, meine ich.«

»Nun, *für mich* – das reicht natürlich nicht, richtig? Da wir in Betracht gezogen haben, uns vielleicht näher zu verbinden, müssen wir diesen zentralen Punkt sinnvollerweise klären. Aus leidvoller Erfahrung weiß ich, wie Frauen reagieren, wenn sie das erste Mal zu mir nach Hause eingeladen sind und ich ihnen, so wie ich bin, die Tür öffne. Ich habe daraus gelernt, deshalb lassen Sie uns das bitte gleich abhaken.«

Irgendetwas kitzelte Eva tief drinnen im Bauch, aber sie

kämpfte tapfer dagegen an. »Was wollen Sie von mir hören? Dass ich Ihre äh … Einstellung akzeptiere? Und es mir nichts ausmachen würde, Sie in Ihrem Zuhause äh … völlig ausgezogen zu erleben?« Das Kitzeln wurde stärker.

»Aber nein. Sie müssten schon bereit sein, ebenso Sie selbst zu sein. Genau so, wie ich es in meinem Schreiben formuliert habe.«

»Ich sollte also … nackt herumlaufen, wenn ich bei Ihnen bin?«

»Nicht nur bei mir. Idealerweise würden Sie im Lauf der Zeit erkennen, wie unglaublich befreiend dieser Zustand ist. Und würden auch in Ihrer eigenen Wohnung die falschen Hüllen fallen lassen. Außerdem habe ich Freunde – wir treffen uns regelmäßig in den von uns geschaffenen Freiräumen.«

»Ich verstehe.« Eva unterdrückte mit aller Gewalt die Zuckungen, die sich von ihrer Bauchgegend aus weiter ausbreiten wollten. »Aber warum sehen Sie sich denn nicht in Ihrem eigenen Freundeskreis um nach einer … Gleichgesinnten? Es ist doch eher unwahrscheinlich, dass Sie draußen in der freien Wildbahn einer Frau begegnen, die Ihre Interessen teilt.«

»Hmpf.« Der Unternehmer, der so souverän gewirkt hatte, sah plötzlich fast ein wenig traurig aus. »Die paar Frauen, die infrage kommen, hat man schnell durch. Nein, nicht so, wie Sie meinen. Die Szene ist klein, wissen Sie, und es gibt nicht viel Nachwuchs. Zwei längere Beziehungen hatte ich in unseren Kreisen, aber nun ist es vorbei. Seit zwei Jahren suche ich schon per Anzeige, draußen in der Gesellschaft.«

Eva seufzte. Zum ersten Mal war ihr Luis beinahe sympathisch. »Aber Sie vertun unglaublich viel Zeit, wenn Sie nicht mit offenen Karten spielen. Ich kann mir nicht vorstellen, dass viele Frauen äh … in Ihrem Sinne reagieren, wenn Sie die Katze aus dem Sack lassen.«

»Oh, da täuschen Sie sich, glauben Sie mir. Aber es geht meist über ein oberflächliches Interesse nicht hinaus. Und ich suche etwas Längerfristiges, verstehen Sie?«

Sie verstand. Das Lachen war ihr auch vergangen, so verloren wirkte der toughe Kerl auf einmal. Selbst Ares hatte sich hingehockt und betrachtete sein Herrchen mit sorgenvoller Miene.

»Es tut mir leid, Luis. Aber ich will offen sein und Ihnen möglichst wenig von Ihrer Zeit stehlen: Ich bin nicht interessiert. Selbst wenn Sie kein Nudist wären, würde zwischen uns nichts passieren. Man merkt ja gleich, ob da ein Funke überspringt, finden Sie nicht? Aber seien Sie nicht niedergeschlagen, bitte. Sie sind ein sehr gut aussehender Mann, erfolgreich noch dazu. Es müsste doch mit dem Teufel zugehen, wenn Sie nicht irgendwann Ihre Traumfrau finden würden.«

Luis seufzte tief. »In dieser Welt geht es verdammt oft mit dem Teufel zu.«

»Dann muss man eben etwas dagegensetzen. Wissen Sie was? Ich werde ein bisschen die Werbetrommel für Sie rühren. Ich kenne einen ganzen Haufen Frauen, die ebenfalls auf der Suche sind. Vielleicht würde sich die eine oder andere gerne mit Ihnen treffen – trotz der speziellen Voraussetzungen, die Sie sich wünschen. Einverstanden?«

Luis nickte zögernd. »Aber wenn Sie selbst vielleicht doch, nach einer gewissen Überlegenszeit …«

Eva lächelte ihn freundlich an, schüttelte aber den Kopf. »Nein, tut mir leid, Luis. Aber ich wünsche Ihnen wirklich alles Gute.«

Unvermittelt hatte Ares die Lust am Herumstehen verloren und zerrte mit aller Kraft. Luis ruckte ein Stück zur Seite.

»Machen Sie's gut.« Eva drehte sich um und ging davon.

Nach ein paar Schritten drehte sie sich noch einmal um und winkte. Luis stand immer noch da und sah ihr mit bedauerndem Blick hinterher.

# 9

*Liebe Elke,*
*auf dem Papier bin ich über 50, in Kopf und Körper noch lange nicht. Ich erkunde lieber ganz Berlin mit dem Rad, als nach Thailand zu fliegen. Mag Tiere lieber in der Natur als auf dem Teller und bin allergisch gegen Katzen, Hunde, Pferde und Meerschweinchen.*
*Dass ich unvollkommen bin, weiß ich. Ich hoffe, dass auch du nicht vollkommen bist. Freddy, 0167-894…*

*Unvollkommen …* ja, das war schön ausgedrückt. Unvollkommen fühlte sie sich auch, ganz besonders jetzt, wo sie alleine in der Breitlingschen Wohnung auf dem Sofa hockte, am Montagmorgen, und einfach keine Energie aufbringen konnte, irgendetwas Vernünftiges zu tun. Dabei hätte sie so viel tun *müssen*! Stattdessen blätterte sie bloß in ihren 40 Briefen herum. Eigentlich hätte sie Bewerbungsschreiben formulieren sollen. Eva legte Freddys Brief beiseite und griff nach dem nächsten.

*Bist du, liebe E., die Frau, die mit mir durch dick und dünn geht? Der ich jederzeit mein Herz ausschütten kann? Vertrauen und Zuverlässigkeit sind für mich lebenswichtig. Ich bin ein lieber Mensch und man kann gut mit mir kuscheln. Wenn einer schlecht drauf ist, bringe ich ihn gern zum lachen oder leihe ihm mein Ohr. Ich würde mir wünschen, wie du, mein restliches Leben mit mir zu verbringen …*

Eva lachte laut auf. Wunderbar! Ja, sie würde sich auch wünschen, mit sich selbst ihr restliches Leben zu verbringen, und wie! Solange solche Perlen unter den Briefen waren, durfte man ruhig ein bisschen Zeit an sie verschwenden. Immer noch glucksend, stopfte sie den Brief in den Umschlag zurück und wollte eben nach dem nächsten greifen, als das Telefon draußen im Flur klingelte. Eilig legte sie die Briefe weg und lief hinüber.

»Bei Breitling …«

»Hallo, hallo! Kann ja nur Eva sein, nehme ich an? Ich bin Irmela, Irmela Habel, weißt du noch? Wir kennen uns von Silkes Geburtstag im letzten Jahr. Die Leute erinnern sich eigentlich meistens an mich, keine Ahnung, wieso.« Ein saftiges, ansteckendes Lachen drang aus dem Hörer. »Jedenfalls bin ich vorgestern wieder aus dem Urlaub zurückgekommen, und da hat mir Silke erzählt, dass du hier bist. Also wollte ich dich in unserer Runde ganz offiziell begrüßen. Verstärkung ist immer gut!«

Wieder lachte sie herzhaft. Eva musste unwillkürlich mitlachen.

»Wir sind ja ein ganzer *Haufen* verlassener Weiber, ehrlich wahr. Man möchte es fast nicht glauben – als gäbe es da so eine Art ansteckende Krankheit mit Anfang 40! Wo man auch hinguckt: sitzengelassene, betrogene, verwitwete Frauen – und welche, die's bloß noch nicht *wissen*! Haha!«

So richtig wusste Eva nicht, warum das so lustig war. Bevor sie aber noch Luft geholt hatte, ging es schon weiter.

»Und dann natürlich die, die seit Ewigkeiten schon alleinerziehend sind, klar. Die nie mehr als vier Wochen bis ein halbes Jahr schaffen mit so einer Beziehung. Wobei noch die große Frage ist, an wem's liegt, was?«

»Die große Frage, genau«, antwortete Eva unverbindlich. »Aber bei mir …«

»Ist es natürlich anders, ich weiß. Und vor allem noch

ganz frisch. Das ist auch nicht immer lustig, klar. Ich wollte auch nicht in alten Wunden rumstochern, sondern eine *Lösung* anbieten! Zumindest eine kleine, momentweise Lösung. Entspannung – das ist das Zauberwort. Das macht den Kopf wieder klar.«

»Was meinen Sie … meinst du damit?« Jetzt erinnerte sie sich wieder vage an die rothaarige, auffällige Frau bei Silkes Party damals.

»Lomi Lomi Nui.«

Eva drückte den Hörer ein wenig fester ans Ohr. Hatte sie Hörstörungen?

Nach einem winzigen Moment der Stille prustete die andere Frau los. »Entschuldige, da kann ich nie widerstehen! Den Begriff kennt ja kaum einer, und alle stutzen dann immer so – *zu* schön. Also, pass auf: Lomi Lomi Nui ist eine traditionelle hawaiianische Massage, ein Traum, eine wahre Wunderdroge. Ich schwöre, dass sie mich jedes Mal einen Monat jünger macht. Ich habe schon angerufen, ob ich jemanden mitbringen kann. In zwanzig Minuten hole ich dich ab. Was sagst du? Trübsal blasen kannst du danach immer noch – wirst du aber nicht, das schwöre ich dir.«

Eva zögerte. »Ich sollte eigentlich ein paar Dinge erledigen …«

»Da kommt's doch auf zwei Stunden auch nicht an, oder? Gib dir einen Ruck. Nach der Massage hast du viel mehr Energie.«

»Okay. Probieren wir's mal mit Lomo …«

»*Lomi Nui.* Wunderbar – eine Frau der Tat. Also bis gleich!«

Irmela Habel war gesprächig, raumgreifend und nicht zu übersehen. Sie trug teure Klamotten, die ihrer runden Figur erstaunlichen Pep gaben, eine teure Frisur, auf deren Burgunderrot sicher irgendein Starfriseur ein Patent hatte, und ein Augenzwinkern, das das Herz erwärmte.

Eva mochte sie auf Anhieb – trotz ihrer nicht enden wollenden Bereitschaft, auch noch die letzte Seelenregung mit ihrer gesamten Umwelt zu teilen. Irmela war eben großzügig.

So großzügig, dass ihr auch die Idee kam, Eva nach der Massage zum Mittagessen einzuladen. Eva kapitulierte vor Irmelas Überzeugungskraft und ihrem eigenen Hunger, bestand aber darauf, wenigstens das Essen selber zu zahlen.

»Wenn du unbedingt willst«, entgegnete Irmela. »Aber nötig wär's nicht. Andreas bedenkt mich großzügig, meinem schnuckeligen Anwalt sei Dank.«

Während der kurzen Fahrt zu dem kleinen indischen Restaurant klärte sie Eva über sämtliche Vorgänge rund um ihre zwei Jahre zurückliegende Scheidung auf: die ständigen Meinungsverschiedenheiten mit Andreas, ihrem Ex, die gegenseitigen Affären, die glückliche Tatsache, dass sie ihm auf seine draufgekommen war, er aber nicht auf ihre, ihr richtig scharfer Hund von Anwalt, dessen eigene Ehe ebenfalls unglücklich war, wie sie herausgefunden hatte. Sie hätte diesen Anwalt zu gern ein bisschen glücklicher gemacht, lachte Irmela. Aber er blieb kühl, wenn auch sehr effizient. Er hatte ihr einen satten monatlichen Unterhalt verschafft – bis zur Rente, man stelle sich mal vor! Andreas hatte es aber auch dicke, er war Unternehmer. Er wohnte schon längst mit seiner neuen Gattin in der alten Villa und merkte den Unterhalt kaum. Wieso sollte Irmela da ein schlechtes Gewissen haben?

Das konnte ihr Eva auch nicht sagen. Irmelas gute Laune wirkte ansteckend, und sie bestellte ein Chicken Marsala.

Irmela orderte ein Lammcurry und lehnte sich dann aufseufzend in den gepolsterten Stuhl zurück. »Oh Mann, diese Massage macht einen hungrig, was? Ich könnte danach immer ein ganzes Pferd verdrücken. Vielleicht liegt es daran, dass Samuel so lecker aussieht!« Sie kicherte so heftig, dass ihr Busen wogte.

Samuel war Irmelas Masseur beim Lomi Lomi, ein sehr hübscher Mensch mit kaffeebrauner Haut und breiten Schultern. Eva vermutete, dass Samuel der Hauptgrund war, warum Irmela jeden zweiten Montag im Monat 60 Euro in den Prenzlauer Berg trug.

»Also«, kam es unvermittelt von Silkes Freundin, »willst du mal über deine Ehe reden? Manchmal ist Reden so eine Art innerer Massage, finde ich wenigstens. Vermutlich quatsche ich deswegen so viel.« Sie grinste entwaffnend. »Aber ernsthaft: Überleg dir, ob es dir nicht auch gut tun könnte. Du kennst mich kaum, du kannst also ganz ungeniert loslegen. Hm? Wie war er denn so, dein Ehemann?«

Eva war leicht aus der Fassung gebracht, doch Irmelas offener Blick löste die Blockade. Warum zum Henker sollte sie nicht darüber reden?

»Marcel ist ... war meine große Liebe. Auf jeden Fall vor neunzehn Jahren, als wir uns kennengelernt haben. Ich hatte eigentlich gedacht, das würde ewig halten.« Sie nahm einen raschen Schluck aus ihrem Wasserglas. »Na ja, man irrt sich halt manchmal.«

»Wieso denn? Sie war es jedenfalls lange Zeit. Nur bei ihm ist wohl irgendwas dazwischengekommen.« Irmelas Blick war mitfühlend, sie hatte jedes Chichi abgelegt.

Eva zuckte die Achseln. »Nun hat er eben eine Neue. Zuerst wollte ich kämpfen, aber dann – war ich mir zu schade dafür, so einfach ist das. Ich bin abgehauen. Soll er doch sehen, wie er mit so einer jungen Pute mit festem Arsch und Stroh in der Birne klarkommt. Diese Nullnummer, dieser blöde Sack.«

Irmela machte ein Pokerface, und Eva musste plötzlich lachen. »Das Schimpfen hat vor drei Wochen auch noch mehr Spaß gemacht«, sagte sie.

Sie grinsten sich an, und dann meinte Irmela: »Die Schimpfwörter hat er sicher auch alle verdient. Aber er ist auch mehr als eine Nullnummer, zumindest *gewesen.*«

Eva zögerte. »Klar, er war mal anders. Frisch und enthusiastisch, auch in unserer Beziehung. Ich fand das immer toll. Es war spannend mit ihm, und trotzdem konnte man sich auf ihn verlassen.«

»Wann hat sich das geändert?«, fragte Irmela aufmerksam.

»Ich weiß nicht, im Laufe der Jahre eben. Als es beruflich nicht mehr so lief und er als Fahrlehrer arbeiten musste, wurde er immer unglücklicher ...«

»Und wenn sie unglücklich werden, kommen die Geliebten.«

Eva erwiderte nichts. So war das wohl.

Dass in diesem Augenblick das Essen serviert wurde, war ihr eine willkommene Ablenkung. Doch Irmela kam nach den ersten Bissen auf das Thema zurück.

»Glaub mir«, sagte sie seufzend, »ich kenne das. Nicht nur von mir. Von uns *allen.* Paare über zehn Jahre Haftung sind die absolute Minderheit. Zumindest hier in der Großstadt.«

»Ich begreife das nicht«, sagte Eva kopfschüttelnd. »Gibt sich denn niemand mehr Mühe? Ist denn niemand mehr bereit, ein bisschen Arbeit in eine Beziehung zu investieren?«

Wieder zögerte Irmela einen Moment. »Wie viel Mühe hast du dir gegeben?«

Es kam ganz offen – und wirkte daher umso entwaffnender. Eva überlegte tatsächlich. *Hatte* sie sich Mühe gegeben? Hatte sie irgendetwas geleistet, um die Beziehung zwischen ihr und Marcel zu beleben, immer wieder neu zu gestalten?

Hatte sie nicht.

»Siehst du? Wer von uns hat das denn schon – sich Mühe gegeben? Und dafür zahlen wir alle den Preis.«

»Du scheinst ja noch ganz gut dabei weggekommen zu sein«, entfuhr es Eva. Es war nicht böse gemeint, und Irmela schien das zu begreifen.

Trotzdem war es, als ob sich für einen winzigen Moment eine dunkle Wolke über ihr sonniges Gemüt schöbe. »Ich bezahle dafür, glaub mir«, sagte sie leise, lächelte dann aber gleich wieder. Eva spürte den Impuls, ihr die Hand zu drücken, doch da sprach sie schon weiter.

»Natürlich weiß ich, dass die Kohle klasse ist. Aber ich bin nicht wegen der Kohle *nicht* unglücklich, sondern weil ich aufgehört habe, permanent auf der Suche zu sein! Alle anderen – Vera, Charlotte, Ellen, egal wie sie heißen – fühlen sich *halb*, sie fühlen sich leer ohne Mann. Sie haben furchtbare Angst vor den nächsten vierzig Jahren, verstehst du? Dabei – ehrlich jetzt mal – ist der Ärger doch meistens größer als der Gewinn.«

Irmela pustete sich die Haarsträhnen aus dem Gesicht. Das leckere Essen hatte ihr die Röte auf die Wangen getrieben. »Ich *liebe* Männer, wirklich. Aber auszuhalten sind sie doch nur für kurz, findest du nicht? Nagel mich nicht für ewig fest – aber jetzt im Moment sage ich dir ganz ernsthaft, dass ich keine feste Beziehung will. Gott bewahre! Aber alle anderen, die ich kenne und die das auch behaupten, lügen. Glaub mir.«

»Ich fange gerade wieder an, an Männer zu denken. Ein ganz kleines bisschen wenigstens. Silke hat für mich eine Kontaktanzeige in die Zeitung gesetzt, und gestern hab ich mich mit dem ersten getroffen.«

»Ach was? Und wie war er?«

»Bekennender Nudist. Im Grunde ganz nett, aber mit einer mittelschweren Meise.«

Irmela lachte laut. »Jeder Schuss kein Treffer, hm? Aber trotzdem, mach weiter damit. Was das für Energien freisetzt, wenn mal was klappt mit einem Kerl! Die Säfte steigen und alles sprießt.« Glucksend schüttelte sie den Kopf. »Gestern hab ich Kirsten getroffen. Wenn da nicht was im Busch ist mit einem Mann, so wie die von innen geglänzt und gefunkelt hat!«

Eva fiel die Klamotten-Party wieder ein. »Ja, da läuft wohl was mit einem, ein Niklas oder Nils …«

»Nils Fehrenberg, dacht ich's mir doch – er ist aber auch ein Schmuckstück vor dem Herrn. Auf den sind alle scharf, meine Liebe, da wünsche ich Kirsten viel Glück. Und dir mit deinen Anzeigen. Immerhin, vielleicht ist da auch ein Juwel dabei, was?«

Eva lächelte. »Nicht gerade wahrscheinlich, oder? Aber das ist egal. Es bringt ein bisschen Farbe ins Leben.« Urplötzlich fiel ihr Torsten ein, den sie wahrhaftig verdrängt hatte. Warum eigentlich? Weil er ihr zu nahe ging oder einfach nicht nahe genug? Er werde sich wieder melden, wenn er das nächste Mal in Berlin sei, hatte er gesagt. Und er könne sich nichts Schöneres vorstellen, als sie wiederzusehen.

Irmela rief nach der Rechnung, wobei ein Sonnenstrahl von draußen auf ihr rotes Haar fiel und es aufleuchten ließ. Eva fasste einen spontanen Beschluss.

»Apropos *Farbe im Leben*. Du hast mich inspiriert: Ich werde zum Friseur gehen und mir die Haare machen lassen. Vielleicht in einer ganz neuen Farbe. Jetzt sofort.«

Irmela musterte sie überrascht. »Friseur? Friseur ist immer gut. Aber bitte rühr deine Farbe nicht an! Nach deinem Honigblond würden sich andere Frauen alle zehn Finger lecken. Einen schicken Schnitt – ja. Dann würdest du locker jeden Kerl kriegen, den du dir wünschst.«

Eva lachte. »Ich will das aber nicht für andere, sondern für mich. Ein neues Leben braucht eine neue Frisur.«

# 10

*Hi, wie du dir denken kannst, bin ich auf der Suche nach einer netten Frau und würde mich auf eine Antwort von dir freuen.*
*Meine Hobbys sind:*
*Gitarrespielen, Slacklining, Modellbau, Sport, Autos, Computer, Musik, Ausschlafen*
*Was ich mag:*
*Rockmusik, Blues, Hip-Hop, Lasagne, Pizza, Spaghetti, gute Freunde, Lang Schlafen, Sonne, Urlaub, Slacklines, Modellflugzeuge*
*Was ich nicht mag:*
*Falsche Freunde, Atomkraft, früh aufstehen, Angeber, Krieg, Chilischokolade, Sauerkraut, Hirsebrei, schlechtes Wetter, Schichtdienst*
*Das reicht fürs erste, oder? Würde mich freuen, bald von dir zu hören.*
*Michael, junggeblieben. michiporzer@webmail.com*

Eva ließ sich von Irmela einen Friseur empfehlen, und die kutschierte sie flugs zu *Donner und Dorio*, ihrem Stamm-Salon. Gemeinsam überredeten sie den Chef höchstpersönlich, einen kleinen Italiener namens Dorio, Eva die Haare zu machen. Man servierte Kaffee und Prosecco, und die zwei Stunden vergingen für Eva wie im Flug. Als sie fertig war, staunte sie selbst über das Kunstwerk, dass Dorio vollbracht hatte: Blonde Wellen in verschiedenen Tönen umrahmten ihr Gesicht, brachten das warme Braun ihrer Augen wunderbar zur Geltung, verliehen ihr Schwung und Anmut.

»Grandios!«, hauchte Irmela in neidloser Bewunderung.

Dorio verdrückte eine gerührte Träne und überschüttete sie mit Küsschen zum Abschied. (Als Eva die Rechnung beglich, argwöhnte sie, dass Irmela heimlich die Hälfte auf ihre Kappe genommen hatte, aber die stritt das vehement ab.) Zur Feier der gelungenen Frisur schlug Irmela dann vor, noch ein wenig zu bummeln und danach einen letzten Absacker in einem kleinen Café zu nehmen. Eva ließ sich nicht lange bitten. Sie gefiel sich selbst so gut, dass sie es für eine Verschwendung gehalten hätte, gleich nach Hause zu gehen.

»Es macht richtig Spaß, den Tag mit dir zu verbringen, wenn ich das mal so sagen darf«, verkündete Irmela und orderte noch einmal Prosecco.

»Dito«, sagte Eva. »Und diesmal bezahle ich.«

Sie saßen da wie zwei zufriedene Feldherren, die eine erfolgreiche Schlacht hinter sich und die wohlverdiente Pause vor sich hatten. Erst als Evas Blick zufällig auf die Preisliste fiel, auf der das Glas Prosecco mit 5 Euro 50 aufgeführt war, fiel unvermittelt ein kleines Stück des Glanzes von ihr ab.

»Weißt du vielleicht einen Job für mich?«, fragte sie. »Wo du doch sonst so viel weißt.«

Irmela sah sie nachdenklich an. »Bist du denn entschieden, dass du hierbleiben willst? Und nicht zurück willst in dein altes Nest?«

Eva wunderte sich selbst ein wenig über die Sicherheit, die sie verspürte. Aber sie war da, und sie fühlte sich richtig an. »Ja. Ja, ich bleibe hier. Es ist Zeit, etwas Neues zu versuchen.«

»Also gut, wunderbar. Ein Job ... Ich nehme an, du willst wieder als Lehrerin arbeiten?«

»Am liebsten, klar. Aber ich bin ja in der Freistellung, da kann ich nicht einfach woanders anfangen.«

»Soll ich mal meinen Anwalt fragen?«, grinste Irmela.

Eva winkte lächelnd ab.

»Na gut. Du hast die üblichen Wege schon abgegrast?«

»Das Zeug, das in den Zeitungen steht, hält meistens nicht das, was es verspricht. Ich hab letzte Woche viel herumtelefoniert, aber es ist nichts dabei herausgekommen.«

Irmela trank und schnalzte genießerisch mit der Zunge. »Hm, hm. Wie wär's denn dann mit Trennungsunterhalt? Wo uns der liebe Gott solche wunderschönen Instrumente geschenkt hat, sollten wir sie doch auch hin und wieder benutzen, oder?«

Eva schüttelte sich ein bisschen. »Nein! Würde ich sowieso nicht kriegen, denn ich habe in den letzten Jahren immer mehr verdient als Marcel. Eher müsste ich ihm welchen zahlen, Gott bewahre!«

»Na, das wäre ja noch schöner. Aber wenn du nichts verdienst, kannst du sowieso nicht zahlen. Also, lass uns mal überlegen: Lehrerin für Englisch und Geschichte, stimmt's? Jahrelange Erfahrung in diesem Knochenjob, Organisationstalent, soziale Fähigkeiten, Engelsgeduld. Nerven wie Drahtseile, oder?«

Eva grinste. Sie stießen an und leerten die Gläser.

»Als Erstes rufe ich gleich mal Kirsten an, du weißt ja, dass sie Lehrerin ist …«

»Richtig, hab ich ganz vergessen. Das kann ich aber selbst machen.«

»Auch gut. Aber ich werde auch bei all meinen Bekannten rumfragen – und glaub mir, davon hab ich eine Menge. Wäre doch gelacht, wenn nicht irgendwo was rauskäme. Wir müssen nur ordentlich in Umlauf setzen, dass du was suchst.« Sie tätschelte Evas Knie.

»Das Internet ist voll mit Angeboten, so ähnlich wie bei

Männern«, sinnierte Eva. »Aber wenn du genauer hinguckst, haben alle einen Pferdefuß so groß wie ein ganzes Mammut oder sind schon vergeben.«

Irmela schnaubte in ihr Sektglas. »Oder wollen einfach nicht. Wieso fällt mir denn ausgerechnet jetzt der Kerl aus dem Urlaub wieder ein? Ich hatte ihn doch so erfolgreich verdrängt.« Sie lachte, aber es lag auch ein Hauch aufrichtiges Erstaunen in ihrer Stimme. »Es war an der Bar, ein ziemlich schnuckeliger Kerl. Wir haben uns den halben Abend blendend unterhalten, und als ich dann ein wenig deutlicher wurde – du verstehst schon –, da sagt er mir doch tatsächlich, für Sex sei ich ihm zu alt und zu dick. Natürlich nicht mit diesen Worten, ganz höflich und charmant. Aber ich bin ja nicht blöd. Meine Güte, wenn ich nicht mit einem ordentlichen Selbstbewusstsein ausgestattet wäre, dann hätte mich das aber umgehauen.«

Eva nickte. »Ja, dein Selbstbewusstsein ist bewundernswert. Es scheint gar nichts zu geben, was dich aus den Puschen haut.«

Irmelas Lächeln bekam einen winzigen Riss, Eva sah es sofort. Ihr fiel Irmelas kryptische Bemerkung vom Mittag wieder ein, dass sie »einen Preis bezahle« für ihre Zufriedenheit. Spontan sagte sie:

»Willst du nicht vielleicht auch einmal darüber reden? Über das, was dich umtreibt, wenn du nachts nicht schlafen kannst? Du musst natürlich nicht, wenn du nicht willst. Aber das ist ein Angebot, das ab heute gilt, für wann immer du willst.« Sie lächelte. »Betrachte es als Dankeschön für die Freundschaft, die du mir so großzügig angeboten hast.«

Irmela erwiderte ihr Lächeln mit einer winzigen Verzögerung. »Ich hab *dir* zu danken, Eva. Ich komme drauf zurück, das verspreche ich. Es fällt mir schwer, darüber zu reden, weil ich dann immer heulen muss.« Sie blinzelte und grinste schief. »Und das will ich heute nicht. Aber ich danke dir ehrlich. So geradeheraus hat das noch nie jemand zu mir gesagt.«

Eva legte ihr ganz kurz die Hand auf den Arm. »Gut. Dann komme ich noch mal auf deine Urlaubsbekanntschaft in der Bar zurück. Bist du sicher, dass du den Kerl überhaupt richtig verstanden hast?«

Irmela war wieder zurück in ihrem jovialen, heiteren Selbst. »Vollkommen sicher. Ich weiß, wie Männer ticken, glaub mir«, lachte sie. »Ehrlich, einen Moment lang dachte ich an eine Fettabsaugung.«

»Das meinst du nicht ernst. Deine Kurven sind doch aufregend.«

»Nein, natürlich würde ich das nicht machen! Da bin ich drüber weg, sag ich dir, über dieses ständige Gejammere wegen der Figur!« Irmela strich sich zufrieden über die runden Hüften. »Du kennst doch den Spruch: *Wie wäre die Welt ohne Männer? Voll glücklicher, fetter Frauen!*«

Sie brachen in herzhaftes Gelächter aus.

Als Eva endlich wieder in der Knesebeckstraße eintraf, war es schon nach sieben, und nun freute sie sich darauf, Silke von ihren Erlebnissen zu erzählen. Doch kaum hatte sie die Wohnungstür aufgeschlossen, stockte sie. Aus der Küche drangen streitende Stimmen – Silke und Uli. Sie sprachen so laut, dass sie ganz offensichtlich nicht gehört hatten, wie sie hereinkam. Eva zögerte.

»... hast du ja auch schon lange nicht mehr aufgebracht. Oder?! Wir haben das so lange besprochen!« Silke.

»Ja, ja!« Ulis Antwort klang genervt. »Aber jetzt hab ich nun mal zugesagt. Ich kann mir eben nicht alles merken, was du erzählst, es ist einfach zu viel.«

»Was soll das heißen? Willst du damit sagen, ich rede zu viel? Dann redest du zu wenig! Zum Beispiel über die Abende, die du weiß Gott wo verbringst!«

»Verdammt nochmal, du bist dermaßen *anstrengend*, weißt du das? Ich will einfach nur meine Ruhe.«

Eva löste sich aus ihrer Starre und eilte auf leisen Sohlen in ihr Zimmer. Bevor sie die Tür schloss, lauschte sie noch einmal kurz. Kein kleiner Streit, so wie es sich anhörte. Verdammter Mist. Irgendwie musste sie der Freundin zur Seite stehen. Von Ulis Übergriff würde sie nicht erzählen, das würde ihr nur unnötig wehtun. Aber sie konnte sie endlich auf das Offensichtliche ansprechen, ihr Hilfe und Tipps anbieten.

Obwohl, Tipps ausgerechnet von ihr? Sie hatte sich ja nicht gerade mit Ruhm bekleckert, was Eherettung anging. Vielleicht war Streit ja gut. Vielleicht hatte sie selbst viel zu wenig mit Marcel gestritten, sich nicht genug auseinandergesetzt – ihn gar nicht richtig *gesehen*. Und dann hatte sie eines Tages die Quittung dafür bekommen.

Eva drehte sich endlich von der Tür weg – und stutzte. In einer Vase auf ihrem Nachttisch stand ein riesiger Blumenstrauß. Er war bombastisch – unzählige weiße Lilien und rote Rosen in üppigem Grün. Jetzt erkannte sie auch, was ihr Unterbewusstsein bereits irritiert zur Kenntnis genommen hatte, während sie noch an der Tür stand: den sehr durchdringenden Geruch der Lilien. Bevor sie nachsah, von wem der Strauß war – er musste per Boten überbracht worden sein –, ging sie zum Fenster und öffnete es. Sie mochte das Aussehen von Lilien, aber nicht ihren Duft.

Neugierig öffnete sie dann den weißen Umschlag, der zwischen den Blumen steckte. Er war von Torsten.

*Liebe Eva,*

*ich werde unseren Abend nie vergessen. Und hoffe natürlich sehr, dass wir ihn wiederholen, wieder und wieder … Bald bin ich wieder in Berlin und werde mich melden.*

*Dein Torsten*

Eva ließ den Brief sinken. *Wieder und wieder* … na ja. Sie

selbst hätte eine andere Formulierung gewählt. Aber es schmeichelte natürlich trotzdem, das konnte sie ehrlich zugeben. Außerdem hatte der Strauß mindestens 50 Euro gekostet.

Aber irgendetwas fehlte. Hätte sie jetzt nicht jubilieren sollen, hätte ihr Herz nicht schneller schlagen müssen?! Das tat es aber nicht – auch das musste sie ehrlich zugeben. Vermutlich lag es daran, dass sie eben erst angefangen hatte, sich neu zu orten, sie wusste einfach noch nicht, was sie genau wollte. Das Abenteuer mit Torsten war eine Etappe auf ihrem Weg, eine gute Etappe, aber womöglich nicht mehr als das. Oder?

Aber schließlich durfte sie das jetzt auch, sich ausprobieren. Sogar *Männer* ausprobieren. Ihr Blick wanderte automatisch zum Schreibtisch und ihrem Mini-Computer, ein Relikt aus alten, tabletlosen Zeiten. Doch er hatte Internetanschluss, und in ihrer Mailbox warteten möglicherweise noch andere Herrlichkeiten auf sie.

Der Lilienduft war immer noch stark. Sie stellte die Blumenvase kurzerhand auf das Fensterbrett und war eine Minute später im Netz.

Drei Nachrichten in ihrem Posteingang. Zwei Werbemails und eine Reaktion von einem der 40 Männer. Eva klickte sie auf. *Sebastian* freute sich sehr und schlug vor, sich am nächsten Abend zu treffen. Wieder musste sie an Torsten denken. Der rechnete sicher nicht damit, dass sie sich mit anderen Männern traf; sie hatten zwar über nichts dergleichen gesprochen, doch ihr Gefühl sagte, dass er nicht erfreut wäre. Aber hatte er ein Recht dazu?

Doch wohl eher nicht. Nicht jetzt, noch lange nicht. Vielleicht nie. Nein, trotz Blumen würde sie sich nicht gleich nach Marcel schon wieder von einem Mann abhängig machen. Sie wollte es sich wie Irmela gut gehen lassen.

Eva holte tief Luft und klickte auf *Antworten*.

## 11

*Was soll ich über mich schreiben? Es ist doch so viel angenehmer zu sprechen, findest du nicht? Ich bin jedenfalls Sebastian, 43, Unternehmensberater und Hobbygolfer, und ich finde deine Anzeige sehr interessant. Allzu viel verrätst du ja nicht, aber das Wenige bringt mich dazu, dir zu antworten. Was kann ich noch über mich schreiben? Ich finde es schwierig, Beziehungen so zu gestalten, dass sie wirklich über längere Zeit tragen. Ich hoffe und träume eben noch immer ... Manche Leute, die mich kennen, nennen mich jung geblieben und einen netten Kerl. Sportbegeistert und kinderlieb könnte vielleicht auch zutreffen. Doch entscheidend ist natürlich, was du sagst. Darauf bin ich gespannt. bastigerck@nlx.de*

Am nächsten Morgen rief Kirsten zurück, die Eva abends noch angerufen hatte, und bat sie, sich einen Tag später an Kirstens Schule vorzustellen. Sie hatte mit der Direktorin gesprochen, die unter Umständen eine kurzfristige Unterstützung gebrauchen konnte. Eva freute sich sehr, spürte aber, wie sich nach dem Telefonat eine beträchtliche Unruhe in ihr breitmachte. Das erste Vorstellungsgespräch, begünstigt von Vitamin B – daraus mochte wirklich etwas werden. Und wenn sie den Job tatsächlich bekam, dann war die Trennung von Marcel endgültig zementiert. Zu Evas Entsetzen kam plötzlich wieder Unsicherheit hoch. War es die richtige Entscheidung? Sie wurde nächsten Monat 41, und jetzt ließ sie sich noch auf ein solches Abenteuer ein?!

Doch dann beruhigte sie sich wieder. Vor dem Spiegel im Bad probierte sie ein paar Klamotten aus – schließlich wollte sie abends ausgehen – und merkte überrascht, dass sie sich gefiel. Wo gab es denn so was? 41, die Ehe im Eimer und trotzdem zufrieden mit sich selbst?

Sie streckte ihrem Spiegelbild die Zunge heraus, fuhr sich durch das so gut frisierte Haar und machte sich bereit, wenn schon nicht die ganze Stadt, so doch wenigstens Sebastian zu erobern.

Zwei Stunden später betrat sie die Bar des Hotel Savoy, mit hocherhobenem Kopf und einem Lächeln auf den Lippen. Sebastian hatte in seiner Nachricht auf das hellblaue Poloshirt hingewiesen, das er tragen würde, und war dementsprechend sofort zu erkennen – ein groß gewachsener, irgendwie rechteckiger Mensch mit dünnem blondem Haar, der sich erwartungsfroh aus seinem Polstersessel erhob, als Eva näher kam. Leider war sein Händedruck leicht schwammig und wirkte, als hätte er zu Hause länger geübt, um ihn fest und zupackend erscheinen zu lassen. Doch Eva nahm sich vor, keine vorschnellen Urteile zu fällen. Stattdessen machte sie es sich im Sessel neben Sebastian gemütlich. Er fragte, was sie trinken wollte, und stürzte dann davon, um ihr das gewünschte Glas Wein an der Bar zu holen. Als er zurückkam, stieß er beim Zuprosten ein wenig zu heftig an ihr Glas; es klirrte laut. Eva war froh, dass es keine Scherben gab. Gut, er war nervös, das konnte man ihm nicht verdenken. Auf seiner breiten Stirn glänzten feuchte Stellen. Um ihm die Unruhe zu nehmen, schlug sie einen lockeren Plauderton an.

»War das Ihre Idee, sich hier zu treffen? Eine gute Wahl, finde ich. Hotelbars wie diese haben so etwas Gediegenes und sind gleichzeitig aufregend, finden Sie nicht?«

»Oh – nein, also ja. Also nein, eigentlich hat das ein Freund von mir vorgeschlagen. Er meinte, das wäre gut für den Start …« Sein Lächeln war etwas fahrig, doch dann schien er sich einen Ruck zu geben. Als er fortfuhr, gewann er zunehmend an Sicherheit.

»Ich selbst bin eigentlich zu oft in Hotels, wissen Sie? Ich reise viel, in meinem Beruf muss ich das. Die Unternehmensberatung ist in den letzten Jahren ein hart umkämpftes Feld geworden, und da ist es notwendig, sich bundesweit umzutun, ständig unterwegs zu sein. Ich steige oft in Häusern wie diesem ab, sie sind wie ein zweites Wohnzimmer für mich, verstehen Sie? Ich komme viel zu wenig zu meinen eigentlichen Hobbys.«

Eva staunte. Ihre harmlose Frage schien ein Loch in ein Fass geschlagen zu haben, das nun auszulaufen begann, langsam, aber stetig. Sebastian hörte nicht auf zu reden – ein endloser, sich selbst genügender Brei aus Worten, nur unterbrochen von gelegentlichen Fragen, die eigentlich keine Antwort erforderten. Zu Beginn versuchte Eva noch, hin und wieder etwas einzuwerfen oder das Gespräch in andere Bahnen zu lenken, doch irgendwann gab sie das auf. Sebastian war nicht zu bremsen – ein endloses Geschwafel über die eigene Person, die eigenen Hobbys, die eigene Vergangenheit, Gegenwart und Zukunft. Irgendwann linste Eva auf ihre Uhr und stellte mit Entsetzen fest, dass schon über eine Stunde vergangen war. Unentschlossen drehte sie ihr leeres Weinglas in den Fingern. Sollte sie dieser Sache ein Ende bereiten? Kein Wunder, dass Sebastian Schwierigkeiten hatte, längere Beziehungen zu führen – wenn einer nur um sich selber kreiste, rannten ihm die anderen eben davon. Komisch, dass das nicht schon in seinem Brief zu erkennen gewesen war. Vielleicht hatte ihm den ja auch sein Freund in die Feder diktiert.

Zu allem Übel ging Sebastians Stimme auch noch bei jedem

Satzende in die Höhe, als wäre alles und jedes eine Frage: *Ich lebe seit zwei Jahren allein? Aber ich sage immer, das tut jedem mal gut?* Trotz seines ganz passablen Äußeren war dieser Mann zutiefst unsicher; hatte er eine zu dominante Mutter gehabt?

»... dann sitzen wir immer noch ein paar Stündchen im Club zusammen, essen eine Kleinigkeit, kleine Snacks nur, man muss ja fit bleiben, was? Obwohl es Leute gibt, die Golf gar nicht als Sport ansehen, also, ich muss sagen, das können ja auch nur Leute behaupten, die von dieser Disziplin nicht den Hauch einer Ahnung haben? Richtig? Haben Sie mal auf dem Green gestanden?«

Eva unterdrückte einen abgrundtiefen Seufzer und schüttelte den Kopf. »Leider nein.«

»Oh, das sollten Sie aber bald mal nachholen, wirklich? Ich könnte ...« Sebastian drückte seinen breiten Oberkörper in die Polster des Hotelsessels, als wolle er sich abstoßen, um mit Schwung aufzuspringen. Doch dann ruckte er bloß wieder vor, um Eva mit eindringlichem Blick weiter von seinem Geschick und seinen Vorzügen zu überzeugen: auf dem Golfplatz, im Umgang mit Menschen, im Job und im Leben allgemein. Doch im Grunde war es Eva vollkommen egal: Sebastian nervte, und sie fasste endlich einen Beschluss.

»Also gut«, sagte sie, mitten in eine ausschweifende Erklärung über Golfeisen und Anfängerfehler hinein. »Ich denke, das war's. Für mich zumindest, nehmen Sie's mir nicht übel.«

»Was? Wie?«, stammelte Sebastian.

»Ich gehe. Danke für den Drink.«

»Aber ...«

Eva griff nach ihrer Handtasche. »Lassen Sie uns doch ehrlich sein: Wir können nichts miteinander anfangen. Ich kann nicht Golf spielen und möchte es auch nicht lernen, und Sie wollen auch nicht wissen, warum ich meinen Mann verlassen habe und jetzt hier bin. Deshalb sollten wir dieses Treffen beenden, bevor einer von uns anfängt, sich über vertane Zeit zu ärgern. Schönen Abend noch, und nichts für ungut.« Sie nickte dem fassungslosen Sebastian freundlich zu und ging.

Als sie in der Nähe des Bartresens vorbeikam, überlegte sie es sich anders. Sie würde ihren Wein selbst bezahlen, das war sauberer so.

Die Barfrau reichte ihr das Wechselgeld mit einem kleinen Lächeln und einem Blick hin zur Nische, in der Sebastian immer noch dahockte wie ein vom Blitz getroffener Ochsenfrosch.

»Gewogen und für zu leicht befunden?«

Eva musterte die Barfrau überrascht. Sie hatte kurzes rotes Haar und einen wissenden, aber sehr freundlichen Blick. Dann kapierte Eva, was sie meinte, und erwiderte das Lächeln.

»Genau. Für mich zumindest.«

Die Barfrau nickte. »Ist meistens so. Aber irgendwo muss es diese anderen Kerle geben. Sagen Sie mir Bescheid, wenn Sie sie gefunden haben. So einen könnte ich auch brauchen.«

»Wir alle«, sagte Eva. »Wir alle.«

## 12

*Hallo Deckel, vielleicht bin ich der passende Topf? Lass uns gemeinsam eine Herdplatte ausprobieren! Attraktiver Klaus, 47, Tel: 0166-90...*

Eva konnte kaum glauben, dass sie schon zwei Tage später tatsächlich im Lehrerzimmer der Simone-de-Beauvoir-Grundschule stand und auf den Kollegen wartete, der sie anlässlich ihres ersten Arbeitstages herumführen sollte. Die anderen Lehrer waren alle schon im Unterricht, außer der Direktorin und Kirsten kannte sie noch niemanden hier. Eva trug ihr zweitbestes Outfit – einen hellgrauen Hosenanzug, den sie ebenfalls auf der Klamottenparty abgestaubt hatte und der ihre Kurven sehr vorteilhaft und dennoch seriös betonte. Etwas nervös sah sie sich um. Unglaublich, wie schnell alles gegangen war: das gestrige Gespräch mit der Schulleiterin, mit der sie sich auf Anhieb verstanden hatte, der Vertrag, den sie eben unterschrieben hatte, als Pädagogische Mitarbeiterin mit bis zu den Sommerferien befristeter Stelle. Es war genau das, was sie brauchte.

In diesem Moment ging die Tür auf und ein schmächtiges, breit grinsendes Kerlchen mit Cordhose, Schnauzer und Brille wuselte in den Raum. Das musste Lutz Dassler sein, der Mathelehrer der 5. und 6. Klassen.

»Die neue Kollegin? Ach je, bin wohl ein bisschen zu spät – Eva, richtig?« Er holte tief Luft. »Ich bin der Lutz, freut mich sehr!« Mit einem charmanten Grinsen schüttelte er Eva die Hand.

»Eva Morbach, hallo.« Sie lächelte freundlich zurück.

»Bitte verzeih mir meine Offenheit, aber da hat Bernadette ja einen erfreulichen Neuzuwachs an Land gezogen!« Der Mathelehrer musterte sie mit sehr warmherzigem Blick. »Schön, schön. Und dass ich die Ehre haben, dir deinen ersten Tag zu erleichtern, ist ja ganz wunderbar.«

Er rieb sich tatsächlich die Hände, Eva konnte es kaum glauben. Andererseits hatte sein Charme etwas Lausbübisches und war insofern ganz lustig.

»Danke für die Blumen«, sagte sie.

»Gut, gut. Wollen wir dann mal?« Mit großer Geste lotste er sie zur Tür hinaus und begann den Rundgang.

Es wurde ein Aha-Erlebnis für Eva. Von der großzügigen Mensa, in der nur Vollwertkost auf die Teller kam, über die wildbunten Kunstwerke der Schüler, die überall die Flure und Hallen verschönerten, bis zum »Meditationsraum« für die höheren Klassen, die dort regelmäßig »Ruhe-Termine« absolvierten, versammelte die »Simone de Beauvoir« alle Errungenschaften moderner Grundschul-Pädagogik. Lutz führte sie voller Stolz herum, schenkte ihr immer wieder ein zutrauliches Lächeln und zupfte an seinem schon ein wenig grau werdenden Schnauzbart.

Auch bei mehreren Klassen machten sie halt, die selbstverständlich in gemischten Altersgruppen lernten. Die hießen auch nicht mehr »Klassen«, sondern nannten sich etwa *Krokodile*, *Hummeln* oder *Delfine*. Die *Krokodile* waren gerade damit beschäftigt, in wilden Wogen durch den Korridor vor ihrem Klassenzimmer zu toben, als Lutz und Eva vorbeikamen.

»Bewegungspause«, schrie ihnen die Klassenlehrerin über den Lärm hinweg zu. Die fünfundzwanzig Erst- und Zweitklässler schwappten aus den beiden Türen hinein und heraus, lachend, kreischend und plaudernd. Lutz erklärte, dass alle 40 Minuten für eine kurze Weile der Unterricht unterbrochen wurde, um dem natürlichen Bewegungsdrang der Kinder Raum zu geben.

Eva schüttelte staunend den Kopf. Während sie Lutz dann in ein höheres Stockwerk folgte, musste sie an ihre alte Schule in Möckern denken, an der sie nach ihrem Umzug aus dem Münsterland 14 Jahre lang gearbeitet hatte. Ein Unterschied wie Tag und Nacht – und das hatte gar nicht mal vorrangig damit zu tun, dass es ein Gymnasium gewesen war. Hier war Schule Experiment, dort war es eine ernste Sache. Hier standen Kreativität und Phantasie an oberster Stelle, dort Leistung und Disziplin. Und ihr alter Schulleiter glaubte ernsthaft, *Vollwert* sei, wenn neben Fleisch noch Kartoffeln und Gemüse auf dem Teller lagen, wenn der also *voll* war.

Eva musste plötzlich lachen. Der alte Voßfeldt wäre hier aus dem Staunen nicht herausgekommen. Vermutlich hätte er sich aber auch ernsthafte Sorgen gemacht, ob die Kinder wirklich genug lernten. Obwohl er den modernen Zeiten durchaus skeptisch gegenüberstand, lagen ihm seine Schüler immer ernsthaft am Herzen.

Jetzt merkte sie, dass Lutz sich umgedreht hatte und sie etwas unsicher ansah. Hatte sie etwa laut gelacht?

»Alles in Ordnung?«, fragte er.

»Natürlich, alles bestens.« Eva starrte ihn an. Er hatte eben auf eine Art den Finger ans Ohrläppchen gelegt, die schlagartig alles wieder an die Oberfläche holte, was sie schon vergessen zu haben glaubte: Marcel. Marcel machte das so ähnlich, wenn er mit einem redete, aber mit den Gedanken woanders war. Es traf Eva, als stünde er selber vor ihr. Sie spürte richtig, wie sie den Atem anhielt.

Lutz stutzte erneut. »Ist was? Alles in Ordnung?« Verunsichert rückte er seine Brille zurecht.

»Äh … klar, Entschuldigung. Ich war nur gerade mit den Gedanken woanders.« Eva wurde ein bisschen rot.

Lutz beschloss offenbar, dass er es war, der Eva aus der Fassung brachte. Er lächelte sie auf sehr verständnisinnige Weise an. »Schon gut«, raunte er. »Versteh ich doch.«

Als Eva begriff, was ihm durch den Kopf ging, wurde sie noch röter. Aber sollte sie ihm jetzt erklären, dass er einem Irrtum aufsaß? Bestimmt nicht.

»Wollen wir?« Lutz' Lächeln wurde noch etwas intensiver, seine Hand legte sich zart um ihren Ellbogen und geleitete sie weiter durch den Flur. Eva wartete auf eine Gelegenheit, sich unauffällig loszumachen. Lutz Dassler schien ja zu glauben, dass er eine durchschlagende Wirkung auf Frauen hatte. Was für ein gesegnetes Selbstbewusstsein.

Gott sei Dank waren sie bald bei den *Delfinen* – 30 Fünft- und Sechstklässler, bei denen Eva demnächst mithelfen sollte.

Kaum hatte Lutz sie der Klassenlehrerin Gisela vorgestellt, wehten plötzlich die zarten Töne eines Windspiels aus den Lautsprechern über der Klassenzimmertür. Eva sah verwirrt zu ihnen hoch.

»Was ist das?«

»Die Pausenklingel«, sagte Gisela.

»Das kann man hören, wenn's mal lauter ist in der Klasse?«

»Nee«, sagte Lutz. »Kann man nicht. Aber Bernadette – Frau Helmholtz – ist der Meinung, wenn eine Klasse so laut ist, dass sie es überhört, verpasst sie eben ihre Pause. Pech gehabt.«

Eva staunte. Noch ein Experiment. Da war sie ja in eine richtig spannende Schule gekommen! Bewegungspausen, Windspiele und nach Zuwendung dürstende Lehrer … interessant würde es allemal.

»Na, was sagst du?« Kirsten biss von ihrer Gurke ab und musterte Eva. »Hast du es dir ungefähr so vorgestellt?«

Sie saßen in einer Ecke des Lehrerzimmers. Die meisten Kollegen waren entweder schon nach Hause gegangen oder wieder zurück in den Unterricht.

»Sagen wir mal so: gut, dass Silke mich schon auf so vieles vorbereitet hat. Es gibt wirklich viel Erstaunliches bei euch.« Eva grinste und nahm etwas Paprika.

»Echt? Was denn so?«

»Na, zum Beispiel die Erzieher, die so viel im Unterricht mithelfen, da würde sich jede andere Schule die Finger danach lecken. Oder das hier – das schmeckt richtig gut.«

Sie wies auf das Tablett, das vor ihnen auf dem Tisch stand. Es war voller Teller und Schüsselchen mit den Resten vom Mittagessen – Rohkost, Frühlingsquark und selbst gebackene Sesamstangen. Die Lehrer, die keine Essensaufsicht hatten, bekamen die Überbleibsel der Fütterung immer ins Lehrerzimmer geliefert.

»Und glaubst du, dass ...« Kirsten unterbrach sich. Jemand war durch die Tür getreten, der ihre Aufmerksamkeit auf sich zog. Eva bemerkte, dass sie sich plötzlich ein wenig aufrichtete und den Bauch einzog.

Sie sah zum Eingang, konnte den Mann, der eben hereingekommen war, aber nicht richtig erkennen. Zwei Kolleginnen hatten sich sofort auf ihn gestürzt und verdeckten die Sicht. Von hier aus sah man nur sein dunkles, volles Haar und ein blaues Sakko über einem schwarzen T-Shirt.

»Wer ist das?«, fragte Eva.

»Das ist Nils«, erwiderte Kirsten in leichtem Ton. »Nils Fehrenberg. Er ist Bernadettes Stellvertreter, er war heute auf irgendeiner Fortbildung.«

Aha, dachte Eva, das ist also der tolle Hecht, das Sahneschnittchen. Kirsten hatte ihre Haare zurückgeworfen und starrte mit leuchtenden Augen hinüber. Eva lächelte über ihre schlecht verhohlene Begeisterung. Das Verliebtsein stand Kirsten richtig gut.

»Nils, hast du mal einen Moment?«, rief sie jetzt und winkte. »Ich muss dir jemanden vorstellen!«

Eva blickte wieder zum Eingang. Die beiden Kolleginnen guckten ein bisschen unwirsch, als sich der Angesprochene freundlich von ihnen verabschiedete und dann näher kam. Irgendetwas an seiner Statur kam Eva bekannt vor. Er war ein großer Mann mit guter Figur, etwa Mitte 40. Er hatte etwas Anziehendes an sich, eine Ausstrahlung, die einen zweimal hinsehen ließ. Wo hatte sie den Kerl bloß schon gesehen?

Und dann wusste sie es. Es war der attraktive Mann von der Straße, die Zielscheibe ihres Handys. Kein Zweifel – auf seiner Wange verlief die frische, drei Zentimeter lange Narbe, an der sie schuld war.

»Nils, das ist Eva Morbach«, plapperte Kirsten, »unsere neue pädagogische Hilfskraft. Sie ist eigentlich Gymnasiallehrerin, aus Magdeburg, aber jetzt ist sie in Berlin gelandet und wird unser Team verstärken.«

Natürlich hatte er sie sofort erkannt. Seine Hand war instinktiv nach oben gezuckt, in Richtung seiner malträtierten Wange. Der Blick, mit dem er Eva bedachte, war nicht eben freundlich. Eva wäre am liebsten im Erdboden versunken. Ihr Chef! Es war ausgerechnet ihr eigener Chef, der sie in einem solchen Moment der Schwäche erwischt hatte.

Doch Nils bewahrte Haltung. Er nickte zurückhaltend und zeigte mit keiner Regung, dass er sie erkannte.

»Ich habe es gestern von Bernadette gehört«, sagte er. »Also bekommen wir doch noch Verstärkung. Wir hatten für dieses Schuljahr eigentlich schon aufgegeben.«

Eva lachte nervös. »Tja, ich auch … Also nein, ich meine, ich freue mich, dass ich hier sein kann. Ich hatte schon einen sehr angeregten ersten Tag.« Der unergründliche Blick, mit dem er sie musterte, brachte sie ganz aus der Fassung.

»Aha. Dann hoffe ich mal, dass *angeregt* so etwas Ähnliches bedeutet wie angenehm. Bei uns ist ja einiges anders als im normalen Schulbetrieb.«

Eva wollte antworten, doch Kirsten war schneller. Sie legte ihre Hand auf Nils' Arm und rückte etwas näher.

»Ja, ich hab ihr schon viel erzählt, damit der Schock nicht so groß wird.« Sie strahlte abwechselnd von Nils zu Eva und zurück. »Als ich hörte, dass sie in Berlin bleiben möchte, kam mir gleich die Idee, sie mal auf uns aufmerksam zu machen.«

Eva stutzte, sagte aber nichts. Sie selbst hatte doch Kirsten angesprochen.

»Wie schön«, meinte Nils an Eva gewandt. »Manchmal geht das Leben eben unerwartete Wege, richtig? Jetzt muss ich leider in den Unterricht zurück. Aber wir werden wohl noch öfter das Vergnügen haben, Frau Morbach.« Damit nickte er ihr unverbindlich zu, drehte sich um und marschierte davon.

»Hm«, machte Kirsten ratlos. »Irgendwas hat er heute. Wieso sagt er *Frau Morbach* zu dir?«

Eva zuckte betont gleichmütig die Achseln. Er siezte sie, weil er Distanz zu ihr halten wollte, das war ja klar. Sie musste einen verheerenden Eindruck auf ihn gemacht haben – aufdringlich, unhöflich, gemeingefährlich. Wahrscheinlich fragte sich Nils Fehrenberg in diesem Moment, wie er sie möglichst schnell und unauffällig wieder aus seiner Schule hinausbefördern konnte. So ein Mist aber auch... Sie war gerade dabei gewesen, sich auf ihre Aufgabe hier zu freuen.

Eva warf Kirsten einen Seitenblick zu. Die stand immer noch da und sah dem längst Entschwundenen mit verzückter Miene hinterher. Na gut, der Kerl hatte breite Schultern und einen schönen Mund, vielleicht sogar Verstand – aber man musste ja nicht gleich so ausflippen, nur weil einem anderen ein Missgeschick passiert war. Soweit sie sich erinnerte, hatte sie sich tausendmal entschuldigt und ihm zu helfen versucht, aber er war bocksbeinig und unfreundlich gewesen. Aber wenn sie sich Kirstens leuchtende Augen so anschaute, war immerhin nicht ausgeschlossen, dass der Stellvertretende gelegentlich auch nett sein konnte. Vielleicht würde er gar nichts gegen sie unternehmen, sondern ihr bloß aus dem Weg gehen. Das tat sie am besten auch. Und gönnte Kirsten von Herzen die Schmetterlinge im Bauch.

Die ließ sich gerade mit einem leisen Seufzer wieder auf ihren Stuhl fallen. »Für mich könnte auch schon Wochenende sein. Ich kann dir nicht sagen, wie ich mich darauf freue!«

Eva lächelte unbestimmt. Sicher würde sie das Wochenende mit Nils verbringen – *top secret*. Beziehungen unter Lehrern waren, wenn sie gerade erst begannen, immer Gegenstand ausufernden Klatschs.

»Ich wünsche dir jetzt schon viel Spaß dabei«, sagte sie und gab sich Mühe, ganz unbeschwert zu klingen. »Genieß es.«

»Das werde ich«, schnurrte Kirsten. »Das werde ich bestimmt.«

## 13

*Du bist vielseitig interessiert? Neuem gegenüber aufgeschlossen? Wirklich? Karla, 39, Lehrerin, weiß, was sie will. Du auch? eberhart@aol.at*

Ab Ziesar wurde ihr mulmig. Noch ungefähr 15 Minuten, dachte Eva, dann würde sie zu Hause in den Eichenweg einbiegen. Obwohl es kein Zuhause mehr war. Aus und vorbei.

Sie hatte gestern Abend spontan beschlossen, nach Möckern zu fahren – *nach Hause* eben, wie sie es instinktiv immer noch nannte. Jetzt, da sie tatsächlich einen Job hatte und in Berlin bleiben wollte, brauchte sie ihre Kleider und persönlichen Dinge; sie wollte schnell ein paar Koffer packen und dann wieder verschwinden. Sie hatte Oliver nicht Bescheid gesagt, der würde sowieso in der Schule sein.

Und Marcel? Sie hatte auch ihn nicht angerufen, irgendwie hatte sie das nicht fertiggebracht. Und was, wenn sie ihn jetzt mit seiner Freundin dort erwischte?

Spontan scherte sie nach rechts auf einen abzweigenden Waldweg. Sie blieb einen Moment sitzen und lauschte dem Ticken des ausgeschalteten Motors. Das Herz klopfte ihr bis zum Hals. Sie schalt sich dafür. Oliver hatte doch gesagt, dass er sie nicht mitbrachte ins Haus. Außerdem hatte Marcel zur Mittagszeit immer viele Fahrstunden.

Eva atmete tief aus, klappte die Sonnenblende herunter und betrachtete sich im Spiegel. Ihre neue Frisur saß perfekt, machte sie glatt ein paar Jahre jünger. Hatte sie es nötig, sich von Marcel ins Bockshorn jagen zu lassen? Nein, dieses Kapitel war vorbei, da hatte er selber Pech gehabt. Vielleicht würde es ihn sogar reuen, wenn er sie sah, vielleicht sollte sie sich sogar *wünschen*, dass er zu Hause wäre.

Doch als sie weiterfuhr, klopfte ihr Herz immer noch.

Zwei Minuten später war sie da. Der Eichenweg mit den kleinen, ein bisschen altmodischen Häusern. Mit den vielen Linden und Pappeln, aber mit keiner einzigen Eiche.

Marcels Auto stand nicht vor der Tür, aber der Stein, der Eva daraufhin vom Herzen fiel, war kleiner als erwartet. Sie parkte in der Auffahrt und sprang eilig aus dem Wagen. Wenn sie sich beeilte, musste sie dieses blöde Gefühl in ihrem Bauch nicht so lange aushalten.

Leider stand Frau Elße von gegenüber in ihrem handtuchgroßen Vorgarten und harkte die Beete. Als sie die verschollene Nachbarin entdeckte, wurden die Augen groß.

»Frau Morbach! Hallo!!«

Eva winkte kurz. »Guten Tag.«

»Sind Sie ...«

»Ich bin in Eile, tut mir leid. Grüßen Sie Ihren Mann!«, rief Eva und eilte geschäftig zur Haustür. »Bis dann!«

Der Schlüssel passte, das Haus gehorchte ihr noch, Gott sei Dank. Hastig schloss sie die Tür hinter sich und lehnte sich aufatmend gegen die Wand. Das hätte sie nicht ausgehalten, einen Plausch mit der Nachbarin, ausgerechnet jetzt.

Dann machte sie Augen und Ohren weit auf. Auf der Kommode im dämmrigen Flur lagen Briefe und Zeitungen in einem unordentlichen Haufen. Eine Mütze war von der Garderobe gefallen und liegen gelassen worden. Die Tür zum kleinen Arbeitszimmer stand offen. Es war sehr still.

Was für ein seltsames Gefühl, nach Wochen in eine Wohnung zu kommen, in der das Leben ohne einen selbst weitergegangen war. Alles wirkte fremd. Atemberaubend fremd, obwohl sie fast jeden Gegenstand kannte.

Eva schüttelte sich. Bloß nicht zu lange nachdenken. Wenn sie zögerte, würde sie bald hier sitzen und heulen. Und wenn dann Oliver oder Marcel nach Hause kamen, würden sie aus allen Wolken fallen und glauben, sie sei wieder zurück.

Und das war nun gar nicht der Plan.

Sie gab sich einen Ruck und eilte die Treppe hinauf. Ihren Kopf zwang sie zu ausgesprochen rationalen Überlegungen: Welche Taschen eigneten sich am besten, welche Klamotten brauchte sie für die Schule, wie viele Bücher wollte sie mitnehmen? Sie betrat ihr altes Schlafzimmer, versuchte, nicht aufs Bett zu schauen (was natürlich nicht ging. Sie registrierte genau, dass ihre Bettseite unbenutzt war). Sie wählte zwei alte Reisetaschen und einen Wäschekorb, fackelte nicht lange, packte ein. Sommerschuhe, Handtücher, Unterwäsche. Hosen, Kleider, T-Shirts. Im Badezimmer standen immer noch Sachen von ihr herum. Hatte sie das Parfüm, das ihr Marcel zum letzten Geburtstag geschenkt hatte, absichtlich auf dem Bord stehen lassen, damit er immer an sie erinnert wurde?

Sie nahm es weg, packte es ein. Auch ohne solch mutwillige Überbleibsel würden immer noch genug Spuren von ihr bleiben, im ganzen Haus. Am liebsten hätte sie sie alle getilgt, doch dann fiel ihr Oliver ein, der das Haus ja noch wiedererkennen sollte.

Sie nahm das Bild von der Wand, das sie vor Ewigkeiten hier aufgehängt hatte: ein wunderschönes, buntes Aquarell aus Olivers Kindergartenzeit. Das würde sie mitnehmen, darauf hatte sie ein Recht.

Dann schleppte sie Taschen und Körbe nach unten. Bloß nicht zu lange verweilen. Sie warf einen raschen Blick in die Küche, ins Wohnzimmer. Während sie angestrengt überlegte, ob sie nun ihre Lieblingsbücher mitnehmen sollte und wie viele, ob sie noch Unterlagen im Arbeitszimmer hatte und wofür sie sie brauchte, speicherte ihr Gehirn alles, was neu war: eine neue Sorte Toastbrot auf der Anrichte, eine Broschüre auf dem Couchtisch, ein unbekannter Flaschenöffner.

Nichts Weibliches. Nichts Ungewöhnliches. Trotzdem tat es weh.

Eva setzte sich für einen Moment aufs Wohnzimmersofa, um sich zu sammeln. Einmal durchschnaufen, dann würde sie gehen.

Ihr Blick fiel auf den niedrigen Tisch direkt vor ihr. Dort glänzte ein kleiner, goldener Zylinder zwischen Fernsehzeitschrift und Fernbedienung. Sie beugte sich vor. Es war ein Lippenstift. Einer, den sie noch nie gesehen hatte.

Langsam hob sie ihn auf. Verwundert sah sie, wie ihre Finger zitterten, als sie ihn aufdrehte. Nur ungefähr die Hälfte war noch übrig – ein frostiges, silbriges Rosa mit einem starken Glanz. Eine Farbe, die junge Frauen trugen.

Also doch. Marcel hatte *sie* hierhergeholt. Er hatte sie eingeladen, sie war hier gewesen, während Oliver in der Schule war. Marcel hatte ihr das Haus gezeigt, war mit ihr nach oben gegangen und hatte sie ... Nein, das wollte sie sich nicht vorstellen. Eva ließ den Lippenstift fallen wie eine heiße Kartoffel. Er kam mit einem harten Geräusch auf der Tischplatte auf und rollte dann auf den Teppich.

Sie stand vom Sofa auf. Als sie den ersten Schritt machte, stieß ihr Fuß gegen den offenen Lippenstift auf dem Boden. Ihr zweiter Schritt führte sie *auf* den Lippenstift. Mit ihrem ganzen Gewicht stemmte sich Eva in den Teppich. Die rote Creme verteilte sich mit einem beinahe hörbaren Schmatzen in den hellen Fasern und klebte an Evas Sohle. Sie streifte ihren Schuh säuberlich ab – *sehr* säuberlich – und ging dann aus dem Zimmer.

Das gesamte Gepäck hätte sie am liebsten auf einmal aufgeladen, damit sie nicht noch einmal zurückmusste. Doch das schaffte sie nicht.

Dann endlich konnte sie die Haustür abschließen und ins Auto steigen. Zu ihrer großen Erleichterung war Frau Elße verschwunden. Eva ließ den Motor an, wollte losfahren, doch es ging nicht. Irgendetwas hockte quer in ihrer Brust und machte ihr das Atmen schwer.

Sie riss sich zusammen. Wem sollte es nützen, wenn sie hier saß und heulte? Außerdem war sie eher wütend. Beides zugleich.

Plötzlich verspürte sie Sehnsucht nach ihrem Sohn. Es schien ihr schon lange her, seit sie ihn zuletzt gesehen hatte. Jetzt war es 14 Uhr. Er würde noch in der Schule sein; die Abiturienten saßen beinahe jeden Nachmittag in der Bibliothek, hatte er erzählt. Sie würde einfach hinfahren und ihn besuchen. Dann hätte dieser beschissene Tag doch noch ein versöhnliches Ende.

Kurz entschlossen fuhr sie zur Schule am Möckernpark, ihrem alten Arbeitsplatz, die für die nächsten vier Wochen auch noch Olivers Wirkungsstätte sein würde. Als sie in der Nähe des Eingangs parkte und den Motor abstellte, spürte sie erneut Unsicherheit. War das ein unbewusster Abschiedsbesuch? Den hatte sie doch längst absolviert, damals, als sie nach Berlin gezogen war …

Eva kletterte aus dem Auto und setzte sich in Bewegung. Es würde ihr guttun, ein paar Schritte zu laufen. Es war still auf dem Schulhof, an dem sie außen vorbeilief; die Nachmittags-Unterrichtsstunden hatten längst begonnen. Vermutlich würde sie keinem der alten Kollegen begegnen. Ein paar von ihnen waren merkbar angesäuert gewesen, als sie mitten im Schuljahr die Segel gestrichen hatte. Nur Katrin und Dorit kannten den Hintergrund; sie waren so etwas wie Freundinnen gewesen, die einzigen, die sie hier gehabt hatte.

Eva runzelte die Stirn und schritt schneller aus. Puh, jetzt kamen all die Erinnerungen wieder hoch. Zu Katrin und

Dorit war der Kontakt beinahe eingeschlafen in der kurzen Zeit, die sie fort war. Ja, sie hatte ihr soziales Leben hier ziemlich vernachlässigt, mit Kind und Job waren die Tage immer so voll gewesen. Sie war ja neu hinzugezogen in den Osten damals, der Liebe wegen. Marcel und sie waren sich lange selbst genug gewesen. Und nun war sie aus demselben Grund wieder gegangen: der Liebe wegen. Beziehungsweise des Mangels daran.

Der fremde Lippenstift fiel ihr wieder ein. Vorbei … Wenn das Kind groß war und der Mann fort, auch wenn er körperlich noch auf dem Sofa saß, dann stellte man plötzlich fest, dass nur wenig übrig war. Zu wenig, um damit den Rest des Lebens zu verbringen.

Eva blieb abrupt stehen und spähte durch das Gebüsch am Gehweg auf ihr altes Schulhaus, ohne es richtig zu sehen. Plötzlich schien ihr das Gefühl, einen neuen Lebensabschnitt zu beginnen, auf wackeligen Füßen zu stehen wie ein Kleinkind, das gerade laufen lernt. Noch vor fünf Wochen hatte sie schließlich hier vor ihrer eigenen Klasse gestanden, hatte mit ihrem eigenen Mann im Bett gelegen, in einem ganz anderen Leben. Konnte man sich so schnell neu erfinden?

Sie schüttelte sich, um die düstere Stimmung abzuwerfen. Doch, man musste es versuchen, man musste sich der Angst vor dem Neuen stellen, dem Risiko.

Eva ging weiter, diesmal etwas langsamer. Von irgendwoher hörte sie ein paar junge Stimmen. Nach einigen Metern kam sie an vier Jugendlichen vorbei, die unter einem Baum zusammenstanden, halb verborgen von der Hecke. Einer verteilte Gebäck an die anderen, soweit Eva sehen konnte; sie raunten sich etwas zu. Sie erkannte zwei von ihnen, Elftklässler, zeigte aber keine Reaktion. Erst als sie schon an ihnen vorbei war, begriff sie den Gesichtsausdruck einer der Jungs.

Er hatte sie extrem schuldbewusst angesehen.

Irgendetwas schlug in Evas Kopf Alarm. Sie blieb abrupt stehen. Es ging sie zwar eigentlich nichts an, aber die Instinkte einer Lehrerin waren mächtig. Auf dem Schulhof! Das konnte sie nicht durchgehen lassen.

Sie drehte sich um. Die Jungs bemerkten es erst gar nicht.

Mit drei Schritten stand sie vor ihnen.

»Was habt ihr da? Zeigt mal her.« Feste Stimme, besonnener Blick. Jahrelange Übung eben. Die Jugendlichen waren so verdattert, dass sie alle vier stehen blieben wie die Ölgötzen. Der größte von ihnen, ein schmaler, pickliger Kerl, hielt ein dickes Stück Alufolie in der Hand, in der die duftenden Kekse lagen. Eva streckte die Hand danach aus.

Der Picklige machte eine rasche Bewegung, als wolle er davonrennen, doch Eva war schneller. Sie schnappte ihm mit einem Griff die Folie weg, zwei kleine Kekse flogen durch die Luft, aber es blieben noch genug andere übrig.

Wieder versteinerten die Jungs, als hätten sie ins Antlitz einer Medusa geblickt. Eva sog den Geruch, der von den Keksen aufstieg, tief ein. Der charakteristische Duft war nicht zu verkennen.

Haschischplätzchen. Mindestens zehn Stücke kleiner, runder, saftiger Haschischplätzchen. Auf jedem Kuchenbasar wären sie weggegangen wie warme Semmeln, so lecker sahen sie aus.

Keine Chance, die Jungs davon kosten zu lassen.

»Das hier ist ein Problem. Und zwar ein ziemlich gewaltiges, oder?« Ihre Miene, mit der sie die Übeltäter der Reihe nach musterte, war kühl und streng. »Ich könnte jetzt damit reingehen, direkt zum Rektor. Dann würden wir eure Eltern anrufen und danach die Polizei. Oder umgekehrt.« Sie legte eine kleine Kunstpause ein und sah zu, wie die Jungs um zehn bis zwanzig Zentimeter schrumpften. »Oder ich könnte – und zwar für den Fall, dass ihr mir bei eurem Allerheiligsten schwört, dass es das erste Mal war und ihr so etwas nie wieder tut – euch laufen lassen und vergessen, was ich gesehen habe.« Wieder ließ sie ihren Blick langsam vom einen zum anderen wandern. »Also – was von beidem sollen wir tun?«

Es dauerte einen Moment, bis einer von ihnen den Mund aufbrachte. »Aber Sie ... sind hier doch gar keine Lehrerin mehr«, murrte er leise.

»Ich kann dir versichern, mein Lieber, dass mir das vollständig egal ist.« Mit kühlem Blick fügte sie hinzu: »Eure letzte Chance, sonst entscheide ich: Was sollen wir tun?«

»Das zweite«, murmelten sie.

Eva nickte langsam. »Na gut. Verschwindet.«

Drei von ihnen warfen sich geradezu herum und liefen los, doch der vierte zögerte einen winzigen Augenblick. Er sah die Kekse an, dann Eva.

»Die sind natürlich konfisziert«, knurrte sie.

Da drehte auch er sich um und eilte davon.

Eva wartete, bis die fleißigen Bäcker hinter der entfernten Ecke des Schulgebäudes verschwunden waren, drückte die Alufolie wieder zu und wandte sich instinktiv weg vom Schulgebäude. Das Zeug hier musste sie verschwinden lassen, und zwar so, dass es keine neugierigen Fünftklässler wieder aus dem Abfalleimer fischen konnten. Sie ging langsam zurück zum Auto. War es richtig, den Jungs die Chance zur Flucht gegeben zu haben? Ihr fielen gleich auf Anhieb mindestens zehn Kollegen ein, die ganz und gar nicht dieser Auffassung gewesen wären.

Sie wusste es nicht, nicht mit Sicherheit. Was wusste man überhaupt schon mit Sicherheit?

Sie setzte sich in den Wagen, das Alupäckchen achtlos neben sich auf den Beifahrersitz legend. Beim nächsten Müllcontainer würde sie halten und es loswerden. Plötzlich fragte sie sich, was sie hier eigentlich machte. Sie hatte an diesem Ort, in dieser Stadt nichts mehr verloren. Ihren Sohn würde sie womöglich bloß verstören, wenn sie ihm jetzt unter die Augen trat. Wenn er überhaupt hier war.

Sie legte ihre Stirn auf das Lenkrad und wollte die Augen schließen, da fiel ihr Blick auf das zusammengeknüllte Päckchen auf dem Beifahrersitz. Immer noch stieg ein warmer Duft daraus empor. Beinahe verlockend... die plötzliche Vision eines wilden Rausches stieg in Eva empor, einer hippiehaften Glückseligkeit für ein paar Momente. Dafür gab es schließlich Rauschmittel auf der Welt. Wenn man Kopfschmerzen hatte, nahm man ja auch etwas dagegen, warum nicht auch bei Schmerzen im Gefühl?

Langsam zog sie einen Keks aus der Folie. Sie hatte gehört, dass das Zeug beim ersten Mal sowieso nicht besonders wirkte. Sie hatte bisher keine Erfahrungen damit, irgendwie waren Drogen immer an ihr vorbeigegangen.

Kurz entschlossen biss sie hinein in das krümelige, innen noch saftige Ding, kaute erst vorsichtig, dann mutiger. Der Keks schmeckte richtig gut, im Grunde einfach nur nach Keks. Lecker. Ohne diesen Duft wäre man nie darauf gekommen, dass man hier etwas Illegales in der Hand hatte. Beziehungsweise jetzt nicht mehr in der Hand, sondern im Magen.

Eva fühlte sich plötzlich hungrig, auf eine beinahe raubtierhafte Art. Sie nahm einen zweiten Keks, verschlang ihn.

Noch einen, mehr würde sie nicht nehmen. Sie brauchte ja noch ihren Verstand, um mit Oliver zu reden. Und für die Fahrt nach Hause, wo immer das war. Eva schloss die Augen. Sie war plötzlich wütend, auf Marcel und auch auf sich. Und erschöpft war sie auch. In den letzten beiden Nächten hatte sie schlecht geschlafen. Gelegentlich war dabei das Bild des stellvertretenden Direktors in ihrem Hirn aufgetaucht – lächerlich! Kindisch. Vermutlich war sie einfach überreizt. Zehn Minuten ausruhen, ruhig werden, dann würde es besser sein. Dann würde sie entweder Oliver suchen oder fahren.

# 14

*Liebe Unbekannte,*
*die Zeit ist viel zu wertvoll, um sie alleine zu verbringen. Aber ich suche keine Frau für eine Nacht, sondern für alle Tage. Wollen wir es zunächst einmal mit einem kurzen Gespräch versuchen? N., nfsearch@yaxoo.de*

Irgendetwas hämmerte aufdringlich an Evas Ohr. Ihr ganzer Kopf vibrierte schon davon … wie unangenehm! Unwirsch verzog Eva das Gesicht.

»Hallo? Hallo! Alles in Ordnung?«

Eva wollte, dass diese penetrante Stimme wegging. Und das Hämmern.

»Hallo! So wachen Sie doch auf!«

Eva überlegte, warum sie wohl nicht sehen konnte, welcher Idiot da so ein Spektakel veranstaltete. War es mitten in der Nacht? Dann war es ja umso unverschämter!

»Ich mache jetzt die Tür auf. Achtung, passen Sie auf Ihren Kopf auf!«

*Phhht*, was sollte das denn jetzt? Eva grummelte – und ihr Kopf fiel plötzlich ins Leere. Erschrocken japste sie auf, jemand packte sie an der Schulter, damit sie nicht umfiel, und sie öffnete endlich die Augen. Wo war sie? Was war hier los? Warum hing sie halb aus dem Auto heraus und wurde jetzt wieder hineingeschoben wie ein verrutschtes Paket?

»Alles in Ordnung? Sie haben so fest geschlafen, dass ich

einfach nachsehen musste. Ich bin nämlich schon vor einer Stunde hier vorbeigekommen, und da lagen Sie genauso da!«

Eva blinzelte in die Richtung, aus der die Stimme kam. Es war so *hell* hier ... Ein älterer Mann, schütteres Haar, besorgter Blick. Was wollte der bloß von ihr?

»Sprechen Sie doch! Soll ich einen Arzt holen? Geht es Ihnen gut?«

Mühsam kämpften sich die ersten klaren Gedanken durch das Chaos in Evas Hirn. Sie war in der Nähe der Schule. In ihrem Auto. Der Mann glaubte, sie wäre krank.

»Ich ... mir is' nicht krank. Danke schön. Alles is' gut.«

Sie sah, dass der Mann nicht begeistert wirkte. Er sog Luft durch die Nase wie ein Karnickel. Eva fand den Anblick lustig.

»Hm, riecht gar nicht nach Alkohol ... haben Sie getrunken?« Jetzt guckte er ziemlich ernst, beinahe wie ein Lehrer. Das setzte irgendeine Erinnerung bei Eva in Gang.

»Nee ... kein' Tropfen ...« Und da fiel ihr plötzlich alles wieder ein – zumindest fast alles. Die Kekse! Die rochen! Im Auto!

Hastig beugte sie sich vor, damit er nicht ins Wageninnere gucken konnte. »Also ich hab doch! Ich meine, bisschen was getrunken. Aber nur weeenig. Ich fahr jetzt auch gleich nach Hause, ich meine, ich fahr natürlich nicht, ich – lass mich abholen. Alles is' gut.«

Der Mann musterte sie zweifelnd. Beinahe hätte Eva wieder gelacht, aber sie wusste gar nicht warum. Das hier war bedrohlich, nicht witzig. Sie grinste.

»Also, gute Frau, ich weiß nicht ...«

Irgendetwas klingelte. Laut und penetrant und ganz in der Nähe. Nach einer Weile begriff Eva, was es war.

»Mein Handy! Das ist – mein Mann, dem sag ich, dass er mich abholen soll. Ja? Alles ist okay, danke sehr, wirklich, auf Wiedersehen.« Ohne den Mann aus den Augen zu lassen, mit einem beruhigenden Lächeln auf den Lippen, legte Eva das Handy ans Ohr und zog gleichzeitig die Autotür zu.

»Hallo? Ach, du bist's!«

Der Mann, jetzt hinter der Scheibe, guckte immer noch skeptisch. Am Telefon herrschte kurzes Schweigen.

»Mama? Du klingst so komisch.«

Oliver. Eva lehnte sich entspannt und lässig in den Sitz zurück, nickte begütigend nach draußen und sagte zu ihrem Sohn: »Wieso? Alles ist gut.« Sie sah zu, wie sich der Mann langsam entfernte. Er schüttelte dabei so komisch den Kopf, dass sie ein bisschen kichern musste.

»Mama?«

»Nein, nein, da war nur was Lustiges draußen. Wie geht's dir? Wie ... wo bist du?« Himmel, wenn er jetzt gleich um die Ecke kam!

»Gut. Aber Wallenstein geht mir auf die Nerven. Ich glaube, ich nehm ihn doch nicht, wenn er kommt.«

Sie wusste nicht gleich, wovon er redete. »Äh ...« Dann fiel es ihr wieder ein. Das Abiturthema in Deutsch. Das, weswegen er die langen Nachmittage in der Bibliothek verbrachte. »Ja, Wallenstein ...«

»Mama? Ist wirklich alles in Ordnung mit dir?«

Eva spürte die Sorge ihres Sohnes wie einen Schwall kalten Wassers. Das brachte ein Stück Nüchternheit zurück.

»Ja, ja! Alles okay, mach dir keine Sorgen! Ich war nur...« Im Bruchteil einer Sekunde entschied sie, ihm reinen Wein einzuschenken. »Ich war im Eichenweg, Olli. Ich habe Sachen geholt; es war ziemlich spontan.«

»Oh.«

»Tut mir leid, dass ich dir nicht Bescheid gesagt habe. Irgendwie war es ... ich wollte wohl, dass es keiner merkt, und ich am allerwenigsten. Hat nur nicht ganz geklappt.«

»*Keiner*... oh. Ich verstehe. Schade, dass ich nicht da war. Wann bist du hier weg?«

»Schon eine Weile. Aber mach dir keine Gedanken. Es war halt nur... ein bisschen ein blödes Gefühl. Aber jetzt ist es wieder gut.«

»Gut. Das ist gut.«

»Und ich drück dir ganz fest die Daumen für die Prüfung, hörst du? Wenn du Fragen hast, ruf auf jeden Fall an.«

»Danke, Mama. Mach ich. Aber jetzt muss ich erst mal ein bisschen Hausarbeit machen. Du kannst dir nicht vorstellen, wie es hier im Wohnzimmer aussieht, wahrscheinlich warst du nicht drin. Da ist ein riesengroßer Fleck auf dem Teppich, keine Ahnung, wie der da hinkommt.«

Eva ächzte tonlos. Den blöden Lippenstift hatte sie völlig vergessen.

»Aber ich gucke im Internet nach, da werd ich schon einen Tipp finden. Papa kann ich's ja leider nicht aufdrücken, wo es doch Lauras Lippenstift ist.«

»Lauras?«

»Ja. Dass sie auch immer ihren blöden Schminkkram mitschleppen muss, echt ätzend. Aber in Mathe ist sie nun mal ein Ass. Also, tschüß, Mama, bis bald.« Er trennte die Verbindung.

Eva ließ in Zeitlupe ihr Handy sinken. Laura! Olivers Klassenkameradin, mit der er fürs Mathe-Abi lernte. Wie abgrundtief peinlich.

Doch dann musste sie lachen. *Kollateralschaden* nannte man das wohl.

Eva stieg aus dem Auto und ging ein paar Straßen weiter. Dort aß sie etwas in einem Café und wartete ab, bis sie sich wieder vollkommen fahrtüchtig fühlte. In der Zwischenzeit rief sie Irmela an; sie hatte das Bedürfnis, jemandem von ihrem Tag zu erzählen.

Die Freundin freute sich. »Gut, dass du anrufst! Ich hocke hier schon zwanzig Minuten mit einer Maske auf dem Gesicht und langweile mich zu Tode.«

Eva stutzte.

»Na, bei der Kosmetikerin! Wie wär's, wollen wir uns nachher im KaDeWe treffen, hast du Lust? Ich muss für Sonntag einkaufen, und du würdest mir einen großen Gefallen tun, wenn du mir hilfst.«

»Natürlich, gerne. Aber ich brauche mindestens anderthalb Stunden, bis ich da bin.« Sie berichtete kurz von ihrer Fahrt in die alte Heimat und verschwieg auch ihren Ausrutscher mit der Droge nicht.

Irmela lachte aus vollem Hals. »Du liebe Güte, Haschplätzchen! Das ist ja wie eine Zeitreise in die Siebziger, jedenfalls für mich altes Schrapnell! Wie süß. Du hast es wohl gebraucht, was? Bist du denn jetzt wieder nüchtern?«

Eva bestätigte das.

»Wunderbar. Dann fahr vorsichtig, und wir treffen uns in zwei Stunden im KaDeWe, in der Lebensmittelabteilung, ja?«

Sie fanden sich bei Lenoître in der Nähe der Rolltreppen. Eva war noch nie im 6. Stock des Kaufhauses gewesen und folgte Irmela ungläubig durch die schimmernden, duftenden Labyrinthe des Genusses, vorbei an Hummerbecken, Pralinengebirgen und endlosen, bunten Landschaften aus auf Hochglanz poliertem Obst. Unterwegs packte Irmela das eine oder andere ein, machte jedoch hauptsächlich Notizen, aus denen sie dann an der Servicetheke eine lange Bestellung fabrizierte.

Ausgerechnet »Frühstück mit Mann« hatte Irmela die Veranstaltung getauft, für die sie einkaufte. Sie gab regelmäßig solche Partys, hatte sie erklärt, immer unter einem anderen Motto. Der Kreis der Gäste bestehe meist aus ihrer

Freundinnenrunde sowie wechselnder Zusätze, die dem Ganzen Pep verleihen sollten. An diesem Sonntag sollten alle ein männliches Wesen mitbringen, egal ob Ehemann, Vater oder Kumpel. Eva hatte den vagen Plan, einen der Kontaktanzeigen-Männer dazu einzuladen, irgendeiner würde schon Zeit haben, hoffte sie.

»So, und jetzt trinken wir einen Kaffee«, stöhnte Irmela irgendwann. »Ich bin fix und fertig, es ist viel zu unübersichtlich hier. Trotzdem komme ich immer wieder her. Blöd, was? Aber es ist halt immer das Gleiche: Wir tun Dinge, obwohl wir es eigentlich besser wissen. Auch bei Männern.«

Sie gingen zu einer Kaffee-Bar, bestellten Cappuccino und – Irmelas Idee – *petit fours*. Dann erzählte Eva noch einmal ausführlich von ihrem Besuch in der alten Heimat. Irmela hörte aufmerksam zu, lachte über den Lippenstift und schüttelte anschließend bedächtig den Kopf.

»Ein schwerer Gang, meine Liebe, das kann ich mir vorstellen. Plötzlich wieder im alten Leben zu stehen, im alten Zuhause. Und alles ist so fremd geworden. Da kommt man garantiert wieder ins Grübeln, richtig? Hast du denn das Gefühl, dass du ihn wieder zurück willst, deinen Marcel?«

Eva stockte. »Ich … Nein! Auf keinen Fall!«

»Auch nicht ohne Geliebte? Wenn du wieder in dein altes Leben zurück könntest, ohne diesen Bruch, würdest du es denn wollen?«

Eva betrachtete unschlüssig den perfekten, cremefarbenen Schaum in ihrer Tasse. Würde sie ihr altes Leben genauso zurückhaben wollen, wie es gewesen war?

Irmela seufzte. »Eine schwere Frage? Lass mich raten: Du würdest es wollen, aber nicht genauso, wie es vorher war. Ein bisschen anders, ein bisschen aufregender, ein bisschen abwechslungsreicher. Du würdest deine neue Frisur haben wollen und nicht den alten Trott.«

Sie grinsten sich an.

»Du hast recht. Ich hab die Luft der Freiheit geschnuppert und kann mir nicht vorstellen zurückzugehen. Trotzdem war ich irgendwie niedergeschmettert nach diesem Besuch im Haus. Ich hätte vielleicht nicht alleine hinfahren sollen.«

Irmela schüttelte den Kopf und begutachtete das winzige lindgrüne Törtchen vor sich auf dem Teller.

»Manchmal muss man seinen Impulsen nachgeben.« Wie zur Bekräftigung ließ sie das *petit four* in ihrem Mund verschwinden. Eva musste lachen, und Irmela grinste mit genießerischer Miene.

»Nein, im Ernst«, schmatzte sie. »Ich halte nichts davon, jeder Gefahr aus dem Weg zu gehen. Manchmal muss man etwas riskieren und die Täler auch durchwandern, die sich auftun. Du bist erwachsen, du kannst mit den Konsequenzen leben. Marcel ist Geschichte. Triff dich lieber mit den Männern von deiner Anzeige. Das ist wie mit einem Schlangenbiss. Da musst du Gift auch mit einem Gegengift bekämpfen.«

Eva lachte leise. »Den Teufel mit dem Beelzebub austreiben?«

»Genau. Es gibt immer die Hoffnung, dass du auf einen triffst, der dich ablenkt. Der dich den Schmerz vergessen lässt - vielleicht nur für eine Weile, aber immerhin. Und selbst wenn nicht die große Liebe dabei ist, dann ist der eine oder andere bestimmt für was anderes gut.«

»Ich habe so einen«, entfuhr es Eva. Und dann erzählte sie von Torsten.

»Du bist bisher die Einzige, die davon weiß«, schloss sie seufzend. »Ich habe noch nicht mal Silke davon erzählt. Ich will sie im Moment nicht … Es kommt mir ein bisschen so vor, als hätte ich ganz unverdient so viel Glück.«

»Und müsstest eigentlich eher jammern und leiden, weil deine Ehe doch den Bach heruntergegangen ist?« Irmela schnaubte, dass ihre roten Strähnen flogen. »Denk doch nicht so! Genieß es, solange es läuft. Wenn ich die Untertöne bei dir richtig interpretiere, ist dieser Torsten ja nicht die ganz große Liebe, oder? Also, was heißt dann *Glück?*«

»Na ja, ehrlich gesagt habe ich manchmal den Eindruck, einige der anderen Frauen wären gelegentlich schon froh, wenn sie überhaupt mal guten Sex hätten.« Silke selbst wollte sie dabei nicht namentlich erwähnen, glaubte aber, dass es auch bei ihr so war.

»Na, darauf kannst du wetten. Insofern verstehe ich, dass du mit Torsten nicht hausieren gehen willst. Manchmal ist es schwer, den anderen beim Glück zuzusehen.«

Evas Antennen spürten ihren Stimmungsumschwung sofort. Was war es, das Irmela hin und wieder so traurig machte? Sie glaubte nicht, dass es mit Männern zu tun hatte. Instinktiv legte sie ihre Hand auf den Arm der Freundin.

Die sah sie mit einem schwachen Lächeln an. »Eva, ich hab dein Angebot nicht vergessen, dir mein Herz auszuschütten. Aber im Moment kann ich noch nicht. *Heute* jedenfalls.«

Eva nickte, drückte ihren Arm, sagte aber nichts.

Irmela beäugte wieder den Teller mit den bunten Törtchen. »Um auf den Sex zurückzukommen ... Der ist gelegentlich nicht nur gut für die Fitness, sondern auch für die Seele. Aber wenn man gerade niemanden dafür zur Hand hat«, sagte sie im Verschwörerton und blinzelte Eva genießerisch zu. »... dann nimmt man am besten eins von den Rosafarbenen hier. Ich schwöre dir: Für fünf Sekunden machen sie glücklich.«

# 15

*Fred, anschmiegsamer, niveauvoller End40er, möchte gerne das Leben mit Dir genießen. Treffen wir uns auf ein Glas Wein? 030-654 71...*

Das Sonntagmorgen-Frühstück »mit Mann« besprach Eva dann noch am selben Abend mit Silke. Die Freundin zeigte sich aber noch interessierter an dem Stand der Dinge bei den 40 Briefen.

»Ich hab vier oder fünf Antworten geschrieben«, erklärte Eva, »alle per Mail. Zwei sind ja schon durch ... Aber ich brauche jetzt einen für Irmelas Brunch. Uli können wir ja leider nicht zweiteilen.«

Sofort tat ihr der müde Scherz leid. An Silkes Gesichtsausdruck war deutlich zu erkennen, dass der Haussegen bei den Breitlings nicht gerader hing als vor ein paar Tagen.

»Du kannst ihn geschenkt haben«, murmelte Silke jetzt. »Ich mach dir sogar noch 'ne Schleife drum.«

Eva öffnete den Mund, um diese Steilvorlage endlich zu nutzen und das Eheproblem der Freundin anzusprechen, doch Silke kam ihr zuvor.

»Aber auf das Thema Uli hab ich jetzt gar keine Lust.« Sie schüttelte sich, sprang auf und machte wieder ein fröhliches Gesicht. »Komm, lass uns lieber mal nachschauen, ob sich einer von deinen Bewerbern gerührt hat. Vielleicht kriegen wir das Date ja auf Sonntagmorgen, das wäre doch praktisch, oder?«

Und wunderbarerweise kam es genau so. Per Mail gab es keine neuen Antworten, aber einige Männer hatten ihre Telefonnummern angegeben. Fred erreichte sie zuerst. Er klang sehr interessiert und hatte außerdem tatsächlich Zeit und Lust, sie zu Irmelas Party zu begleiten. Er bat nur darum, sich eine Viertelstunde vorher zu treffen, damit sie einander schon mal beschnuppern konnten.

So spazierte Eva daher am Sonntag mit Fred durch die Straßen in der Nähe von Irmelas Wohnung. Der »niveauvolle End40er« entpuppte sich als ziemlich intellektuell wirkender Zeitgenosse in Cordjacke und passender Weste, der das ihm fehlende Haupthaar offenbar durch möglichst üppigen Wuchs um das Kinn herum wettzumachen versuchte. Doch Eva störte weniger der Bart (der gefiel ihr bloß nicht besonders), als vielmehr seine trockene, humorlose Art. Freds Tonfall klang ein wenig nörgelig, seine Bemerkungen waren hauptsächlich negativ (*Also, der Frühling sei ja die scheußlichste Jahreszeit, da entblättere sich, was besser hinter Mänteln und Mützen verborgen geblieben wäre; Cafés am Wochenende seien höllische Orte, an denen der Geräuschpegel umgekehrt proportional zur Wichtigkeit der verhandelten Themen stünde* etc. pp.) Nach einer Weile ertappte sich Eva bei der Überlegung, ihm gleich den Laufpass zu geben, doch dann bremste sie sich. Es war nicht nur wegen Irmelas Motto, sondern weil sie nicht schon wieder voreilig und ungerecht sein wollte. Also betrat sie kurz nach 11 zusammen mit Fred Irmelas große, hübsch hergerichtete Wohnung.

Es war ziemlich voll. Zwischen Ess- und Wohnzimmer ging das Gewoge der Gäste hin und her, und die ersten trauten sich bereits in die zaghaften Sonnenstrahlen des späten März draußen auf dem Balkon. In der Küche war ein opulentes Buffet mit Lachscanapees, Schaumsüppchen und Tiramisu aufgebaut, einiges davon tatsächlich von der Gastgeberin persönlich hergestellt. Wie sich herausstellte, als Eva mit Fred im Schlepptau durch die Zimmer schlenderte, hatten sich etliche von Irmelas Single-Freundinnen mit Söhnen, Kollegen und Nachbarn aus der »mit Mann«-Affäre gezogen, nur wenige hatten Gatten oder Lebensabschnittsgefährten dabei. Silke hatte Uli mitgeschleppt, doch der stand mit leicht muffigem Gesichtsausdruck am Buffet herum und sah so aus, als wollte er nicht lange bleiben. Die kühle, blonde Charlotte hatte einen alten Freund gebeten, einen attraktiven Mann, der allerdings ununterbrochen von seiner entzückenden Ehefrau schwärmte und dabei den Ring an seiner rechten Hand aufblitzen ließ, als wolle er damit jedes möglicherweise zu aufdringliche weibliche Wesen im Raum in Stein verwandeln.

Aber Irmela hatte den Vogel abgeschossen. Sie präsentierte Samuel, den dunkelhäutigen Masseur vom Lomi Lomi Nui, als ihren *homme de jour*, wie sie strahlend verkündete, und prompt kriegten alle weiblichen Wesen dieses gewisse Glitzern im Augenwinkel. Eva sah es und dachte ein wenig schockiert, dass ein Raum voller Männer bei der Präsentation irgendeines jungen, blonden, knackigen Frauchens auch nicht anders ausgesehen hätte. Kurz darauf trat Irmela grinsend zu ihr und raunte: »Jetzt denken alle, ich würde mit ihm ins Bett gehen! Dabei hat der Süße eine feste Freundin, der er absolut treu ist. Aber das bleibt unter uns, ja? Ich gehe jetzt und schwärme ihnen vor, wie magisch seine Hände sind.« Und gurrend und zwitschernd entschwand sie wieder in der Menge. Fred, der Eva nicht von der Seite wich, starrte ihr entgeistert hinterher.

In diesem Moment trafen weitere Gäste ein: Kirsten und Nils. Ihr Einzug wurde aus vielen neugierigen Augen verfolgt, beinahe aufdringlich, wie Eva fand. Sie selber fand sehr auffällig, wie Kirsten strahlte. Hatte sie ihn endlich erobert, mit allem Drum und Dran? Vermutlich ja, wenn sie mit ihm auf einer Party auftauchte. Sie selbst machte Nils' Anblick eher nervös. Würde er sie schneiden, ihr aus dem Weg gehen? Doch dann sagte sie sich, dass er bleiben könne, wo der Pfeffer wächst, wenn er tatsächlich so nachtragend sein sollte, und wandte sich wieder ihrem eigenen Begleiter zu.

Leider ging ihr der zunehmend auf die Nerven. Fred stand ständig neben ihr, wenn sie sich unterhielt, steuerte jedoch nichts als altkluge Sprüche und unverständliche Witze zu den Gesprächen bei. Außerdem häufte er sich den Teller stets so voll, wenn sie in der Nähe des Buffets vorbeigingen, dass Eva sich fragte, ob »Schriftsteller«, was er als seinen Beruf angegeben hatte, vielleicht nur ein anderes Wort für »halb verhungerter Künstler« war. Fred hatte erwähnt, dass er an einem medizinkritischen Roman schreibe, also schleppte sie ihn zu Uli, stellte ihn als kompetenten Arzt vor – und seilte sich ab, sobald Fred den Köder geschluckt und den armen Uli in eine vermutlich ebenso lange wie unfruchtbare Diskussion verstrickt hatte.

Als Eva aus der Küche huschte, rannte sie geradewegs in einen Mann hinein, der offenbar gerade erst eingetroffen war.

»Oh, entschuldigen Sie, das … ich hab Sie nicht gesehen.«

»Schon gut, ich lebe noch.« Sein Lächeln war charmant, sein Blick offen. Er war schlank, trug sein Haar relativ lang und dazu einen teuren Anzug. Neben ihm stand, wie Eva jetzt erkannte, eine kleine, rothaarige Frau, die sie von der Klamottentausch-Party kannte, deren Name ihr jedoch nicht einfiel.

»Darf ich vorstellen?«, sprudelte die gleich los, »das ist … äh … Eva, richtig? Die … äh … Freundin einer Freundin, vom Land – Eva, das ist John Hauenschildt, unser Kultursenator, wie ja unschwer zu erkennen ist.« Sie lachte nervös auf.

*Vom Land*? Während sie dem Senator die Hand schüttelte, setzte Eva ein besonders strahlendes Lächeln auf. Jetzt fiel ihr auch der Name der Frau wieder ein, Janna – die glühte ja richtiggehend für diesen wichtigen Mann. »Ich arbeite seit drei Tagen für einen Ihrer Senatskollegen, von daher bin ich doch eher *aus der Stadt*«, versetzte Eva charmant, ohne Janna eines Blickes zu würdigen.

Das Lächeln des Senators war sonnig. »So? Der Glückliche. Wer ist es denn?«

Bevor Eva antworten konnte, war die Gastgeberin plötzlich da und schüttelte hocherfreut die Hand des Senators.

»Sieh an, hoher Besuch! Wie schön, dass Janna Sie loseisen konnte, sie hat mir angedeutet, dass sie es versuchen wollte, aber um ehrlich zu sein, habe ich keinen Pfifferling darauf gegeben!« Irmelas saftiges Lachen erklang. »Kommen Sie, ich stelle Sie allen vor ...« Und damit zog sie den Senator kurzerhand ins Wohnzimmer hinüber.

Eva sah ihr – und der hinterherwieselnden Janna – belustigt nach. Na ja, sie hätte sich den Seitenhieb auf Janna auch sparen können. Vielleicht war die einfach nur nervös, weil sie eine wichtige Persönlichkeit mit hierhergeschleppt hatte.

In diesem Moment tauchte Silke neben Eva auf.

»Guck dir das an, wie sie alle um ihn herumglucken«, flüsterte die Freundin. »Die haben bestimmt so einen inneren Kompass, der sie unweigerlich zum attraktivsten und erfolgreichsten Mann im ganzen Raum zieht.« Silke zog ihre Mundwinkel tadelnd nach unten.

»Ach, lass sie doch. Es ist ein Spiel, weiter nichts.«

Die schmale, blonde Charlotte war zu ihnen getreten. »Ich wusste gar nicht, dass Janna so dicht am obersten Chef dran ist«, bemerkte sie mit Blick auf die Frauengruppe, in deren Mitte der Kultursenator thronte wie eine Sonne im Kreise ihrer Planeten.

»Seit zwei Monaten arbeitet sie bei den Festspielen, da wird sie wohl häufiger mit ihm zu tun haben«, erklärte Silke. »Aber schau dir an, wie Vera mit den Wimpern klimpert! Dabei hat sie einen Geliebten, neben ihrem Ehemann …«

»Der ist aber abgehauen«, korrigierte Charlotte. »Aber woher weißt du, dass sie eine Affäre hat? Ich dachte, das sei streng geheim.«

»Na, von Ellen. Und die hat es von Kirsten, der es Vera selber erzählt hat. Und zwar nicht unter dem Siegel der Verschwiegenheit, sonst hätte es Kirsten ja nicht weitergegeben.«

»Ach so«, sagte Charlotte. »Dann.«

Eva sagte nichts. Ihr Blick war zufällig wieder auf Kirsten und Nils gefallen. Die beiden saßen mittlerweile auf dem Sofa, dicht nebeneinander. Zwar hielten sie weder Händchen noch küssten sie sich, aber sie sahen sehr vertraut aus. *Junge Liebe …* Eva verspürte einen Stich im Herzen. War das etwa Neid? Womöglich ja. Schließlich war das doch der Grund, warum sie sich mit all den Männern von der Kontaktanzeige traf: um irgendwann auch mal so dazusitzen, als *junge Liebe …* Aber mit Kerlen wie Fred und Sebastian würde so etwas nie passieren.

Sie wandte sich ab und schlenderte ein wenig durch die Räume. Als sie einmal unerwartet Nils' Blick begegnete, wurde sie rot, nickte fahrig und floh hinaus auf den Balkon. Sie ärgerte sich über sich selbst – wie uncool von ihr! –, vergaß Nils und Kirsten aber wieder, als der Senator zu ihr hinaustrat und sie in eine angeregte Unterhaltung verwickelte.

John hatte keinerlei Allüren, wie es schien, allerdings den Hang, sich in weiblicher Bewunderung zu sonnen. Er erzählte kurzweilig und amüsant von seinem Job, und er versäumte auch nicht, sich nach Evas Lebensumständen zu erkundigen. Nach einer Weile spürte Eva, wie sie die Unterhaltung genoss. Sie lachten reichlich, und John machte ihr gelegentlich Komplimente. Sie wollte nichts vom Senator, aber seine Bewunderung nahm sie trotzdem schamlos entgegen. Dass drinnen vermutlich ein paar missgünstige Mienen ihre angeregte Unterhaltung verfolgten, ignorierte sie bewusst. Irgendwann drehte Eva ihr Gesicht in die Sonne und seufzte wohlig.

»Sie sind erfrischend«, sagte John. »Wie eine erlösende Brise an einem heißen Tag.«

Eva lachte. »Woher haben Sie denn *den* Spruch? 1. Preis Lyrikwettbewerb, den Sie vorgestern verliehen haben?«

»Er ist selbst gebacken«, erwiderte er gekränkt, und dann brachen sie gleichzeitig in Gelächter aus.

»Schön, dass es auch Politiker wie Sie gibt, ganz ungekünstelt und entspannt«, sagte sie.

John grinste schief. »Das ist mein Sonntagsgesicht. Montags in den Ausschusssitzungen gebe ich gelegentlich ein anderes Bild ab, glauben Sie mir. *Dann möchte man manchmal lieber vorspulen zum Wochenende* – Originalton meine Frau.«

Eva betrachtete ihn verblüfft. »Sie sind verheiratet? Aber …« Ihr Blick wanderte unwillkürlich zum Fenster, hinter dem sie eine Reihe neidischer Gesichter zu erkennen meinte.

Der Senator begriff sofort. »Nun ja, ich weiß. Da sich meine Gattin fast nie in der Öffentlichkeit zeigt, packen mich viele Frauen in die Kategorie *Single*. Oder *unglücklich verheiratet*. Aber dafür tue ich nichts, glauben Sie mir. Ich bin einfach, wie ich bin.«

Eva lächelte. »Ein Charmeur, meinen Sie … Nein, streiten Sie das nicht ab. Die Hälfte der Frauen da drin liegt Ihnen zu Füßen, und das wissen Sie auch.«

Er zog eine betretene Grimasse. »Nun ja, ich gebe zu, dass ich es manchmal genieße. Aber ich liebe meine Frau, wirklich und wahrhaftig. Ursula würde Ihnen nichts anderes sagen, wenn sie jetzt hier wäre.«

Er meinte, was er sagte, Eva konnte es spüren. Als sie kurz darauf hineingingen, entdeckte Eva tatsächlich den Neid auf mehreren Mienen. Als Eva dann auch noch Freds missmutigen Gesichtsausdruck sah, der anscheinend in einer Ecke auf sie gewartet hatte, reichte es ihr. Doch die Party war sowieso zu Ende, wie sich herausstellte, die ersten waren schon aufgebrochen. Irmela, den knackigen Samuel untergehakt, nahm im Flur die Parade der sich verabschiedenden Gäste ab.

Eva ging auch, um ihren Mantel zu holen. Fred blieb dabei wie angeklebt an ihrer Seite. *Immer die Falschen*, dachte sie mit einem unterdrückten Seufzer. Aber sie mochten ja noch kommen, die anderen.

Im Moment war es eben Fred, der neben ihr ging. Sie würde ihn freundlich darauf hinweisen müssen, dass die Chemie zwischen ihnen einfach nicht stimmte. Er selbst merkte anscheinend nichts davon.

# 16

*Liebe Frau,*
*mein Name ist Steffen, ich bin 51 Jahre alt, von Beruf Elektriker. Ich suche eine Frau fürs Leben und hoffe, dass ich sie vielleicht bei dir endlich finde. In meiner Frei Zeit gehe ich gern schwimmen, ins Kino und Teather und gern essen. Wollen wir das mal zusammen machen? Dein Steffen. (Berlin, Mockenstr. 16…)*

»Na, wie ging's denn?« Lutz, der Mathekollege, grinste jovial.

»Du meinst, wie es mir bis jetzt gefällt? Ganz gut.« Eva hatte Lutz seit ihrem ersten Arbeitstag in der letzten Woche noch nicht wieder gesehen. »Ihr habt hier eine Menge aufgeweckte Kinder.«

Lutz nickte und strahlte, als sei er persönlich dafür verantwortlich. »Ja, wir haben eben einen guten Ruf in der Branche! Jedes Jahr mehr Anmeldungen als wir aufnehmen können, das ist ein echtes Kreuz. Na, jedenfalls schön, dass du gut zurechtkommst.« Sein Blick hinter der Brille war samtweich. An seiner Unterlippe hing noch ein kleines Stückchen Vollkornbrot vom Mittagessen.

»Na klar.« Eva lehnte sich ein winziges bisschen in ihren Schuhen zurück.

Lutz rückte ohne Umschweife nach, indem er sich weiter vorbeugte. »Ich habe den Eindruck«, raunte er, »dass du sowieso eine sehr patente Person bist, Eva. Ein echter Gewinn für uns, sozusagen.« Sein Lächeln war dick wie Zuckerguss, und er glaubte definitiv, dass man sich schwer dagegen zur Wehr setzen konnte.

Er hatte es gerade nötig! Wie Eva mittlerweile wusste, war er verheiratet, und seine Frau Monika war ebenfalls Lehrerin an der Schule. Eva suchte noch nach einer schlagfertigen Antwort, da vibrierte das Handy in ihrer Tasche, und sie war abgelenkt. Wer rief sie denn um diese Uhrzeit an? Wie aus dem Nichts schob sich ausgerechnet Marcels Bild vor ihr inneres Auge. Sie runzelte die Stirn.

»Vielleicht sollten wir die Gelegenheit nutzen und uns einmal …«

»Entschuldige, ich … äh … warte auf diesen Anruf. Bis später, ja?« Eva lächelte unverbindlich und eilte aus dem Lehrerzimmer. Aus dem Augenwinkel sah sie, dass Nils gerade aus seinem Büro trat. Sie hatte ihn seit dem gestrigen Tag bei Irmela noch nicht gesehen. Er nickte ihr zu, und sie winkte rasch zurück und wandte sich dann ab.

»Ja?«

»Kannst du bitte kommen, jetzt gleich?« Es war Silke. Ihre Stimme klang gepresst, als ächze sie unter einer tonnenschweren Last.

»Kommen? Wohin denn? Und warum jetzt sofort?«

»Das kann ich dir am Telefon nicht erklären. Ich trau mich nicht, es allein zu machen. Aber wenn du dabei bist, schaff ich's vielleicht!«

Eva zögerte, leicht verwirrt. »Ich hab jetzt Mittagspause … Wie lange soll's denn dauern?«

»Längstens bis zwei, ich versprech's! Beeil dich bitte. Ich warte unten in der Knesebeck auf dich, vor der Tür.« Ein leises Knacken, dann war die Verbindung unterbrochen.

Eva steckte nachdenklich ihr Handy wieder ein. Warum *vor* der Tür? Warum so schnell? In ihrem Bauch meldete sich ein ziemlich ungutes Gefühl, aber sie hatte nicht die geringste Vorstellung, was los sein mochte. Beklommen warf sie einen Blick auf die Uhr. Sie konnte es schaffen. Eilig warf sie sich die Jacke über und eilte nach draußen zum Fahrrad.

Vor dem Haus in der Knesebeckstraße war niemand zu sehen. Eva wunderte sich. Erst als sie sich langsam der Eingangstür näherte, huschte plötzlich etwas aus dem Schatten der Toreinfahrt.

Silke. Sie hatte ihren hellen Trenchcoat fest zugegürtet, so dass man richtig sah, wie dünn sie war. In ihren Augen lag ein gehetzter Ausdruck. Eva fühlte sich für einen Moment wie in einen Agententhriller versetzt.

»Was ist denn los?« Sie geriet unwillkürlich ins Flüstern.

Silke warf einen misstrauischen Blick links und rechts die Straße hinunter. »Schnell, lass uns reingehen.« Und schon hatte sie den Schlüssel in der Tür und schob das massive Portal mit Schwung auf. Eva folgte ihr ins Dämmerlicht des Flurs und hinein in den winzigen Aufzug aus dem letzten Jahrhundert, der immer fünf Minuten brauchte, bis er im dritten Stock war.

Im unangenehm kalten Licht der Kabine musterte sie Silke besorgt. Die Miene der Freundin war unglaublich angespannt. »Warum nehmen wir das Ding hier, wenn es so eilig ist?«, fragte Eva.

»Weil er das mit Sicherheit auch macht. Da haben wir noch mal ein paar Minuten gewonnen, weil er ja drauf warten muss, bis es wieder unten ist.«

»Wer ist *er*? Doch nicht …«

»Doch. Uli.« Silke biss sich auf die blassen Lippen. »Also, pass auf: Seit einer Weile finde ich Anzeichen dafür, dass er mich betrügt. Ich wollte nicht darüber reden, weil du … um dich nicht an deine eigene Geschichte zu erinnern, verstehst du? Jedenfalls bin ich fast sicher. Ich hab das ein oder andere Telefonat aufgeschnappt, das ganz so klang wie … Geturtel.« Silke ruderte mit den Armen und stieß dabei heftig an die Wand des Aufzugs. Irgendetwas schepperte. Sie achtete nicht darauf.

»Und ich weiß, wer es ist. Ich glaub's zumindest.«

Eva sagte nichts. Irgendetwas an der ganzen Sache kam ihr verkehrt vor.

»Es ist diese Pharma-Kuh. Diese blöde Vertreterin, die andauernd in die Praxis schneit und die Sprechstundenhilfe besticht und Konferenzen im Chiemgau anpreist. Und dabei immer ihren Push-Up im Ausschnitt aufblitzen lässt, dass man blind davon werden könnte!«

Eva öffnete den Mund, um etwas zu sagen, aber Silke kam ihr zuvor. »Ich hab die Koslowski ausgefragt, vorsichtig natürlich. Und diese Binder oder wie sie heißt kommt in letzter Zeit viel öfter. Manchmal hockt sie eine halbe Stunde bei Uli drin, während draußen noch Patienten warten. Die Koslowski sagt, dass die Probepackungen Kosmetik, die sie von ihr kriegt, auch immer größer werden!«

Wieder wollte Eva etwas sagen, doch in dieser Sekunde hielt der Aufzug ächzend an. Silke riss die altmodische Falttür zur Seite, dass es knallte.

»Wir müssen uns beeilen.«

»Aber wieso denn?« Endlich hatte sich Eva berappelt. »Wieso schleichen wir uns denn in deine eigene Wohnung, wenn Uli dich in der Praxis mit einer anderen betrügt?«

Silke drehte sich kurz zu ihr um, während sie die Wohnungstür aufschloss. »Weil er doch gleich hierherkommt. Mit *ihr*!«

»Was?« Eva hastete hinter ihr in die Diele. Silke machte die schwere Tür sofort wieder zu und schloss sie sorgfältig von innen ab.

»Also halt mal, warte. Du glaubst, dass dein Ehemann gleich mit seiner Geliebten in eure gemeinsame Wohnung kommt. Also bestellst du mich her und schleichst dich mit mir in eben diese Wohnung. Was soll das werden? Sollen wir uns in euer Bett legen und miteinander knutschen, damit er so schockiert ist, dass er nie wieder eine Frau anfasst? Oder was hast du dir vorgestellt?«

Plötzlich sah Silke ziemlich zerknittert und unglücklich aus. Sie hatte ganz offensichtlich keinerlei Plan.

»Ich weiß nicht«, flüsterte sie. »Die Vorstellung, dass er hier allein ist mit ihr, in unserem Zuhause ... das halte ich nicht aus. Als ich gehört hab, dass sie hierher kommen, hat es einfach Klick gemacht in meinem Kopf.«

Eva sah sie nur an. Silke schüttelte sich ein wenig, als wollte sie eine unsichtbare Last loswerden. »Ich glaube, wenn ich es *weiß*, dann kann ich wenigstens damit umgehen.«

»Okay, das verstehe ich ja noch. Aber das Ganze ist doch bloß eine vage Vermutung! So was kann man sich leicht einbilden, wenn irgendwas nicht so ganz rund läuft in einer Beziehung.«

Silke schüttelte heftig den Kopf. »Dass es zwischen uns richtig beschissen läuft, ist garantiert keine Einbildung. Du merkst es doch selber.« Sie spähte den Flur hinab und legte sich offenbar einen Plan zurecht.

Eva versuchte es ein letztes Mal. »Bestimmt kommt er nicht hierher, schon gar nicht mit einer Geliebten. Das muss alles ein riesengroßer Irrtum sein. Völlig absurd.«

»Nein!« Silke schüttelte vehement den Kopf. »Sie kommen, ganz bestimmt. Frau Koslowski hat es mir erzählt – sie hat ein Gespräch mitgehört.«

»Gut, aber was hast du denn vor? Hinter der Tür zu lauern und ihm eins überzuziehen, wenn er reinkommt?« Sie standen immer noch in der Diele. Silke guckte sich um, als stünde die Antwort auf der Wand geschrieben.

Vielleicht war sie das ja auch, denn plötzlich hatte sie eine Eingebung. »Komm!«

Eva machte den Mund auf, aber da war nur noch Silkes wehender Mantelzipfel, der um die Ecke verschwand. Die Freundin ging an Küche, Wohnzimmer, Bad und Kinderzimmer vorbei, und blieb vor den letzten drei Türen am Ende des langen Flurs stehen. Links ging es in Ulis kleines Arbeitszimmer, rechts in das eheliche Schlafzimmer, und geradeaus in den kleinen, begehbaren Kleiderschrank.

Silke blickte erst nach rechts, dann nach links – und zog kurz entschlossen die Tür des Kleiderschranks auf.

Eva hatte sie eingeholt. »Was soll das denn werden?«, fragte sie, ein winziges bisschen ungeduldig.

»Komm rein«, zischte Silke. »Beeil dich.« Sie packte kurzerhand Evas Arm und zog sie zu sich in den Schrank. »Er muss wirklich jeden Moment kommen. Und das wird dann peinlich, wenn er uns hier vor dem offenen Schrank herumdiskutieren sieht.« Hastig zog sie die weiße Lamellentür hinter Eva zu.

»Und was wird das, wenn er uns *hier drin* findet? Eine gelungene Oster-Überraschung?«

Doch an Silke war jeder Sarkasmus verloren. Sie spähte besorgt durch die Lamellen in den verlassenen Flur. »Es kann jetzt nicht mehr lange dauern. Um Viertel vor hat er sonst ja immer schon die ersten Patienten …«

Eva unterdrückte einen abgrundtiefen Seufzer. Es war dunkel hier drin und ziemlich eng. Die Kante eines Regals piekte ihr unangenehm in die Hüfte. »Silke, das hat doch keinen Sinn. Was willst du denn erreichen, selbst wenn er mit dieser Frau hier auftaucht? Aus dem Schrank stürzen und *Ertappt!* schreien?«

»Pssst!« Silke zuckte zusammen und rammte Eva dabei vor lauter Aufregung den Ellbogen in die Seite. Sie merkte es gar nicht. »Ich hör was!«

Eva verdrehte die Augen. Silke presste ihr Gesicht noch fester an die Lamellen.

Von weit entfernt kam ein Geräusch. Erst etwas Metallisches, dann ein helles Knarzen. Das war, wie auch Eva mittlerweile wusste, die vierte Bodendiele rechts von der Eingangstür. Silke hatte den Atem angehalten, und Eva tat es ihr jetzt nach.

Schritte. Und dann eine Stimme.

»Komm rein. Möchtest du ablegen? Ich …« Der Rest des Satzes war nicht richtig zu verstehen.

Eine Antwort, die nur ein Murmeln war. Eva beugte sich instinktiv ein wenig weiter vor. Neben sich hörte sie Silkes Herz hämmern.

Schritte. Weit entfernt tauchte die Silhouette eines Mannes auf. Er betrat den Flur und sprach dabei über die Schulter mit einer zweiten Person, die dicht hinter ihm folgte.

»Da«, wisperte Silke. »Ich hab's doch gesagt.«

Eva guckte. Die Frau hinter Uli war eine große Blonde, ungefähr Anfang 30, mit relativ guter Figur, die vielleicht ein bisschen ins Kräftige tendierte. Sie trug einen mintgrünen Rock und darüber eine schwachgelbe Bluse, gefüllt mit mindestens Körbchengröße C.

»Da«, zischte Silke noch einmal. »Und in diesen Farben sieht sie aus wie eine Tablette auf zwei Beinen.«

Eva stupste Silke schwach in die Seite, damit sie still war. Jetzt konnte man nur noch beten, dass sie nicht erwischt wurden. Obwohl das Gesicht von Uli, wenn der ahnungslos die Schranktür öffnen würde, bestimmt eine Reise wert war …

»So schöne große Zimmer!«, flötete die Blonde gerade, die im Vorbeigehen ungenierte Blicke in jeden Raum warf.

»Tja, Berliner Altbau eben«, nickte Uli geschmeichelt.

Sie kamen immer näher. Zwei Schritte vor dem Schrank blieb Uli plötzlich stehen und drehte sich zu seiner Begleiterin um.

»Entschuldige, Tamara! Jetzt hab ich doch vergessen zu

fragen, ob ich dir was anbieten kann. Vielleicht einen Kaffee, so nach dem Essen? Oder ...«

Eva hörte, wie Silke neben ihr mit den Zähnen knirschte. Sollte sie sie vielleicht sicherheitshalber festhalten?

Tamara lächelte entzückt. »Nein danke, mein Lieber. Wir müssen doch beide bald wieder zurück in die Tretmühle, stimmt's?!« Sie seufzte. In ihrem Ausschnitt blitzte der Push-up.

Uli antwortete irgendetwas Launiges, drehte sich um und trat noch einen Schritt näher auf den Schrank zu. Eva blieb beinahe das Herz stehen. Jetzt musste es sich entscheiden – rechts, links oder geradeaus?

»Elender Mistkerl!«, zischte Silke.

Eva kniff sie in den Arm. Silke quietschte leise.

Doch Uli hatte anscheinend nichts gehört. Er verschwand nach rechts in das kleine Arbeitszimmer. Eva ließ langsam, leise und sehr erleichtert die Luft aus ihren Lungen.

Silke jedoch wich keinen Millimeter von den Lamellen. Die Pharmavertreterin stand jetzt sehr dicht vor ihnen, im Profil, und sah Uli zu, der hörbar in irgendetwas kramte. Tamaras Finger schnellten rasch hoch zu ihrem wogenden Busen und zupften den roséfarben glänzenden BH ein Stückchen weiter heraus. Es war tatsächlich ein prachtvolles Dekolleté, das sich jetzt dem Licht der Öffentlichkeit präsentierte.

Aus Silkes Kehle kam ein leises Knurren.

Die Pharmavertreterin fuhr zusammen und stieß einen kleinen Schrei aus.

Uli war mit zwei Schritten bei ihr. Die Blonde war zurückgewichen und starrte ängstlich zum Schrank. »Da war was! Ich könnte schwören, dass ich da drin was gehört habe!«

Uli legte ein männlich-gönnerhaftes Lächeln auf. »Also, dass ihr Frauen immer so schreckhaft seid! Ihr Häschen! Da kann doch gar nichts sein.« Und er riss mit Schwung die Lamellentür auf.

Vier Leute fuhren erschrocken zurück.

»Hilfe!«, schrie Tamara, eine Hand auf's Dekolleté gepresst.

»Was?«, japste Uli. »Wie?« Er stieß gegen Tamara, deren Busen ihn wie ein Airbag abfederte.

»Verdammt!«, jaulte Silke, die die Tür ans Auge bekommen hatte.

»Ummpffh!«, stöhnte Eva, die bis zuletzt nicht hatte glauben wollen, dass das hier passieren würde.

Für eine endlos lange Sekunde starrten sie sich gegenseitig an, zwei vor dem Schrank, zwei darin.

»Was geht hier vor?«, fragte Uli schließlich misstrauisch.

»Dasselbe könnte ich dich ...«

Eva fiel Silke einfach ins Wort. »Wir wollten hier ausmisten, ganz einfach. Silke hat mich gebeten, ihr zu helfen, und wir waren gerade dabei ...«

»Im Dunkeln? Ihr steht hier im Dunkeln im Einbauschrank und ...«

»Wir dachten, ihr wärt Einbrecher. Da haben wir schnell das Licht aus und die Tür zu gemacht.« Eva dankte dem Himmel für den Einfall. »Wir wollten ja nicht auf uns aufmerksam machen. Viel zu gefährlich, heutzutage.«

»Aha«, lautete Ulis trockener Kommentar. Der Busen der Pharmareferentin wogte immer noch nach dem überstandenen Schrecken.

»Morbach«, sagte Eva. »Freut mich, Sie kennenzulernen.«

»B... Bender«, nickte die Blonde. »Sie äh ...«

»Ja, ich wohne hier auch«, lächelte Eva freundlich.

»Ach.« Tamaras Blick wanderte von Eva zu Silke. Sie schien die Konstellation recht interessant zu finden.

Uli kam jäh in Bewegung. »Ja äh ... vorübergehend. Also gut, dann ... wollen wir mal. Ich habe Tam... Frau Bender ein paar Akten versprochen.« Er klopfte auf die fünf schmalen Ordner, die unter seinem linken Arm klemmten. »Gehen wir? Du sagtest ja, du hättest diesen Termin ...«

»Ach ja. Ja. Dann äh ... auf Wiedersehen.« Die Pille auf zwei Beinen nickte dem Schrank zu und wandte sich um. Uli verzichtete auf einen Abschiedsgruß. Stattdessen warf er einen letzten misstrauischen Blick zu Silke und Eva und trabte dann der Blonden voraus den Flur hinunter. Wenige Sekunden später fiel die Eingangstür ins Schloss.

Silke und Eva sahen sich an, stumm und reglos. Dann brachen sie in hysterisches Gelächter aus.

# 17

*Ein sehr liebes Hallo sende ich Dir, liebe E!*
*Wenn die Sonne über dem Häusermeer untergeht und ihr entzückendes Schauspiel der Farben entfaltet, erfreue ich mich an jeder Sekunde und sauge Bild für Bild in mich auf. Manchmal, wenn die Zahlenkolonnen zu lang und die Diagramme in meinem verantwortungsvollen Job zu komplex werden, dann schließe ich für einen Moment meine Augen und träume mich an einen einsamen Strand und genieße den Sonnenuntergang. Bin ich ein Tagträumer? Nun hin und wieder sicherlich schon und ich stehe dazu, da ich es gut und wichtig finde, Träume zu haben. Andererseits bin ich auch gern mal in vollen und lauten Straßen unterwegs, wie es sie ja in Berlin recht zahlreich gibt. Ich reise sehr gern, insbesondere in die USA, nach Kanada oder Australien, war aber auch schon auf Sylt.*
*Wichtig finde ich es, Gefühle zu zeigen und auch zu seinen Gefühlen zu stehen. Ein Lächeln, ein tiefer Blick in die Augen, aber auch Tränen der Traurigkeit oder einfach mal nicht gut drauf sein gehören für mich mit dazu. Gleichzeitig rede ich aber auch sehr gerne, manchmal vielleicht auch ein wenig zu viel ;-) Zuhören können und Empathie sind aber für mich ebenso wichtig. Einen kleinen Hang zur Philosophie will ich auch nicht verschweigen:-) In einem schönen Café sitzen oder über eine*

*grüne Wiese rennen oder ein leckeres Würstchen essen sind für mich auch Bestandteil von Lebensqualität.*
*Wenn ich Dich mit meinem Text jetzt nicht erschlagen habe, dann schreib mir doch einfach mal. Ich würde mich über die Maßen freuen!*
*Viele liebe Grüße, Norbert*

Auf das abendliche Treffen, das sie vor drei Tagen vereinbart hatten, freute sich Eva fast. Vielleicht war dieser Norbert endlich mal einer, mit dem man unbeschwert plaudern und den Abend genießen konnte. So etwas konnte sie zur Abwechslung einmal gebrauchen: Seit der Schrank-Episode war die Stimmung zu Hause bei den Breitlings nicht besser geworden, obwohl Silke neuen Mut geschöpft zu haben schien.

Norbert also. Sein kurzer Dreizeiler hatte sie angenehm berührt; er hatte so klar und offen geklungen. Er gehörte zu den Männern, denen sie sofort geantwortet hatte, aber er hatte sich ein paar Tage lang nicht zurückgemeldet. Dann aber hatte er das Aquarium als Treffpunkt vorgeschlagen, was sie für eine gute Idee hielt. Man konnte gemütlich nebeneinander herschlendern und die Fische beobachten, ohne dass man sich wie festgenagelt gegenübersaß. Das ließ Raum für Flucht wie für Annäherung.

Er warte draußen vor der Tür und trage eine gelbe Rose in der Hand, hatte er geschrieben. Irgendwie schien ihr die Rose nicht ganz zu dem schlichten Brief zu passen, den er auf die Anzeige geschrieben hatte. Aber vielleicht war der Mann einfach für Überraschungen gut, und das war sicher nicht das Schlechteste.

Nun war Eva vor dem Prunkgebäude am Breitscheidtplatz angekommen, das das Aquarium beherbergte. Vor der Treppe mit der imposanten Tür stand niemand. Sie schaute sich um, doch außer einer Gruppe älterer Touristen, die das Gebäude verließen, war kein Mensch in der Nähe. Das Wetter war eigentlich nicht für längere Aufenthalte im Freien gemacht: Es windete stark, und eine feuchte Kälte kroch Evas bestrumpfte Beine hinauf, sobald sie stehen blieb. Sie sah auf ihre Uhr. 18:05 Uhr. Sie war 5 Minuten zu spät. Norbert konnte doch wohl nicht schon wieder gegangen sein?

In dem Moment klingelte ihr Handy. Eine unbekannte Männerstimme erklang.

»Hallo, ich grüße Sie. Schön, dass Sie gleich rangehen.«

Eva zögerte. War das Norbert, der ihr absagen wollte?

»Ich wollte noch einmal einen Versuch starten. Weil es am Sonntag doch äh … recht nett war. Und da wäre es doch schade, wenn wir nicht … wenn wir das nicht noch einmal wiederholen würden.«

»Äh … Fred? Sind Sie das?«

»Ja. Alfred Marowski – Fred. Natürlich.«

Eva hatte sofort wieder das bärtige, etwas düstere Gesicht vor Augen. Fred, oh nein. Hatte sie sich am Sonntag nicht deutlich genug ausgedrückt?

»So natürlich ist das auch wieder nicht. Aber egal. Es tut mir leid, Fred …«

»Nein. Nein, sagen Sie nicht *Es tut mir leid*. Sie können doch noch gar nicht beurteilen, wie wir uns verstehen würden. Das eine Mal! So viele Leute, die Sie belagert haben; Sie hatten gar keine Zeit, sich richtig mit mir zu beschäftigen. Es war eine unsinnige Idee, unser erstes Treffen auf eine Party zu legen. Zumal …«

Eva verdrehte die Augen. »Halt, einen Moment bitte. Dass die Chemie zwischen uns einfach nicht stimmt, hat doch nichts mit dem Anlass zu tun. Wir …«

Jetzt fiel er ihr ins Wort. »Aber ich versichere es Ihnen. Sie irren sich!«

Eva ärgerte sich. Ihr war kalt und sie hatte nicht die geringste Lust, sich von dieser muffeligen Stimme belehren zu lassen. In kühlem Ton sagte sie: »Sie haben Ihre Meinung und ich meine. Ich sage, wir sollten es lieber lassen. Deswegen lege ich jetzt auf. Einen schönen Abend noch.«

Entschieden stopfte sie ihr Handy wieder in die Tasche, verdrängte Fred resolut aus ihren Gedanken und sah sich um. Immer noch war nirgends jemand zu sehen, der mit einer gelben Rose in der Hand näher kam. Im Wind schaudernd, wandte sie sich zum Gebäude und stieg kurz entschlossen die Stufen hinauf. Sie würde drinnen warten. Das Haus war bis 19 Uhr geöffnet; wenn er nicht käme, würde sie einfach alleine die Haie ansehen. Und sich vorstellen, wie Norbert ihnen zum Fraß vorgeworfen würde. Vielleicht zusammen mit Fred?

Sie drückte gegen das schwere Portal. Es rührte sich nicht. An der Wand neben ihr hing das Schild, das unmissverständlich von einer Öffnungszeit bis 19 Uhr sprach, ja, auch am Donnerstag. Und sie hatte genau gesehen, dass die Touristen die Tür von innen aufgezogen hatten.

Sie drückte wieder, mit aller Kraft diesmal. Zuerst tat sich nichts, dann, beim zweiten Versuch, schwang die Tür plötzlich mit beträchtlicher Geschwindigkeit auf – so überraschend, dass sie vorwärtsstolperte. Sie prallte gegen etwas Weiches, suchte nach Halt und erhielt stattdessen einen Stich in die Hand. Das machte sie wütend. Irgendein Idiot stand vor ihr und fuchtelte mit den Armen.

»Oh Entschuldigung, meine Dame! Die Tür – ich hab wohl in die falsche Richtung gedrückt, und da kamen Sie schon hineingeschneit. Haben Sie sich wehgetan? Kann ich Ihnen helfen?«

»Das reicht schon bis hierher«, knurrte Eva. Sie betrachtete etwas fassungslos ihren Handrücken, auf dem sich ein Blutstropfen gebildet hatte.

»Oh oh! Das ist ja … ich bitte nochmals um Entschuldigung! Da sind Sie wohl einfach in meine Rose gerannt.«

Jetzt erst sah Eva sie. In der Hand des Trottels steckte eine lange, gelbe, leicht zerzaust aussehende Rose.

Sie reagierte nicht schnell genug (sonst wäre jetzt eine gute Gelegenheit gewesen, sich aus dem Staub zu machen). Stattdessen schluckte sie ihren Ärger hinunter und lächelte etwas steif.

»Sie sind das. Norbert, nicht wahr? Ich bin Eva.«

Der Trottel – nein, so sollte sie nicht denken, was war das denn für ein Start?! – Norbert also bekam den Mund nicht mehr zu.

»Oh, das … na so was aber auch! Dann tut es mir ja doppelt leid … oder … vielleicht ein Taschentuch …« Umständlich fing er an, in seiner Hosentasche zu kramen. »Ich hab doch bestimmt … Sie können ja schon mal … da hat sie doch eigentlich die Richtige getroffen …«

Mit der freien Hand streckte er ihr die Rose entgegen, ein bisschen zu nah ans Gesicht, sodass Eva instinktiv zurückzuckte. Wider Willen musste sie lächeln: Dieser ganze hektische, ein wenig zerknitterte Mensch mit dem bis hinter die Ohren zurückgewichenen Haaransatz und dem bunten Pullunder unter der Regenjacke passte dermaßen wenig zu dem souveränen, ruhigen Dreizeiler, den er auf ihre Anzeige hin geschickt hatte, dass es kaum zu glauben war. Schon verrückt, wie man sich von so ein paar geschriebenen Wörtern täuschen lassen konnte.

»Lassen Sie, es geht schon«, sagte sie und saugte rasch den Blutstropfen von ihrem Handrücken. Dann nahm sie ihm behutsam die Rose aus der Hand. »Lassen Sie stecken. Das Taschentuch, meine ich.«

Norbert lächelte erleichtert. »Sie nehmen es mir nicht übel, ach, Gott sei Dank. Es hätte mich doch sehr betrübt … das hätte man als schlechten Start … aber vielleicht ist ja das Gegenteil der Fall …« Hoffnungsfroh strahlte er sie an.

»Wir werden sehen«, versetzte Eva nüchtern. Doch ihr Gegenüber behielt sein warmes Lächeln unbeirrt bei.

»Ich habe mir die Freiheit genommen, schon Eintrittskarten zu erwerben … vielleicht ein gutes Omen, finden Sie nicht? Zumal es draußen … drückt Ihnen das Wetter nicht auch aufs Gemüt? Wie gut, dass man hier im Warmen … wollen wir vielleicht …« Mit weit ausholender Geste wies er auf die Treppe, die nach oben in das lockende Halbdunkel des Aquariums führte, so als bäte er Eva in sein Allerheiligstes.

Eva, immer noch verblüfft über den Gegensatz zwischen dem tatsächlichen Herrn und seinem Brief, nickte und folgte ihm.

Im Zwielicht vor den bunt schillernden Becken überwand Norbert dann auch seinen letzten Schrecken über den Zusammenstoß. Er erwies sich als einigermaßen sachkundig, plauderte über die Fische, als kenne er sie alle persönlich, und schaffte es, nebenbei Eva eine Menge Fragen zu stellen. Zuerst war Eva angenehm überrascht: der erste der Kandidaten, der sich tatsächlich auch für sie zu interessieren schien und nicht nur für sich selbst. Doch bald wurden ihr Norberts Erkundigungen zu viel. Was sie am liebsten äße und wo? Ja, auch er *liebe* Pasta und überhaupt die italienische Küche! Diese Düfte, dieses Gefühl auf der Zunge! Wie geschmeidig und glatt so eine Nudel doch die Kehle hinuntergleite! Und ja, auch er *liebe* das Essen in einer echten Trattoria, am liebsten direkt am Meer. Wie doppelt der Genuss sei, wenn man dazu das Rauschen der Wellen höre! Wie sehr man die einfachen Freuden des Lebens doch so wieder zu schätzen lerne! Was sich Eva denn von ihrer näheren Zukunft erwarte und warum? Ja, auch er dächte gelegentlich über einen Perspektivwechsel nach, er *liebe* Perspektivwechsel! Wie wichtig das doch sei für das Wachsen als Mensch! Wie erfrischend für die Seele und wie nötig für den Geist! Was denn Eva für Musik höre und wann und wie viel? (Hier ließ der kleine Teufel, der manchmal in Eva wohnte, sie sagen, sie höre gerne Helene Fischer. Norbert war begeistert. Er *liebe* anspruchsvollen Schlager! Wie gemütvoll und anrührend so etwas sei! Wie zu Unrecht verunglimpft und belacht, wo er doch in Wahrheit nur das Gute im Menschen zeige, das es nun Gott sei Dank auch gebe!)

Schon als sie am großen Haibecken angekommen waren, war Eva erschöpft. Dankbar ließ sie sich auf die Bank in der Mitte des runden Raums sinken. Norbert nahm neben ihr Platz.

»Hatten Sie einen langen Tag?«, fragte er besorgt. »So eine Menge lärmender Kinder erfordert wohl viel Geduld und innere Tapferkeit, ja? Und ständig wollen alle immer etwas von Ihnen.«

Eva sah ihn an und lächelte schwach.

»Ja, ja, ich verstehe«, sang Norbert mit seiner gefühlvollen Stimme. »Aber nun können Sie sich ja entspannen! Schließen Sie die Augen, wenn Sie mögen, und ich erkläre Ihnen, was hier in diesem Becken vor sich geht, Sie brauchen noch nicht einmal mehr hinschauen! Mögen Sie Hörbücher? Hören Sie manchmal welche?«

Eva nickte ein wenig. »Manchmal. Eigentlich selten.«

»Oh, ich *liebe* Hörbücher! Wie sie einen entführen, sobald man die Augen schließt! Wie man in andere Welten hineinschlüpft, wenn sie gut gesprochen sind! Ja, schließen Sie die Augen! Versuchen wir es doch einmal! Haben Sie? Gut, wunderbar! Nun, von links nähert sich gerade ein Katzenwels, ein großes, geschmeidiges Tier in schillernder Farbe, dunkelgrau oder anthrazit, wunderschön anzusehen ...«

Eva hatte tatsächlich die Augen geschlossen, sie konnte nicht genau sagen, ob aus Spaß oder aus Erschöpfung. Norbert war nett, aber anstrengend. Sein Pullunder wies genau die grellen Farben auf, die in etlichen der Exotenbecken herumschwammen, da tat es ganz gut, mal den Blick abzuwenden. Norberts Stimme allein klang gar nicht so übel, jedenfalls, wenn man nicht so genau hinhörte.

Da spürte sie plötzlich etwas an ihrer Hand. Zunächst rührte sie sich nicht. Norberts Finger – es mussten ja seine sein, die Flossen des Katzenwelses waren es jedenfalls nicht – lagen auf ihrem Handrücken und begannen, ihn zu streicheln. Sanft und zart glitten sie über ihre Haut wie kleine Federn, hoch und runter, immer wieder.

Eva riss die Augen auf. Bei aller Liebe, das ging zu weit. Sie kannten sich gerade mal 20 Minuten, und sie stand auch überhaupt nicht auf ihn.

Sie zog ihre Hand weg – nicht schnell, aber entschieden. Er stockte in seinem Redefluss, blickte sie unsicher an, schluckte.

»Ich hoffe, Sie äh … nehmen das nicht …«

»Krumm? Nein, das nicht. Aber ich finde, Sie schießen ein wenig über das Ziel hinaus, Norbert.« Eva setzte sich auf, schüttelte den Kopf. »Sie sind ein netter Kerl, keine Frage. Aber ich wundere mich schon seit der ersten Sekunde, dass Sie mir einen solchen Brief geschrieben haben. Er ist so … anders als Sie, verstehen Sie? Wenn ich ehrlich bin, hatte ich einen völlig anderen Menschen erwartet.«

Seine verknautschte Miene sah leicht verdattert aus. »Einen anderen? Aber wieso? Ich habe doch aus vollem Herzen … ich meine, geschrieben, wie ich bin.«

Eva hob die Augenbrauen. »Wie Sie sind? Sie scheinen mir in vielem das genaue Gegenteil! Ihr Text war knapp, höchstens drei Zeilen, wenn ich mich erinnere. Sie haben über sich eigentlich nichts erzählt, es wirkte, nun ja, ein wenig geheimnisvoll vielleicht. Und nun …«

»Drei Zeilen? Aber ich weiß doch genau … zwei Seiten!

Ich bin sicher, ich kann mich nie ... ich wollte doch möglichst viel über mich erzählen, das muss doch sein, wenn ... drei Zeilen?!«

Eva schwieg. Hatte sie etwa – aber das war doch nicht möglich!

»*Liebe Unbekannte* ...«, kramte sie aus ihrer Erinnerung hervor, »*die Zeit ist viel zu wertvoll, um sie alleine zu verbringen. Aber ich suche keine Frau für eine Nacht, sondern für alle Tage* ...« Sie sah Norbert fragend an.

Dessen Augen waren kugelrund. »Also, das ... nein, das ist doch nicht ... wie kann man so abgehackt ... was sagt das denn über den Schreiber aus? Schier gar nichts!« Er knetete aufgeregt seine Hände, als spürte er schon, wie ihm der Fisch von der Angel schlüpfte. »Nein, ich fürchte, das ist nicht von mir ... ich verstehe nicht, wie ...«

Eva auch nicht. Sie dachte nach. Die einzige Erklärung war, dass sie aus Versehen mit dem falschen Mann Kontakt aufgenommen hatte. Vielleicht war sie in Eile gewesen, nicht ganz konzentriert.

»Also, ich hoffe ... Sie werden doch nicht ... was machen wir denn nun?«

Norberts blasses, rundes Gesicht spiegelte größte Zerknirschung wider. Eva seufzte. Er tat ihr leid, aber sie brachte es doch nicht über sich, ihm etwas vorzuspielen.

»Na ja, eine doofe Situation. Es ist natürlich meine Schuld, wirklich. So was darf nicht passieren, ich habe Sie unter Vorspiegelung falscher Tatsachen hierhergelockt, könnte man sagen.«

»Aber bitte ... Sie müssen sich doch nicht ... aber wir könnten doch noch mal ... ganz von vorne anfangen.«

Eva lächelte freundlich, schüttelte dabei aber den Kopf. »Bitte nehmen Sie es mir nicht übel, nicht allzu sehr wenigstens. Aber ich habe mich natürlich mit dem Dreizeiler treffen wollen, weil er mir irgendwie zugesagt hat. Und wir beide … ich glaube nicht, dass das etwas werden könnte, verstehen Sie?« Jetzt fiel ihr auch der Brief ein, der vermutlich von Norbert war: *die Sonne über dem Meer,* der *Tagträumer*… natürlich, das passte zusammen.

Norbert guckte so bekümmert, dass Eva spontan seine Hand in die ihre nahm. »Hören Sie zu, ich hab da eine Idee. In meinem Bekanntenkreis gibt es furchtbar viele einsame Frauen. Wie wäre es, wenn ich denen einmal von Ihnen erzählen würde?«

# 18

*Hey, hab deine Anzeige gelesen. Finde ich super. Mail mir doch mal! andiBoy@googlespot.net*

Am nächsten Tag war in der Schule viel zu tun; Eva musste die *Delfin*-Klasse alleine betreuen, da die Klassenlehrerin krank geworden war. Erst am Nachmittag kam sie dazu, kurz durchzuschnaufen, und setzte sich zu diesem Zweck auf die Bank am Rande des Schulhofs. Die Kollegen, die keinen Nachmittagsdienst hatten, gingen allmählich nach Hause, und Eva winkte dem einen oder anderen hinterher, während sie ihre Banane aß.

Plötzlich stand, wie aus dem Boden gewachsen, ein aufgeregt zappelndes Kind vor ihr.

»Fritz Habermehl tritt hinten beim Spielplatz gegen die Mülleimer! Bei einem ist schon ganz viel rausgefallen!« Der kleine Blondschopf, erste oder zweite Klasse, griff ohne Umschweife nach ihrer Hand und zog daran. »Komm!«

Eva, den Mund noch voll Banane, ließ sich mitziehen. Sie bogen gerade um die Ecke des Schulhofs, vorbei an den Jasminbüschen, als sie unvermittelt auf Nils trafen.

Der Kleine fackelte nicht lange. »Du kannst auch mitkommen. Der Fritz Habermehl …«

»Räumt gerade wieder auf.« Nils nickte ihm zu. »Alles in Ordnung.«

»Ehrlich?« Der Stöpsel sauste wie ein geölter Blitz in Richtung Spielplatz davon.

Und ließ Eva und Nils etwas verlegen voreinander stehen.

Es war das erste Mal seit der unglücklichen Begegnung auf der Straße, dass sie alleine aufeinandertrafen.

Eva fühlte sich unbehaglich. Nils hatte zwar offensichtlich nicht versucht, sie gleich wieder von der Schule zu jagen, aber freundlich gesinnt war er ihr sicher nicht.

»Also, wenn Sie das geklärt haben«, sagte sie lahm und machte eine unbestimmte Geste in Richtung Spielplatz »dann kann ich ja wieder...«

Zuerst erwiderte er nichts. Eva meinte, Missbilligung in seiner Miene zu sehen, und verspürte plötzlich den Impuls, ihm gehörig die Meinung zu geigen – dass er ihr den Buckel herunterrutschen könnte, wenn er weiter so verdammt nachtragend wäre, dass sie genug habe von seinen kritischen Blicken, mit denen er sie seit dem ersten Tag verfolge ...

»Sie gehen gut mit den Kindern um.«

Evas bereits geöffneter Mund klappte wieder zu. Was hatte er da gesagt? »Ich, äh ...«

Tanzte da ein Lächeln um seine Mundwinkel? »Genau. Ich habe Sie beobachtet in den letzten Tagen, ich gebe es zu. Nach unserer ersten Begegnung hatte ich ... nun ja, gewisse Vorbehalte, könnte man vielleicht sagen. Dass Sie vielleicht ein wenig zu emotional sein könnten, zu aufbrausend. Aber ich habe festgestellt, dass Sie bei den Kindern sehr umsichtig und freundlich sind, ganz abgesehen von Ihren fachlichen Kompetenzen. Es freut mich, dass ich mich geirrt habe.«

Eva war sprachlos. Sie war so sicher gewesen, dass er sie nicht mochte, sie hatte ihm gerade einen ordentlichen Schuss vor den Bug setzen wollen, Vorgesetzter hin oder her ...

»Ich äh ... danke.«

Nils lächelte jetzt tatsächlich. In seinen dunklen Augen leuchtete der Schalk, aber es war ein angenehmer, kein spöttischer Ausdruck. Eva spürte, wie sie das Lächeln erwiderte. Plötzlich fühlte sie sich entspannt und gelöst.

»Gott sei Dank. Ich dachte schon, ich hätte mir einen Feind fürs Leben gemacht.«

Nils hob die Augenbrauen. »So nachtragend bin ich nicht. Außerdem machen Sie wirklich einen guten Job bei den Schülern, das ist einfach so.«

»Die Kinder sind toll, das macht es leicht.«

Er nickte und sah unwillkürlich zum Schulhaus hinüber. »Ja, da haben wir wirklich Glück. Ich werde sie vermissen.«

»Wieso?« Eva sah ihn irritiert an. »Gehen Sie fort?«

Nils wandte ihr wieder den Blick zu. »Ja. Ab dem nächsten Schuljahr wechsele ich die Branche – von der Bildung zur Kultur. Gut, so groß ist der Unterschied nicht, aber für mich wird es sicher ein völlig anderes Leben.«

Er erzählte, dass er in die Firma eines Freundes einsteige, die Kulturmanagement und Veranstaltungsorganisation betreibe; er habe letzte Woche mit der Direktorin gesprochen und gekündigt. Eva spürte ein überraschendes Bedauern.

»Sie sind mutig«, meinte sie zögernd. »In die freie Wirtschaft zu wechseln, wenn man aus dem sicheren Beamtendasein kommt ...«

»Genau das ist es. Ich dachte mir, ich müsste vielleicht noch mal etwas Neues in meinem Leben anfangen, bevor ich 50 bin.«

»Oh, das. Das kenne ich allerdings.«

Sie wechselten einen verständnisinnigen Blick und lächelten. Plötzlich stieg ihr sein Duft in die Nase, ein angenehmer, frischer Hauch von schwarzer Erde und Zitronen. Unversehens wurde ihr warm ums Herz, und sie wandte hastig den Blick ab und rief sich zur Ordnung. Vor lauter Begeisterung über die unerwartete Versöhnung musste sie es gleich übertreiben!

»Können Sie sich denn vorstellen, auch im nächsten Schuljahr hier zu sein? Als pädagogische Hilfskraft bleiben Sie doch weit unter Ihren Möglichkeiten.«

Eva konzentrierte sich auf eine sachliche Antwort. »Im Moment macht es mir einfach Spaß, und das ist schon viel. Aber auf Dauer wird es nicht genug sein, da haben Sie recht. Auch finanziell nicht. Im Grunde bräuchte ich jetzt schon einen Zweitjob.«

»Tatsächlich? Was hatten Sie sich denn vorgestellt?«

Eva zögerte. Wenn sie bei den Breitlings ausziehen wollte – und das wollte sie auf jeden Fall –, dann brauchte sie ein paar hundert Euro zusätzlich.

»So wählerisch bin ich da nicht. Irgendein 400-Euro-Job.«

»Hm. Ich wüsste vielleicht etwas. Mein Freund Benno – das ist der, in dessen Firma ich einsteige – sucht immer mal wieder Aushilfen für seine Veranstaltungen. Tagungen, Ausstellungen, die verschiedensten kulturellen Events halt. Die sind meistens am Wochenende oder abends, das könnte doch passen.«

»Das klingt ja gut. Was ist denn da zu tun?«

»Ehrlich gesagt, weiß ich das nicht genau. Einlasskontrolle, Briefe schreiben, was auch immer. Ich könnte Benno Ihre Telefonnummer geben, dann könnte er Sie anrufen.«

»Wunderbar, ja! Dankeschön.«

Nils lachte. »Wenn Sie so strahlen, kriegen Sie jeden Job, den Sie haben wollen!«

War das ein Kompliment gewesen? Eva spürte, wie ihr Herz ein wenig schneller klopfte. Sein Lächeln war sehr anziehend. Er stand mittlerweile so dicht neben ihr, dass sie die grünen und hellbraunen Flecken in seiner Iris erkannte – eine Farbe wie ein Waldboden, auf dem einzelne Sonnenstrahlen spielen. *Hör auf*, dachte sie, *er gehört einer anderen. Gerade du solltest wissen, wie unfair das ist ...*

»Ich brauche dann Ihre Telefonnummer.«

Als hätte es nur auf dieses Stichwort gewartet, vibrierte genau in diesem Moment das Handy in Evas Hosentasche.

Etwas konfus tastete sie danach. »Oh, das ... ja, natürlich, ich lege Ihnen nachher einen Zettel ins Fach.« Sie zuckte entschuldigend mit den Achseln. »Ausgerechnet jetzt, Verzeihung ... ja, hallo?«

»Hallo. Es ist sehr schön, deine Stimme zu hören ...«

Und sie erkannte die seine sofort. »Torsten! Das ist aber eine Überraschung.« Instinktiv wandte sie sich von Nils ab und spürte, dass sie ein wenig rot wurde.

»Ich wollte dir Danke sagen für deine nette SMS wegen der Blumen. Wie geht es dir, was machst du? Ich bin leider noch nicht in der Stadt, aber vermutlich nächste Woche wieder. Und ich würde dich wunderbare Frau unglaublich gerne sehen.«

Seine Worte setzten Bilder in ihrer Erinnerung frei, sie konnte es nicht verhindern.

»Ja, natürlich, gerne. Wir müssen nur sehen, ob ich ...« Aus dem Augenwinkel sah sie, wie Nils mit einem knappen Nicken in ihre Richtung davonging. »Wir müssen nur sehen, wie ich es zeitlich unterbringen kann«, sagte sie unkonzentriert. »Ich arbeite jetzt, und ...«

»Abends? Was machst du denn?«

»Nein, nicht abends. Ich arbeite an einer Schule.«

»Wunderbar. Das ist gut. Es wird wohl Dienstag oder Mittwoch bei mir, vielleicht auch Donnerstag. Halt dich frei für mich, ja? Darauf freue ich mich schon seit dem Abend, an dem du aus der Tür gegangen bist.«

Eva lächelte vage. »Ich ... gut, du kannst ja anrufen, wenn du genaueres weißt. Vielleicht passt es ja.«

»Es muss. Ich wäre ein unglücklicher Mann, wenn nicht. Also, in diesem Sinne – auf bald, schöne Frau.«

»Bis dann.« Eva trennte die Verbindung. In der Ferne verschwand Nils im Schulhaus, und sie betrachtete nachdenklich die sich schließende Eingangstür. Was war denn da eben in ihr vorgegangen? Nils war doch bloß irgendein Mann, zudem noch einer, der vergeben war. Sie hatten sich wieder vertragen, das war gut so, und weiter war da nichts. Mit einer gewissen Anstrengung riss Eva ihren Blick vom Schulhaus los und sah stattdessen ihr Handy an. Torsten.

Torsten war derjenige, der etwas von ihr und von dem sie etwas wollte. Oder etwa nicht? Aber irgendetwas hatte an diesem Gespräch nicht gestimmt. Er hatte im Grunde überhaupt nichts über sie wissen wollen, nicht wirklich. Er hatte gefragt, was sie machte, wie es ihr ging, aber keine Antwort abgewartet. Oder kam ihre Reserviertheit von etwas anderem? Am ersten Abend, als sie ihm begegnet war, hatte Torsten sie schließlich ganz schön durcheinandergebracht. Doch seit dem letzten Treffen hatte sie wenig über ihn nachgedacht, dabei war sie sogar mit ihm im Bett gewesen. Wollte sie ihn vielleicht aus Angst nicht an sich heranlassen?

Plötzlich vibrierte das Handy erneut. Torsten noch einmal? Nein – das Display kündigte Irmela an.

»Hallo, hallo! Eva, ich wollte dich fragen, ob du nicht Lust hast, ein bisschen mit mir zu bummeln. Vielleicht einen Kaffee zu trinken, ein bisschen zu klönen. Bist du schon fertig mit der Arbeit?«

»Hallo zurück«, sagte Eva. »Ich würde gerne, aber bis 16 Uhr hab ich Dienst im Hort.«

»Dann fangen wir eben ein bisschen später an. Ich hol dich ab, einverstanden?«

»Natürlich. Bis dann.« Eva legte auf und musterte das Schulgebäude gedankenverloren. Ja, Irmela war genau das Richtige für diesen Tag. Sie hatte ihr noch gar nicht von ihrem nächsten Flop, von Norbert, erzählt. Und ihr Zögern in Bezug auf Torsten konnte sie auch noch einmal mit der Freundin besprechen. War sie einfach zu anspruchsvoll? Die Welt war doch voll suchender Männer, man musste nur den einen darunter finden, der Herz und Verstand berührte, der dieses warme Gefühl in einem auslöste. So einer konnte sich überall verbergen, man konnte ihm überall begegnen, theoretisch. Zum Beispiel der eine von der Kontaktanzeige, dessen Brief sie mit Norberts verwechselt hatte, dem musste sie unbedingt noch einmal schreiben.

Sie durfte einfach nicht so schnell aufgeben, was diese Suche anging. Das, was Kirsten hatte, musste doch auch für sie irgendwo zu finden sein.

# 19

*Liebe E., deine Anzeige klingt ganz interessant. Wenn du tageslichttauglich bist, melde dich bei mir! Rüdiger*

Vorerst bekam sie keine Gelegenheit, Irmela in aller Ruhe von ihren Männergeschichten zu erzählen. Denn zum Abschluss ihres Shopping-Bummels, dem ein Abendessen (und ein gemütliches Gespräch) folgen sollte, landeten Eva und Irmela am Ludwigkirchplatz, wo Irmela noch rasch ein Ostergeschenk für ihre Mutter besorgen wollte. Charlotte, die schmale Blonde aus dem Freundinnenkreis, hatte dort einen Küchenladen, der auf den Namen *Cook-Ma* getauft war. Irmela sagte, er liefe nicht so gut, daher kaufe sie ihre Küchensachen grundsätzlich hier.

Die Inhaberin selbst war nicht zu sehen, als die beiden das kleine, schicke Lädchen betraten. Und obwohl die Türglocke lautstark muhte (es war tatsächlich das Muhen einer Kuh; Eva lachte herzlich darüber), rührte sich zunächst nichts zwischen den Bergen von glänzendem Geschirr und hübsch dekorierten Schüsseln und Tiegeln.

»Charlotte, wo bist du?«, tönte Irmela. »Hier kann ja jeder den ganzen Laden ausräumen!«

Aus den Tiefen des Raumes ertönte ein schwaches, unidentifizierbares Geräusch. Eva und Irmela sahen sich an – und liefen los.

Am Ende des verschachtelten Ladenraums stand die Tür zum Hinterzimmer offen. Und dort fanden sie die Inhaberin, haltlos weinend über einen Stapel bunt bedruckter Tischwäsche gekrümmt. Sie schien vor lauter Schluchzen nichts gesehen und nichts gehört zu haben.

»Charlotte, Schätzchen! Was um alles in der Welt … bist du überfallen worden? Haben sie dich ausgeraubt? Sag doch was – bist du okay?!« Irmela war vorangestürmt und begrub die schmale Frau fast in ihrer schützenden Umarmung.

»Ich … was?«, stammelte Charlotte und hob ihr tränennasses Gesicht.

»Bist du verletzt? Hast du die Polizei gerufen?«

»Po… wieso denn die Polizei?« Verwirrt hielt Charlotte mit dem Weinen inne.

»Na, bist du denn nicht überfallen worden? Warum um Gottes willen sitzt du dann hier und heulst dir die Augen aus dem Kopf?«

Charlotte musste sich offensichtlich Mühe geben, nicht gleich wieder damit anzufangen. »Na, weil … weil er doch … und dabei hat er mir *das* hier geschrieben …« Ihre zitternden Finger wiesen auf den Turm aus Tischtüchern, auf dem ein ziemlich feuchtes Handy lag.

Irmelas Miene wurde finster. »Oh nein, nicht schon wieder. Charlotte, das darfst du dir nicht länger gefallen lassen.«

Doch deren Blick hatte jetzt endlich erfasst, dass Irmela nicht alleine gekommen war. Sie guckte erschrocken.

»Ach so«, Irmela war ihrem Blick gefolgt. »Ja, Eva war mit mir einkaufen. Das ist jetzt natürlich … also, Eva, nur damit du grob orientiert bist … nein, Charlotte, ich sage keine Einzelheiten.«

In knappen Worten schilderte sie, dass Charlotte schon seit über einem Jahr eine unglückliche Liebesaffäre hatte, der sie erfolglos zu entkommen versuchte. Immer wieder schwor ihr Freund, sich endlich offen zu ihr zu bekennen, hielt dieses Versprechen jedoch nie ein. Aus eigener Kraft schaffte sie es nicht, sich aus der Beziehung zu lösen – er hingegen verließ Charlotte alle paar Wochen mit großem Tamtam, nur um dann kurze Zeit später wieder alles zurückzunehmen. Gerade eben hatte er wohl wieder einmal mit ihr Schluss gemacht.

»Es gibt bestimmte Gründe dafür, dass das Ganze geheim bleiben soll, der Typ ist aus der Schu… okay, Charlotte, ja, ist gut. Jedenfalls ist es besser, Eva, dass du niemandem von der Sache hier erzählst.«

Eva nickte mitfühlend. Diesen Schmerz kannte sie, zumindest so ähnlich. Sie selbst hatte sich zwar lösen können, aber es hatte verdammt wehgetan. »Natürlich, das ist doch keine Frage.«

In diesem Moment ertönte das Muhen an der Ladentür, und Irmela bat sie spontan, Charlotte doch kurz zu vertreten.

So ergab eins das andere, denn nach diesem Kunden tauchte noch ein weiterer auf, und Eva fand sich unversehens als ahnungslose Verkäuferin in einem Küchenladen wieder. Zwar musste sie jedes Mal nach hinten rennen, wenn jemand eine Frage hatte, aber es machte ihr trotzdem Spaß. Wenn gerade kein Kunde da war, stellte sie sich an die Tür zum Hinterzimmer und hörte sich an, wie Charlotte aus dem bitteren Leben einer Geliebten berichtete.

Es war eine Seite, die Eva neu war. Der anfängliche Überschwang, der Glaube an die Macht der Gefühle. Die Sicherheit, dass er bald mit der anderen Frau Schluss machen würde, die es offensichtlich irgendwo gab. Das Warten auf den Anruf, spät am Abend oder mitten in der Nacht, wenn die andere gerade schlief oder nicht da war. Was immer viel zu selten geschah. Die konspirativen Treffen, die heimlichen Küsse, der Schreck, wenn plötzlich jemand Bekanntes in der Ferne auftauchte. Die SMS mit *Für immer Dein* und *Ich muss dauernd an dich denken.* Das Auflegen mitten im Wort, wenn jemand plötzlich zur Tür hereinkam, der nichts wissen durfte. Das Warten, bis er wieder anrief.

Immer das Warten. Es musste die Hölle sein; das ganze Leben drehte sich nur noch darum, wann er sich irgendwann mal für ein paar Stunden loseisen konnte. Oder für ein paar Minuten am Telefon.

Zwischendurch fragte sich Eva, welche unglaubliche Herrlichkeit dieser Mann sein musste, der Charlotte so an der Leine hatte. Was hatte er, was andere nicht hatten? Obwohl sie normalerweise nicht so neugierig war, hätte sie jetzt doch gerne gewusst, wer die kühle Charlotte so aus der Ruhe bringen konnte.

Wie ein Mantra wiederholte Charlotte immer wieder: »Es sollte doch nur ein kleiner Spaß sein, ein bisschen Sex, weiter nichts. Ich konnte doch nicht ahnen, dass sich so was daraus entwickeln würde!«

Da meldete sich wieder die Kuh am Eingang. Eva schlängelte sich zwischen hoch aufgetürmten Stapeln von Geschirrtüchern und Salatschüsseln hindurch und traf diesmal im vorderen Raum auf jemanden, den sie kannte – den Kultursenator.

»John! Das ist ja eine Überraschung. Sie haben Zeit, persönlich einkaufen zu gehen?«

»So erfrischend direkt wie immer, was?« Der große, gut aussehende Mann strahlte sie an, und sie schüttelten sich die Hand. »Mit Ihnen hätte ich hier gar nicht gerechnet – wie geht es Ihnen, Eva? Ist das jetzt Ihr Zweitjob?«

Eva erklärte, sie helfe nur kurz aus, weil Charlotte … äh … gerade etwas zu erledigen habe. Unabkömmlich sei. John meinte, da habe er aber Glück gehabt. Sicher hätte auch Charlotte ihn gut beraten, was das Geburtstagsgeschenk für seine Frau angehe, aber so – nun ja, so sei er eben an die reizendste Verkäuferin geraten, die jemals in einem Küchenladen gestanden habe. Eva entgegnete, stehen könne sie vermutlich ganz kompetent, aber mit der Beratung müsse man sehen.

Sie lachten. Dann plauderten sie eine Weile angeregt über Creme-brulée-Förmchen, Kupferpfannen und Eismaschinen, sahen sich Suppenschüsseln an, Teakholzbretter und Spätzlehobel. John flirtete völlig unverhohlen mit ihr, und Eva ertappte sich dabei, wie sie es genoss. Warum nicht? Schließlich blieben die Komplimente harmlos und die Hände bei ihm – und überhaupt war er ja verheiratet und ein absolutes Tabu.

Außerdem ging es um ein Geburtstagsgeschenk für seine Frau. Eva lobte ihn, dass er sich trotz seines stressigen Jobs persönlich darum kümmerte. Und versuchte sogar, ihn darauf hinzuweisen, dass praktische Küchengegenstände von Ehefrauen nicht immer als von Herzen kommende Geschenke gewertet würden.

John lachte. »Ich weiß, was Sie meinen. Aber meine Frau freut sich wie ein kleines Kind über so etwas. Sie kocht unheimlich gerne.«

»Kein Parfüm? Kein Schmuck?«

»Als Anhänger am Tranchiermesser – gerne. Sonst eher nicht. Ich bin der Ästhet in der Familie, sie die Praktische.« Bei der aufrichtigen Zuneigung in seiner Stimme wurde es Eva warm ums Herz.

John entschied sich schließlich für einen Satz schweineteurer Rührschüsseln. Beim Bezahlen sprach er davon, in jede eine kleine Topfblume setzen zu wollen, wenn er sie überreichte.

Sie brachte ihn zur Tür. Das Auto mit Chauffeur stand direkt vor dem Laden im Halteverbot.

»Jetzt hab ich doch für einen kurzen Moment vergessen, wie wichtig Sie sind«, scherzte sie.

Der Senator lächelte – und gab ihr in einer spontanen

Anwandlung einen Kuss auf die Wange. »Sie sind ein Juwel«, sagte er. »Lassen Sie sich bloß niemals schleifen!« Dann zog er mit seinen Tüten davon.

Für einen kurzen Moment sah Eva der davonfahrenden Limousine noch hinterher. Beneidenswert ... Die meisten Leute waren nicht so vom Schicksal begünstigt wie vermutlich John und seine Frau. Charlotte zum Beispiel.

Eva kehrte ins Hinterzimmer zurück.

»*... dich zu sehen. Geliebte, mein Herz strahlt, wenn es an dich denkt!*« Charlotte hielt Irmela das Handy, von dem sie gerade vorgelesen hatte, vors Gesicht. »Siehst du? Das hat er mir letzte Woche noch geschrieben.«

Und in dieser Sekunde traf Eva die Erkenntnis: Nils. Das war es, was Irmela beinahe rausgerutscht wäre: *Der Typ ist aus der SCHULE*. Das würde erklären, warum oberste Geheimhaltung Pflicht war, denn es wurde natürlich nicht gerne gesehen, wenn Lehrer mit Müttern anbandelten. Schon gar nicht welche, die gleichzeitig etwas mit Kolleginnen hatten. Nils spielte ein doppeltes Spiel, hielt sich zwei Freundinnen und hielt sie beide hin. Ja, alles passte zusammen, auch die strenge Geheimhaltung; zudem gab es keinen anderen Lehrer an der Schule, der gepasst hätte, der anziehend und interessant genug war, sich gleich zwei Freundinnen zu gönnen.

Eva verzog unwillkürlich das Gesicht. Was für ein mieser Typ. Womöglich hatte er heute sogar versucht, nach einer dritten, nämlich ihr selbst, Eva, die Angel auszuwerfen. Warum sonst hätte er ihr plötzlich so großmütig verzeihen sollen?! Pfui Teufel.

Und sie wäre sogar beinahe auf ihn hereingefallen.

## 20

*Liebe E.,*
*Ihre Anzeige spricht mich sehr an, und gerne würde ich Sie kennen lernen. Einige e-Mails oder lieber Telefonate könnten sicher klären, ob wir uns sympathisch sind. Zu mir: ich wohne in Potsdam, bin 45 Jahre alt, 183 cm, 89 kg, ich bin sportlich, zärtlich und musisch interessiert. Ich würde mich freuen, wenn ich Sie ein wenig neugierig gemacht habe. Liebe Grüße, Helmut Koblank. Meine Telefonnummer lautet 03922-78...*

Der Tag nahm kein Ende. Nach dem Küchenladen eilte Eva nach Hause, um kurz etwas zu essen; währenddessen telefonierte sie lange mit Oliver, den sie in letzter Zeit sträflich vernachlässigt hatte, obwohl er mitten im Abitur steckte. Doch Olli war cooler und ruhiger, als sie geglaubt hatte, selbst heute, am Tag vor der Deutsch-Klausur. Über seinen Vater fiel kein Wort; Eva merkte es erst, als sie aufgelegt hatte, und bekam fast einen Schreck. War sie so kaltherzig, dass sie Marcel schon beinahe vergessen hatte? Nein, bestimmt nicht. Es war nur so, dass sie eine Menge Dinge um die Ohren hatte, viel Neues erlebte.

Wie zur Bestätigung kam in diesem Moment Silke in ihr Zimmer, wo sie sich gerade für den Elternabend umzog, der noch auf dem Programm stand. Die Freundin hätte sichtlich gerne mit ihr geplaudert, vielleicht auch ihr Herz ausgeschüttet, aber Eva musste sich beeilen. Mit schlechtem Gewissen vertröstete sie Silke auf später und brach auf.

Es war ihr erster Elternabend an der neuen Schule, in der *Hummel*-Klasse, wo sie Englisch-Unterricht gab. Sie war gespannt und auch ein bisschen nervös, als sie sich dem Schulgebäude näherte, und schaute daher nicht richtig hin, als ihr Handy klingelte und sie das Gespräch annahm.

Fred, ausgerechnet. Sie unterdrückte einen tiefen Seufzer. Wieso gab der Kerl keine Ruhe? Musste sie noch viel deutlicher werden? Doch irgendwie brachte sie das nicht über sich. Trotz seiner nörgeligen Art spürte sie die Einsamkeit dahinter. Sie versuchte also noch einmal, ihm mit einigermaßen freundlichen, aber doch deutlichen Worten zu sagen, dass sie ihn nicht wiedersehen wollte.

»Ich glaube, Sie machen einen Fehler«, erwiderte Fred in düsterem Ton. »Frauen fliegen oft auf die Männer, die schlecht für sie sind, das ist doch Allgemeinwissen. Es wäre an der Zeit, für Sie als intelligente Zeitgenossin, dies einmal zu hinterfragen.«

»Das Lexikon, aus dem Sie Ihr Allgemeinwissen beziehen, muss mir irgendwie entgangen sein«, versetzte Eva frostig. »Von daher hinterfrage ich lieber unser Gespräch an sich – und komme zu dem Schluss, dass wir es beenden sollten. Ich wünsche Ihnen alles Gute.«

Sie trennte die Verbindung – und stellte fest, dass sie bereits vor dem Klassenraum der *Hummeln* angekommen war. Bevor sie eintrat, glättete sie noch einmal ihre gerunzelte Stirn.

Eva wurde von Kollegin Sabine vorgestellt und von den versammelten Eltern freundlich abgenickt. Ein paar grundsätzlich besorgte Mütter und Väter erkundigten sich nach den tückischen Untiefen des Englisch-Unterrichts; sie waren eindeutig dafür, mit dem tatsächlichen Niederschreiben englischer Wörter so lange wie möglich zu warten. Man wisse ja, wie verstörend die so ungewohnte Aussprache der Buchstaben auf Kinder wirkte ... Eva versuchte, mit dieser Mär aufzuräumen.

»Es ist erwiesen«, sagte sie, »dass Kinder einen unglaublich guten Sinn für unterschiedliche Sprachen haben. Für den Klang, den Rhythmus, ja sogar die Grammatik. Diese phonetische Diskrepanz im Englischen macht ihnen weniger aus, je früher sie da herangeführt werden.«

»Aber Viktoria hat erst gestern gejammert«, sagte eine schicke Mutter mit Kostüm und Lippenstift. »Sie hat gesagt, sie verwechselt immer das e und das i. Sie macht sich richtig einen Kopf deswegen!«

»Keine Sorge, den Unterschied zwischen *Ei* und *I* begreift ein Achtjähriger ziemlich schnell.«

»Wie können Sie da so sicher sein?«, unterbrach sie ein Vater mit gerunzelter Braue. »Wenn ich offen sprechen darf, so sind Sie doch aus dem äh ... Osten. Entsprechend wenig Erfahrung werden Sie mit dem Fach haben, oder? Von daher ...«

»Ich habe zwar an einer Schule in Magdeburg unterrichtet, aber ich komme aus dem Westen. Wenn Sie es genau wissen wollen, aus Westfalen – da steckt das *West* sogar im Namen«, versetzte Eva. Sie versuchte, sich nicht zu ärgern. »Und ich unterrichte Englisch seit 14 Jahren.«

»Am *Gymnasium*«, nörgelte der Vater unbeeindruckt weiter. »Das kommt ja noch hinzu, dass Sie keine Erfahrung mit jüngeren Schülern haben.«

Bevor Eva etwas sagen konnte, mischte sich Sabine, die Klassenlehrerin der *Hummeln*, ein. Sie nahm dem überbesorgten Vater sehr elegant den Wind aus den Segeln und äußerte sich sehr lobend über Evas Arbeit, sodass ihr etliche Gesichter zufrieden zunickten. Doch Evas Laune war angeknackst und sie war froh, als nach anderthalb Stunden alle endlich genug von den viel zu kleinen Stühlchen hatten und aufstanden. Zu ihrem Erstaunen verabredete sich mindestens die Hälfte der Anwesenden in einer nahe gelegenen Kneipe zu einem Absacker. Sabine überredete sie, mitzukommen.

»Komm schon! Das machen wir hier immer so.«

Obwohl sie müde und ein wenig frustriert war, ergab sich Eva dieser zwingenden Logik. Ein Weinchen würde ihr vielleicht auch guttun, dachte sie, und sie besser schlafen lassen. Sie zogen in eine kleine, halb leere Kneipe zwei Straßen weiter. Wie sich rasch herausstellte, konnten 14 Leute ganz schön was wegtrinken. Eva verspürte unerwartet das Bedürfnis, nicht zurückzustehen. Sie hörte zu, lächelte, und bestellte sich einen zweiten und später einen dritten Wein.

»Wie gefällt's Ihnen denn so an der Simone de Beauvoir?«, fragte irgendwann eine Mutter, die in Evas Nähe saß.

Eva nickte und überlegte. Sie hatte beinahe den Eindruck, dass die Worte nicht mehr ganz so flüssig über ihre Zunge wollten. Komisch. Es konnte doch nicht sein, dass sie angeschickert war, oder?

»Gut, sehr gut, glaube ich. Es ist so ... so *erfrischend!*«

Die Mutter lachte. Sie hatte langes, ein bisschen fades Haar, aber dafür eine supermodische Brille. Ihre großen Augen dahinter glänzten stark. »Es ist so was wie ein zweites Zuhause für uns. Man kennt sich eben, und ... *oh*. Hallo, Joachim!« Sie blickte erfreut auf jemanden, der hinter Eva aufgetaucht war. Eva blickte etwas langsamer hinterher. Wieso fühlte sich ihr Kopf so schwer an?

Am Tisch stand ein etwas korpulenter Mann mit einer lockigen Masse grau werdenden Haars auf dem Kopf. Er grinste fröhlich in die verbliebene Runde.

»Hallo, Leute. Das ist ja nett. Elternabend, was?«

Die Mütter und Väter nickten, klopften ihm auf die Schulter, forderten ihn auf, sich dazuzusetzen. Joachim ließ sich nicht lange bitten. Während er sich einen Stuhl heranzog, beugte er sich über den Tisch und begrüßte Sabine mit Küsschen auf die Wangen.

»Hey, und was ist mit mir?«, rief eine Mutter beschwingt. Alle lachten. Der Grauhaarige schmatzte ihr galant ebenfalls zwei Küsse auf.

»Noch wer?«, fragte er dann aufgeräumt. Wieder Gelächter. Die Stimmung in der Runde war eindeutig aus dem Standard- in den Deluxe-Bereich übergetreten.

»Ach ja, ihr kennt euch ja noch nicht«, sagte Sabine. »Das hier ist eine Kollegin, Jochen! Eva, ganz frisch aus der Provinz zugereist. PäMi, aber eigentlich ist sie Lehrerin. Eva, das ist Joachim, unser Kunst- und Bio-Ass an der Schule …«

Irgendjemand johlte. Eva lächelte unverbindlich, während sie zu verstehen versuchte.

»… er war krank die Woche, Reha. Wie geht's denn dem Daumen, Jochen?«

Der Grauhaarige hielt einen Daumen in die Luft und wackelte vorsichtig damit. Die Anstrengung brachte ihm erneutes Gelächter und zustimmende Rufe ein.

Die Gruppe rechts von ihr begann eine lautstarke Unterhaltung, bei der Eva irgendwie nicht ganz mitkam. Mensch, sie hatte anscheinend doch ein halbes Glas zu viel getrunken. Oder zwei. Sie hatte so blöde Gedanken, ein wahres Kauderwelsch im Kopf. Und wahrscheinlich sah sie da auch weiße Mäuse direkt vor sich, halb unter dem Tisch. Denn die Mutter mit der modischen Brille hatte bestimmt nicht ihre Hand ganz nebenbei auf das Bein des eben eingetroffenen Lehrers gelegt.

Und ließ sie dort liegen, während seine Finger irgendwo hinter ihrem Rücken herumspielten. Am *Ende* dieses Rückens, um genau zu sein. In Gefilden, wo man eigentlich nur spielte, wenn man sich ziemlich gut kannte.

Das war ja ein Ding. Der Kollege war ihr bisher entgangen, war wohl krank gewesen. Schien ein Schürzenjäger zu sein … Moment mal. War *er* es möglicherweise, der Charlotte den Kopf verdreht hatte? Hatte sie Nils falsch verdächtigt?

Sie kniff die Augen zusammen und spähte noch einmal hin. Kein Zweifel. Jochen begrabbelte die Mutter hinter dem Rücken der anderen.

Unglaublich. Diese Schule war ja wahrhaftig ein Haifischbecken. Ein Aquarium, in dem alle auf der Jagd waren nach Futter. Nach den fetten Leckerbissen der Liebe.

## 21

*Bin ich ein Märchenprinz? Sicherlich bin ich B-Ware, aber trotzdem ein Schnäppchen. Ich möchte gerne mit dir Angebote für das Leben und die Liebe suchen. Und finden. Markus, 50, übrigens Nichtraucher, 030-69…*

Wie durch einen Schleier hörte Eva plötzlich wieder ihr Handy klingeln. Unfassbar, wie oft es klingelte, seit sie hier war und ihr neues Leben angefangen hatte. Sie tastete mit der Hand in ihrer Tasche herum und bekam es wunderlicherweise gleich zu fassen. Da niemand auf sie achtete, drehte sie sich ein wenig zur Seite und ging einfach ran.

»Hallo?«

»Hallo zurück! Hier spricht Markus … Sie äh … du hattest auf meinen Anrufbeantworter gesprochen.«

Eva dachte angestrengt nach und schwieg solange.

«… äh wegen der Anzeige? Der Kontaktanzeige.«

Jetzt dämmerte es ihr. Sie hatte einen Markus angerufen, aber das war schon ein paar Tage her.

»Ja, Markus, klar. Hallo.«

»Ja, hallo. Ich war ein paar Tage beruflich unterwegs, tut mir leid. Deswegen rufe ich erst jetzt zurück. Ich hoffe, ich komme nicht zu spät …« Er lachte ein wenig unbeholfen.

Eva bekam plötzlich Mitleid. Bestimmt eine schwierige Situation für Markus; vermutlich rief er auch nicht jeden Tag bei fremden Frauen an, um sich mit ihnen bekannt zu machen.

»Ja, danke schön. Also ich meine, nein.« Sie lächelte ins Telefon, um ihn zu entspannen. »Ich sitze hier gerade in der Kneipe, mit ein paar Eltern aus der Schule. Hab ich erzählt, dass ich Lehrerin bin? Also ja, einen Absacker nach dem Elternabend …«

»Ach?« Markus klang interessiert. »Lehrerin? Das ist witzig, ich bin nämlich beim Schulamt. Keinen Schreck kriegen, ich bin nur so ein Verwaltungsheini, zuständig für nicht pädagogisches Personal in Pankow.«

Sie lachten beide. »Ist ja ein Ding«, sagten sie und »Was für ein lustiger Zufall.« Eva fühlte sich überraschend animiert.

»Wo bist du denn gerade? Nicht im Amt, oder? Oder in einer Schule?«

»Nein, bestimmt nicht. Ich wollte gerade los, um mir eine Pizza zu holen – mein Abendessen. Aber dann …«

»Oh, eine Pizza zum Abendessen, die hatte ich auch.«

»Wirklich? Das ist ja witzig …«

»Das kann kein Zufall mehr sein, oder? Winkt das Schicksal da nicht mit Baumstämmen?« Eva gluckste leise.

Auch Markus lachte. »Na, wer weiß? Wenn wir jetzt auch noch in der gleichen Pizzeria …«

»Nee, ich sitze hier in keiner Pizzeria. Ich glaube, der Laden heißt …« Eva spähte angestrengt zum Fenster hinaus, um einen Blick auf die Leuchtreklame zu erhaschen. Sie kniff die Augen zusammen, denn in dem trüben Licht sah sie schlecht. Irgendjemand sagte: »*Zum Ampelmann*«, Eva konnte nicht genau erkennen, wer es war.

»*Zum Ampelmann*«, wiederholte sie brav ins Telefon.

Dort herrschte ganz kurzes Schweigen, dann: »*Zum Ampelmann* in der Sybelstraße? Das ist wirklich lustig. Das ist nämlich gleich bei mir um die Ecke.«

Eva staunte. »Nein, sag bloß. Also, das ist … verrückt. Da müssten wir uns ja gleich … also eigentlich müssten wir uns gleich treffen.«

»Ja, finde ich eigentlich auch. Aber bist du nicht gerade beschäftigt?«

»Ach wo.« Evas Blick wanderte wieder zum Hintern der neben ihr sitzenden Mutter, der immer noch eine fremde Hand beherbergte. »Hier amüsieren sie sich auch gut ohne mich. Außerdem gehen gerade die ersten, glaube ich.« Am anderen Ende des Tisches war tatsächlich Aufbruchsstimmung entstanden.

»Ja, dann ...«

Markus wirkte ein wenig zögerlich, aber Eva interpretierte es als Schüchternheit. Ihr selbst war irgendwie verwegen zumute, sie wusste gar nicht wieso. Sie wollte das Abenteuer, jetzt gleich! Denn vielleicht wartete ja an dessen Ende die Liebe. Die richtige, die lange hielt, die, die zum Beispiel Kirsten gefunden hatte. »Also gebongt. Wo bist du jetzt genau?«

»Vor meinem Haus, in der Grolmannstraße.«

»Na, dann geh doch los in Richtung *Ampelmann*. Wenn's gleich um die Ecke ist. Ich komme dir entgegen. Muss ich rechts oder links, wenn ich hier rausgehe?«

»Äh, warte mal. Rechts, glaube ich.«

»Also gut, rechts. Wie siehst du aus?«

»Ich habe doch ein Foto geschickt. Mittelgroß, würde ich sagen. Ein blauer Trenchcoat.«

Bei Foto klingelte nichts in Evas Hirn. Hatte er? Wieso konnte sie sich nicht erinnern? »Egal.« Sie merkte nicht, dass sie schon sprach. »Dann erkenne ich dich also am blauen ... egal. Meine Jacke ist grün, grün wie die Hoffnung. Gleich, ja?«

Markus sagte etwas Zustimmendes, Eva verstand es nicht genau, sie hatte plötzlich ein wenig Schwierigkeiten mit der Konzentration. Sie fragte sich kurz, was sie hier eigentlich trieb, aber da brach rundherum das große Verabschieden aus, und sie vergaß den Gedanken wieder. In einem Gewoge warmer Abschiedsworte und Umarmungen – sie machte mit, ein wenig überfordert, aber gut gelaunt – schoben sich alle zur Tür hinaus und gingen in unterschiedliche Richtungen davon. Eva konnte sich noch erinnern, dass sie nach rechts musste, wenn sie auch nicht mehr so genau wusste warum. Sie zögerte an der nächsten Straßenecke. Wohin jetzt?

»Äh ... Eva?«, sagte da jemand zwei Schritte vor ihr. Ein Mann im blauen Mantel, mittelgroß und gut aussehend. Er trat noch etwas näher und lächelte. »Die grüne Jacke ... Ich dachte mir, du müsstest Eva sein.«

Sie begriff, dass das der Mann sein musste, mit dem sie telefoniert hatte. Ja, genau, sie hatte sich mit ihm verabredet, mit ... leider wollte ihr sein Name nicht mehr einfallen, irgendwas mit M...

»Ja, genau. Hallo. M... Martin, richtig? Gut siehst du aus. Entschuldigung, dass ich das so sage, ist normalerweise nicht meine Art.« Sie kicherte. Martin sah wirklich außerordentlich gut aus, zumindest wirkte es so hier unter der Straßenlaterne. Dunkles Haar, ein gut geschnittener Mund, lebendige Augen ...

Martin zögerte einen winzigen Moment. »Markus«, sagte er dann.

Eva betrachtete ihn verwirrt. »Wieso Markus? Wer... oh. Ach du liebes bisschen, entschuldige.« Wieder musste sie kichern. »Nimm's mir bitte nicht krumm. Ich bin etwas aufgekratzt, vielleicht hab ich ein halbes Glas zu viel ...«

Selbst in ihrem benebelten Zustand erkannte sie, dass Martin nicht allzu begeistert war. Er lächelte höflich.

»Das gibt's«, sagte er. »Ich weiß nur jetzt nicht ...«

»Aber ich«, versuchte ihn Eva von ihrer Harmlosigkeit zu überzeugen. »Ist wirklich nicht so schlimm. Ich trinke doch nie. Nur, weil diese Leute eben ... wieso haben die sich befummelt, das möchte ich mal wissen.« Ihr fiel ein, dass die

Mutter mit der Brille und der graugelockte Lehrer eben ganz ungeniert zusammen fortgegangen waren. »Ts, ts. Also nee. Das war schon eine lockere Stimmung, wenn ich's mir recht überlege. Überhaupt diese Affären ... gestern erst so eine verrückte Liebe. Aber wo es eben hinfällt, was?« Sie zwinkerte Martin freundlich zu.

Er sagte nichts. Trat er von einem Bein auf das andere oder bildete sie sich das nur ein? Eva spähte angestrengt durch den Schatten auf seine Füße.

Warum sagte Martin nichts mehr? War er so schüchtern? »Sollen wir einen kleinen nehmen? Hier draußen rumzustehen ist doch auch keine Lösung.« Eva versuchte ein entspanntes Lächeln.

Da machte er endlich den Mund auf. Eva sah, dass er sogar schöne Zähne hatte.

»Ich glaube ...«

»Hey, Sie da! Stehen bleiben!«

Martin machte abrupt den Mund wieder zu. Eva runzelte die Stirn. Waren sie gemeint? Woher kam diese Stimme?

»Ja, Sie! Sie haben nicht bezahlt! Vier Rotwein – 14 Euro! Wenn Sie nicht stehen bleiben, rufe ich die Polizei!«

Eva sah auf ihre Füße: Sie standen. Also konnte sie nicht gemeint sein. Trotzdem erklang die lästige Stimme jetzt ganz dicht neben ihr, und eine Hand legte sich auf ihre Schulter.

»Hey!«, zischte sie instinktiv. »Lassen Sie mich los!«

»Dann zahlen Sie! Haben Sie gedacht, in dem Trubel würde es keiner merken? 14 Euro, bitte schön!«

Eva wollte dem Kerl ordentlich Bescheid geben, doch da erkannte sie tatsächlich den Wirt aus dem *Ampelmann.* Er hatte eine runde, rote Nase, die man nicht so leicht vergaß, eine Nase wie ein Clown. Aber er lachte nicht.

»Was ... wieso?« Ihr Gedächtnis bemühte sich um die Erinnerung an das Geld, das sie ihm gereicht hatte. Doch da kam nichts.

»Vier Rotwein«, wiederholte der Wirt beschwörend.

»Niemals hatte ich *vier* …«

»Da!« Der Kerl hielt ihr irgendeinen Wisch vor die Nase, einen Bon mit einer beträchtlichen Menge von Posten drauf. »Hier, das sind Ihre!«

»Also wirklich … Gut, vielleicht hab ich's vergessen in dem Durcheinander. Aber mir Absicht zu unterstellen, das ist …« Eva kramte schon in ihrer Tasche. Hatte sie wirklich vergessen zu bezahlen? In dem Fall wäre es ja peinlich, sich jetzt aufzuspulen, so viel dämmerte ihr. Sie zog Geld aus ihrem Portemonnaie, einen Zehner und einen Fünfer, drückte sie dem Wirt in die Hand.

»Verdammt teuer, so ein Wein«, meckerte sie. »Mondpreise …«

»Dann sauf das nächste Mal bei Aldi«, knurrte die Clownsnase, wandte sich auf dem Absatz um und ging davon in Richtung Kneipe.

Eva schnappte nach Luft. »Also, das … hast du das gehört, Matthias? Sie sind doch ein … ich hab nicht gesoffen, du Depp!«, rief sie dem Wirt hinterher. Doch der war schon verschwunden. »Also wirklich. Das war niemals … ich glaube es irgendwie nicht.«

Sie wandte sich empört an Matthias, der die Szene ganz ruhig verfolgt hatte. »Ehrlich, so was ist mir noch nie passiert. *Niemals* hab ich vier Wein … da müsste ich ja schon hinüber sein!« Plötzlich bekam sie einen Schluckauf. Es hörte sich an, als zerplatze eine Knallerbse in ihrem Mund. Eva klappte ihn abrupt zu und grinste verlegen.

Doch er erwiderte das Lächeln nicht. »Ich denke, wir sollten es hierbei bewenden lassen, Eva. Um ehrlich zu sein, stehe ich nicht besonders auf betrunkene Frauen.«

Sie blinzelte überrascht. »Also, das ist … *betrunken*! Das ist aber völlig das falsche Wort. Und *ich* stehe auch nicht besonders auf Kerle, die, die … Frauen in Schubladen stecken, nur weil sie mal – ausnahmsweise! – vielleicht ein bisschen angeheitert sind.« Verärgert schüttelte sie den Kopf. »Nee, Martin …«

»Markus.«

Eva öffnete den Mund. »*Hicks.*« Sie machte ihn rasch wieder zu.

»Gute Nacht.«

Er drehte sich um und ging davon, ohne sich noch einmal umzusehen.

Eva sah ihm empört hinterher. Also nein, mit was für Typen musste man sich heutzutage nur herumschlagen. Sie war völlig Herr ihrer sieben Sinne – oder waren es sechs? Mindestens fünf, und die hatte sie so was von im Griff … Aber hallo.

## 22

*Liebe E,*
*meine Hobbies sind kochen, ins Kino gehen, Musik hören und spazieren. Ich bin 46 Jahre alt, 1,84 und von stattlicher Figur. Ich rauche seit 3 Monaten nicht mehr, was wohl zeigt, dass ich auch diszipliniert sein kann.*
*Es kommt mir so vor, als hätte ich schon Glück gehabt, deine Anzeige zufällig zu lesen. Aber jetzt soll ich mich anpreisen? Das fällt mir gar nicht so leicht. Wie wäre es, wenn wir das persönlich nachholen? Dann ergibt sich vielleicht alles wie von selbst, wenn man sich erst gegenübersitzt... Bernd, Tel: 0159-13...*

Am nächsten Tag erwachte Eva mit einem fürchterlichen Kater, aber immerhin so viel Erinnerung an den Abend, dass es ihr vorkam, als schrumpfe sie von einer Sekunde zur anderen zu einem winzigen Zwerg. Als sie nach Kaffee und Aspirin so weit wiederhergestellt war, dass sie klar denken konnte, griff sie als Erstes zum Handy, um Markus anzurufen und sich zu entschuldigen. Sie erreichte nur seine Mailbox. Darauf hinterließ sie ein paar von Herzen kommende Sätze der Zerknirschung und fühlte sich hinterher zumindest etwas besser; sie hatte Buße getan.

Später in der Schule war der Kater verflogen, aber nicht die heimliche Scham. Und immer wenn sie Nils sah, fiel ihr auch Markus wieder ein. Er hatte wirklich gut ausgesehen und nett war er auch. Sie war eben eine dumme Kuh, die sich ihre Chancen selber vermasselte.

Weil viel zu tun war in den Klassen, kam sie nicht weiter zum Grübeln. Zudem ernannte die Direktorin sie zur Koordinatorin für den Osterbasar. Dabei handelte es sich um eine Veranstaltung am Samstag vor den Osterferien, bei der mit einem Flohmarkt und Kuchenverkauf Geld für die Partnerschule in Costa Rica gesammelt werden sollte. Koordinatorin bedeutete nichts weiter, als den Hauptteil der Arbeit zu machen. Und selbstverständlich, abends bei der Sitzung des Festkomitees anwesend zu sein.

Außer Eva und der Direktorin waren insgesamt sieben Lehrer und Erzieher abkommandiert. Sie hockten am großen Besprechungstisch bei Tee und Weißwein, vor sich Berge von bunten Zetteln, und planten, was das Zeug hielt. Frau Helmholtz diktierte Eva so viele Merkpunkte in den Block, dass ihr nach kurzer Zeit die Finger wehtaten vom schnellen Schreiben.

»… und kontaktieren Sie so schnell wie möglich die Eltern, die sich bereit erklärt haben zu helfen. Die können Ihnen das mit den Tischanmeldungen abnehmen.«

Nils beugte sich ein wenig zu Eva hinüber. Eine einzelne dunkle Haarsträhne fiel ihm in die Stirn, und Eva ertappte sich dabei, wie sie auf die mittlerweile fast verblasste Narbe auf seiner Wange starrte. Am liebsten hätte sie mit dem Finger darüber gestrichen. Wie sich seine Haut wohl anfühlte?

»Eva? Ich hab die Telefonnummern hier, ich gebe sie Ihnen später.«

Eva spürte, wie ihr das Blut in die Wangen schoss, nickte hastig und wandte den Blick ab. Was war denn mit ihr los? Hatte sie den gestrigen Tag schon vergessen? Die Begegnung auf dem Schulhof hatte sie zuerst angenehm berührt, aber dann die Enthüllung, dass er vermutlich Charlottes Liebhaber war, und nun Kirstens verliebte Blicke, mit denen sie ihn verfolgte ... Er war offenbar ein heimlicher Don Juan, und sie wollte lieber nichts mit ihm zu tun haben. Dafür nahm er allerdings eindeutig zu viel Raum in ihren Gedanken ein, das musste sich ändern.

In diesem Augenblick nahm Frau Helmholtz ihr Glas, hob es zu einem vagen Toast in die Runde und sagte: »So viel zum Basar. Prösterchen. Kommen wir zum Projekttag ...«

Eva lehnte sich unauffällig zurück und atmete einmal durch. Jetzt war sie aus der Schusslinie. Für den Projekttag waren Nils, Kirsten und zwei der Erzieherinnen zuständig. Die breiteten gerade am Flipchart ihre Tabellen aus. Die anderen am Tisch hörten mehr oder weniger aufmerksam zu; Lutz Dassler lehnte, wie Eva jetzt auffiel, ganz entspannt in seinem Stuhl, tat so, als ob er zuhörte, und tippte unauffällig auf seinem Handy herum, das er im Schoß hielt. Ein sehr versonnenes Lächeln umspielte dabei seine Mundwinkel.

Als er zufällig aufsah, begegnete er ihrem Blick. Er lächelte kokett. Eva unterdrückte einen Seufzer.

Andererseits, sagte sie sich, brauchte sie nicht über andere schlecht zu denken, solange sie selbst solche Schoten wie gestern lieferte. Wie abgrundtief peinlich musste ihr Auftritt mit Markus gewesen sein! Fast war sie dankbar, dass sie sich nicht richtig erinnerte.

Ihr Blick fiel auf Nils, der gerade mit dem Stift auf sein Papier klopfte, um irgendeinen Sachverhalt zu unterstreichen. Wenn sie sich vorstellte, er wäre das gewesen, den sie da reichlich angeschickert und die Zeche prellend auf der Straße getroffen hätte! Wie peinlich. Eva betrachtete heimlich seine breiten Schultern unter dem dunkelblauen Hemd. Aber was, wenn er doch nicht Charlottes Liebhaber war? Er machte eigentlich einen offenen, geradlinigen Eindruck. Diese Geschichte passte im Grunde eher zu Jochen, dem Kollegen, der heute wieder seinen Dienst angetreten hatte.

»... trinken ja gar nichts. Nicht so schüchtern!«

Eva fuhr zusammen. Frau Helmholtz hatte sie sanft angestupst und deutete auf ihr Glas. Eva hatte es tatsächlich nicht angerührt, sie hatte noch genug von gestern.

»Ist ja schon nach sieben. Da müssen wir es nicht mehr so ganz genau nehmen.« Frau Helmholtz' helle Augen hinter der Lesebrille glitzerten fast ein bisschen schelmisch.

Eva lächelte und tat so, als nähme sie einen Schluck.

Nils war mittlerweile in einer kleinteiligen Diskussion über den genauen Ablauf des Projekttages verstrickt. Kirsten war über irgendetwas anderer Meinung und stritt mit ihm, sah aber dabei aus, als wäre sie ihm am liebsten um den Hals gefallen. In ihren Augen leuchtete es wie am Kudamm zur Weihnachtszeit.

Eva seufzte leise und senkte den Blick auf ihre eigenen Unterlagen. Da hatte sie reichlich zu tun ab morgen, und alles noch zusätzlich zur eigentlichen Arbeit.

»... bis zum nächsten Mal. Danke, Kollegen.«

Eva sah auf; hatte sie so lange geträumt? Die Kollegen räumten bereits ihre Unterlagen zusammen, Nils und Kirsten trugen den Flipchart zur Seite. Lutz war der Erste, der zur Tür hinaus war.

Auch Eva packte ihre Sachen ein. Die Direktorin verwickelte sie danach noch in ein kurzes Gespräch, und als Eva aufstand, waren die meisten Kollegen schon verschwunden. Kein Wunder, es war ja auch fast 20 Uhr.

Draußen auf dem dunklen Schulhof erklangen die letzten Abschiedsgrüße und Eva rief ebenfalls ein »Tschüß« in die Runde, während sie ihr Fahrradschloss öffnete. Unweit des Ausgangs erkannte sie Kirsten, die sich von jemandem verabschiedete – Nils. Sie schienen sich zu küssen.

Als sie ein paar Sekunden später ihr Rad auf die Straße schob, stand Kirsten noch da, jetzt alleine.

»Na, gestresst? Ist ja auch blöd, diese abendlichen Sitzungen. Aber ich mache sie in letzter Zeit ganz gerne.«

*Kein Wunder*, dachte Eva, *auf die Art kannst du ihn ja auch stundenlang anhimmeln*. Doch dann schämte sie sich ein bisschen. Sie war doch nicht etwa neidisch auf dieses Glück, das Kirsten aus den Augen leuchtete?

»Ich begleite dich zur U-Bahn, ich schiebe das Rad«, bot sie spontan an.

Kirsten fand das okay. Sie plauderten über den Abend und generell die Arbeit an der Schule. Als eine kurze Pause eintrat, entfuhr Eva eine Frage, die sie selbst überraschte.

»War Nils eigentlich schon mal verheiratet? Oder *ist* er noch ...« Am liebsten hätte sie sich sofort auf die Zunge gebissen.

Kirsten schien sich jedoch eher zu freuen, dass sie über ihn reden konnte. »Nein, natürlich ist er geschieden. Vor drei Jahren hat er sich von seiner damaligen Frau getrennt; gut so, wenn du mich fragst. Sie war eine blöde Kuh, hat ihn ständig mit ihrer tierischen Eifersucht verfolgt. Und dann geht sie zum Schluss hin und betrügt *ihn*!« In Kirstens Augen lag helle Empörung. »Das denken wir uns zumindest so, die Kollegen und ich. Er hat nie wirklich drüber gesprochen. Jedenfalls ist er solo seit damals. Na ja, eigentlich nicht mehr ganz, du weißt schon ...« Sie lachte verlegen.

Eva lächelte. »Ich wünsche dir Glück«, sagte sie und hoffte, dass sie es auch so meinte.

Obwohl sie müde war, trieb es sie zu Hause noch einmal zu ihren 40 Briefen. Wenn sie es recht überlegte, hätte sie doch gerne auch wieder einmal dieses Gefühl gespürt, von dem Kirsten offensichtlich so beseelt war. Silkes Idee mit der Anzeige war so schlecht nicht gewesen, auch wenn die fünf Kerle, mit denen sie sich bis jetzt getroffen hatte, Flops gewesen waren. Mit Markus hätte es vielleicht etwas werden können, aber den hatte sie ja selbst vertrieben. Sie würde noch einmal nachsehen, noch hatte sie ja nicht alle kontaktiert von den etwa zehn, die im diskutablen Bereich lagen.

Sie blätterte die Kuverts durch. Fred, Luis, Sebastian, Markus, Norbert ... nein, das war ja der falsche Brief, der kurze, den Norbert nicht geschrieben haben konnte. Diesem Schreiber hatte sie also noch nicht geantwortet, das musste sie sofort nachholen. Und dann gab es noch drei andere: Lothar, Thomas und Jens. Eva setzte sich an ihren Computer und schrieb vier kurze Mails, in denen sie sich dafür entschuldigte, erst so spät zu antworten. Aber sie würde sich freuen, wenn sie immer noch Zeit und Lust hätten, mit ihr einen Kaffee oder ein Glas Wein trinken zu gehen.

Kaum war sie mit der letzten Mail fertig, ertönte das zarte *Pling*, das den Erhalt einer neuen Nachricht anzeigte. Neugierig öffnete sie sie.

Jens war gerade online und freute sich über ihren Brief. Gerne wollte er Eva treffen, und weil schon so viel Wasser die Spree hinuntergeflossen war, wie er sagte, am besten bald.

Sie einigten sich auf den kommenden Abend.

## 23

*Hier stehe ich und kann nicht anders: ich will dich. Dabei ist es mir egal, wie du aussiehst, was du gerne isst und welche Filme du magst – ich glaube, wir sind füreinander geschaffen. Spürst du das nicht auch? Wenn nicht, so spüre ich es für uns beide. Ricardo M., 0179-64…*

Am späten Nachmittag traf sie endlich wieder einmal auf Silke, mit der sie seit Tagen nicht in Ruhe hatte reden können. Entweder war die Freundin unterwegs oder mit Lena beschäftigt gewesen, oder sie selbst außer Haus. Sie hatten noch nicht einmal die Schrank-Episode richtig durchsprechen können, nicht Fred und nicht ihren peinlichen Auftritt mit Markus.

Uli war noch nicht zu Hause, Lena in ihrem Zimmer mit einer Freundin, und in der Küche blubberte Evas Bolognese vielversprechend vor sich hin. Mit zwei Tassen dampfenden Tees ging sie zu Silke hinüber, die es sich auf dem Wohnzimmersofa bequem gemacht hatte.

»Na, wie steht es an der Männerfront?«, fragte Silke auch prompt, kaum dass sich Eva neben ihr niedergelassen hatte.

Sie berichtete getreulich, ließ jedoch Torsten aus, um Silke nicht etwa neidisch zu machen. Und die Tatsache, dass sie gedanklich ziemlich oft mit Nils beschäftigt war, sowieso; das war heikles Terrain.

»Hm«, sagte Silke nach ihrem Rapport, »und dann ist da noch der Senator. Stimmt's?«

Eva bemerkte das interessierte Funkeln in ihrem Blick. Dabei wusste Silke ja noch gar nichts davon, dass sie sich sogar ein zweites Mal begegnet waren. Lächelnd schüttelte sie den Kopf.

»Quatsch. Ein anregender Mann, das gebe ich zu. Aber nicht so anregend, dass ich auch nur eine Sekunde daran gedacht hätte, mich an ihn ranzumachen. Außerdem ist er glücklich verheiratet.«

»Wieso? Alle sagen, seine Ehe sei so gut wie zu Ende.«

»Das glaube ich keine Sekunde. So, wie er spricht, liebt er seine Frau sehr. Wir würden uns vermutlich alle wünschen, dass sich unser Ehemann so über uns äußern würde.«

Schweigend betrachtete Silke ihre Füße in den Wollstrümpfen, die sie auf der Kante des Wohnzimmertischs abgestellt hatte. Eva wusste, dass es nun endlich so weit war.

»Silke, wir müssen schon irgendwann mal drüber reden«, sagte sie sanft. »Du und Uli. Die atmosphärischen Störungen zwischen euch. Die Sache im Schrank. Wenn man hier mit euch wohnt, ist doch nicht zu übersehen, dass es … Schwierigkeiten gibt.«

Silke ließ langsam die Luft aus ihren Lungen. »Wahrscheinlich hast du recht. Es wird auch nicht weniger wahr, wenn ich einfach drüber schweige.« Sie lauschte einen Moment zum Kinderzimmer hinüber, aber von Lena war nichts zu sehen oder zu hören. »Wir, ich … komme nicht klar mit ihm in letzter Zeit. Er ist einfach seltsam geworden, seit Monaten schon. Abwesend, gelangweilt, ganz schnell genervt. Als käme er in die Wechseljahre, verstehst du?« Ein schiefes, wehmütiges Grinsen erschien auf ihrem Gesicht. »Vielleicht gibt's das ja auch bei Männern. Wir streiten jedenfalls viel öfter als früher. Wir zanken uns über alles Mögliche, was gerade anliegt, bei kaum was sind wir einer Meinung. Ich weiß echt nicht mehr, was ich denken soll. Warum zeigt sich jetzt erst, nach 16 Jahren, dass wir gar nicht so gut zueinander passen? Oder ist das nur eine Phase?« Ihr Blick war beinahe hoffnungsvoll.

Eva wiegte den Kopf. »Ehrlich – ich weiß es nicht. Vielleicht braucht ihr einfach Abstand, schließlich arbeitet ihr viel zusammen, Tür an Tür, seit Jahren. Kein Wunder, dass man da mal genervt ist.«

»Ja, vielleicht. Aber in letzter Zeit ist es schon schlimm. Und er ist viel weniger... an Sex ist er kaum noch interessiert.«

Eva sah ihre Freundin unbehaglich an. Ihr fiel Ulis Hand auf ihrer Hüfte ein, auf eben diesem Wohnzimmersofa, auf dem sie jetzt saßen. Das hatte sie vollkommen verdrängt. »Hm, ist das nicht auch normal? Ihr seid schließlich schon eine ganze Weile zusammen.«

»Also ehrlich gesagt, er will kaum noch. Immer ist er zu müde oder hat den Kopf voll. Und wenn doch, dann ist es so was von langweilig, sage ich dir. Er hat überhaupt kein Interesse, mal was Neues auszuprobieren, wenn du verstehst, was ich meine.«

Eva sagte nichts. Etwas Neues musste sich halt ergeben, das konnte man nicht als Punkt auf die Tagesordnung setzen.

»Einmal hab ich sogar ... also, jetzt lach nicht, aber ich hatte den Tipp mal in einem Internet-Forum gelesen.« Silke grinste leicht verlegen. »Also ich hab einen Film gekauft, du weißt schon, welche Sorte, und den hab ich wie zufällig laufen lassen, als er ins Bett kam. Und in diesem Forum stand, man sollte sich dann daneben stellen und ... äh ... nachsprechen, was im Film gesagt wird ...«

Eva verbarg ihr Gesicht in den Händen, damit Silke nicht sah, wie sie gleichzeitig lachte und die Augen verdrehte.

»Und das hab ich brav gemacht – ich hab nicht alles verstanden, aber so ungefähr. Und Uli guckt mich an und guckt den Fernseher an und dann ...«

Eva linste durch ihre Finger; ihr schwante Schlimmes.

»... dann lehnt er sich rüber, halb aus dem Bett, und zieht einfach den Stecker raus.« Silkes Miene schwankte zwischen Unglauben und Empörung. »Stell dir das vor! Der Fernseher wird schwarz, ich steh wie blöd daneben und sage grade noch *Oooooh du Hengst* – und aus isses.«

Eva konnte sich nicht mehr zurückhalten, sie prustete los. Silke zögerte noch eine Sekunde, dann lachte auch sie aus vollem Hals mit. Erst nach einer ganzen Weile beruhigten sie sich wieder.

»Ich fasse es nicht«, stöhnte Eva und wischte sich die Lachtränen ab.

»Ich eigentlich auch nicht«, gab Silke zurück und setzte sich wieder gerade hin. »Ehrlich gesagt, fand ich das in dem Moment aber gar nicht lustig. Ich war verdammt sauer.«

»Glaub ich dir. Ist ja auch irgendwie dämlich von ihm. Bestimmt hast du zwei Tage nicht mit ihm geredet.«

»Ach«, sagte Silke gedehnt, »so lange schaffe ich nicht. Aber ich hab erst mal eine Weile gebraucht, bis ich wieder Mut hatte, was anderes zu probieren.«

Evas Mund klappte auf. »Du hast doch nicht ...«

»Ich wollte, aber es hat wieder nicht geklappt.« Silke grinste zögernd. »Ich hatte da mal was gelesen ... in so einem Buch, ich weiß gar nicht, wie mir das in die Hände gefallen ist. Da haben sie Düfte empfohlen, irgendwelche Pheromone, die einen angeblich richtig auflockern. Keine Droge, guck nicht so erschrocken. Was zum Einreiben für die Haut, ganz harmlos, es geht nur um den Duft. Aber Uli hat das Etikett auf dem Fläschchen gesehen, und da hat er sich geweigert, mich das auch nur *öffnen* zu lassen! Hat den Arzt rausgekehrt, weißt du. Anstatt sich darüber zu freuen, dass ich mal ein bisschen Phantasie entwickele.«

»Schade. Aber vielleicht solltest du überhaupt einen anderen Weg einschlagen, dir woanders Hilfe suchen.«

»Du meinst, ich soll mir einen Lover suchen?« Silke guckte recht animiert.

Bevor Eva klarmachen konnte, dass sie *das* nicht gemeint hatte, fuhr Silke schon lachend fort. »Hm, ich kann ja mal drüber nachdenken! Aber trotzdem, weißt du was? Das mit den Pheromonen probiere ich einfach mal heimlich, ohne dass er was merkt. Denn schließlich stimmt das, was du vorhin gesagt hast: Man kann einfach nicht fünfzehn Jahre lang total verliebt sein.«

# 24

*Liebe E, einiges von dem, was du schreibst, klingt ausgesprochen interessant. Vielleicht wie gemacht für mich? Wollen wir versuchen, es herauszufinden? Ich bin, wenn ich einmal so unbescheiden sein darf, hoffentlich auch interessant. Und finde, dass es nicht schlecht sein kann, ab und zu neue Wege zu gehen. Deine Anzeige scheint mir von deiner Lust zu sprechen, das auch zu tun. Ich freue mich auf deine Rückmeldung. Jens, jmühling@webman.de*

Das Gespräch fand dann ein abruptes Ende, weil Lena kam und etwas von ihrer Mutter wollte, und zeitgleich klingelte Evas Handy.

Eine unbekannte Männerstimme war dran. »Benno Wosniak, einen schönen guten Tag. Störe ich gerade?«

Eva überlegte, ob sie diese tiefe, energische Stimme schon mal gehört hatte. »Nein.«

»Wunderbar. Dann wollen wir gleich mal Tacheles reden, in Ordnung? Ich bin der mit dem Kulturbüro, Nils hat mir Ihre Nummer gegeben. Ich hab vielleicht was für Sie. Sind Sie noch interessiert?«

»Ja, natürlich, der Job. Wobei er mir nicht sagen konnte, worum es genau geht.«

»Das liegt daran, dass ich immer eine Menge Projekte in der Pipeline habe. In diesem Fall geht es darum, die Garderobe in der Urania zu managen. Ich will den Job nicht schöner reden als er ist, aber ein bisschen mehr als nur Mäntel entgegennehmen und aufhängen ist es schon. In letzter Zeit geht mir da zu viel schief. Ich brauche jemanden, der die anderen Aushilfen ein bisschen auf Trab bringt. Vier-Tage-Woche, 4 Stunden pro Abend maximal, und weil's so schön ist: 400 Euro. Plus Trinkgelder. Interessiert oder nicht?«

Eva überlegte nicht lange. »Ab wann?«

»Ab so bald wie möglich.« Wosniak lachte prustend, wurde aber gleich wieder ernst. »Wie wär's, wenn wir uns gleich morgen kurz treffen und beschnuppern. Wenn alles okay ist, geht's nächste Woche los. Einverstanden?«

»Gerne. Ort und Zeit?«

Wieder lachte er. »Eine Frau nach meinem Geschmack! 19 Uhr, Urania. Ich erwarte Sie in der Halle.«

»In Ordnung. Bis morgen.« Und sie trennte die Verbindung.

Nach einem späten Abendessen machte sich Eva dann auf ans andere Ende der Stadt. Jens war der erste, der einen Treffpunkt weit entfernt vom alten Westen Berlins vorgeschlagen hatte, und Eva war gerne darauf eingegangen. *Das gute Leben* hieß das Lokal, laut Jens versprach es »kleine Genüsse und verschwiegene Ecken«, was immer das heißen mochte. Als Eva endlich da war, entpuppte sich der Laden als sanft beleuchtete Anreihung einzelner Nischen, die durch wallende Vorhänge voneinander getrennt und nur nach einer Seite offen waren. Es sah aus wie im Inneren eines Bienenstocks, Wabe an Wabe gereiht. Eva überlegte einen Moment, ob sie auf dem Absatz kehrtmachen sollte, entschied sich aber dann für das Abenteuer. Vielleicht würde der Abend ja besonders lustig werden.

Die Kellnerin führte Eva zu dem Tisch, den Jens bestellt hatte. »Herr Mühling ist noch nicht da.«

Also nahm Eva alleine in der Nische Platz, bestellte ein

Glas Wein, damit sie sich an etwas festhalten konnte, und wartete. Einige Zeit geschah nichts. In den wenigen Nischen, in die sie hineinsehen konnte, saßen Leute, aßen, tranken und redeten leise miteinander. Die dicken Vorhänge schluckten alle lauten Geräusche. Der Wein kam, und Eva trank dankbar ein paar Schlucke. Es war zehn Minuten nach der verabredeten Zeit. Wenn Jens nicht innerhalb der nächsten zehn Minuten käme, überlegte sie, würde sie wieder gehen.

»Hallo. Eva?« Die Vorhänge bewegten sich, ein Mann trat hindurch. Er war etwa so groß wie sie selbst, trug ein Sakko und Jeans, und seine kompakte Statur verriet einen durchtrainierten Körper.

»Ja. Jens, nehme ich an.«

Er schüttelte ihre Hand, während seine hellen Augen an ihrer Figur hinabglitten. Sein Lächeln war nett, und er entblößte dabei ein perfektes Gebiss.

»Ich freue mich«, sagte er und setzte sich neben sie auf die runde Polsterbank. »Gut hergefunden? Und wie findest du den Laden?«

Sie antwortete wahrheitsgemäß, und so plauderten sie eine Weile über ihre Umgebung, während sie sich heimlich taxierten. Eva gefielen Jens' Haare nicht: Er trug sie superkurz, trotzdem ringelten sie sich in dichten, dunkelblonden Löckchen. Wie *Schamhaar*, dachte sie und schaute rasch weg, damit sie nicht lachen musste. Doch der Rest von ihm schien okay: Er hatte zwar eine etwas seltsame Art, nur kurze Sätze zu formen, aber er schien tatsächlich etwas über sie wissen zu wollen und fragte viel. Im Gegensatz zu Norbert schien er sogar an den Antworten interessiert. Etwas enttäuscht darüber, dass sie schon gegessen hatte, bestellte er ein paar der »kleinen Leckereien«, für die das Lokal anscheinend berühmt war: winzige Tellerchen mit zwei Maultaschen darauf, ein Brötchenviertel mit hübsch dekorierter Minibulette, ein Schnapsglas voll dampfender Kartoffelsuppe. Eine kleine Tasse mit duftendem Gulasch. Alles war so ansprechend hergerichtet, dass der seltsame Laden deutlich in Evas Ansehen stieg.

Während Jens aß, unterhielten sie sich weiter, und Eva merkte, wie sie sich immer mehr entspannte. So verkehrt war der Kerl nicht, stellte sie fest. Sein Blick war aufmerksam, sein Lächeln angenehm. Sie erlaubte sich kurz die Vorstellung, sie würden sich später beim Abschied küssen. Es war kein unangenehmes Bild.

Währenddessen sprachen sie zuerst über das Berliner Nachtleben, dann über Freundschaften und Jobs, wobei sich herausstellte, dass Jens Abteilungsleiter bei einem führenden Getränke-Großhändler war. So kamen sie wieder aufs Nachtleben.

Der Punkt schien Jens besonders zu beschäftigen. »Und was machst du so am Abend? Wenn du alles hinter dir hast? Kino? Kneipe?«

Eva zuckte die Achseln und lächelte. »Mit Männern ausgehen, die ich nicht kenne? Nein, im Ernst: mal dies, mal das. Ich bin gerne mal zu Hause, ich gehe gern mal aus. Ich will einfach nicht jeden Abend dasselbe tun.«

Die Antwort schien Jens zu gefallen. »Prima. Das passt, wenn ich mal offen sein darf.« Seine Zähne leuchteten im Dämmerlicht. »Überhaupt könnte die Chemie zwischen uns stimmen, oder?«

Eva musste lachen. »Könnte. Könnte auch nicht. So schnell kann ich das nicht sagen.«

»Ooch«, machte Jens und ließ ein scheckkartengroßes Stück Flammkuchen im Mund verschwinden. »Ich vertraue auf mein Gefühl. Und das gibt mir ein *Go.*« Sein Lächeln war beinahe treuherzig.

Eva lächelte zurück und spürte tatsächlich so etwas wie Interesse. Ja, das mochte etwas werden zwischen ihnen; ihr Blut geriet allmählich etwas in Wallung. Sie beschloss, erst mal aufs Klo zu gehen. Dort ließ sie sich Zeit und betrachtete eine Weile ihr Spiegelbild. Der Bleistiftrock und die schräge Bluse von der Tauschparty machten aus ihr eine Großstadtfrau, stellte sie fest; sie sah vermutlich flotter aus als in den letzten fünf Jahren zusammengenommen.

Sie ging zum Tisch zurück. Zu ihrer nicht geringen Verblüffung saß dort eine Frau neben Jens, klein, hübsch, aber unauffällig.

»Eva, darf ich vorstellen? Das ist Manuela. Sie hat nebenan gewartet, bis ich ihr das Okay gebe.«

Eva sah von einem zum anderen und begriff kein Wort. Jens fasste sie sanft am Arm und zog sie auf die Polsterbank.

»Du bist überrascht, kein Wunder. Aber so ist es nun mal. Du bist aufgeschlossen, wie du schreibst. Wir suchen eine aufgeschlossene Frau. Du sagst, du liebst die Abwechslung. Wir auch. Und du hast was. Das finden wir gut.«

Eva sah von einem zum anderen. Sprachlos.

»Ich mach's kurz: Manuela ist meine Freundin, wir sind seit fünf Jahren zusammen. Unsere Beziehung stockt etwas. Wir finden, wir brauchen mehr Würze darin. Im Sexleben, auch aber ganz generell. Und wir schlagen vor, dass du dich bei uns einklinkst.«

Eva öffnete den Mund, aber es kam nichts Vernünftiges heraus. Jens tätschelte ihr beruhigend den Arm.

»Ja, lass erst mal sacken. Kommt ja nicht jeden Tag, so ein Angebot.« Er schaute drein, als hätte er eben einer Kundin eine Traumvilla für einen Appel und ein Ei angeboten.

»Ich glaube es nicht ...«, begann Eva.

»Doch, das darfst du«, verkündete Jens stolz. »Nicht, Manu? Jede Menge Spaß und Abwechslung ist quasi garantiert.«

Manu nickte.

Eva wusste nicht, ob sie lachen oder weinen sollte. »Ich

glaube es nicht«, wiederholte sie. »Wie zum Teufel kommt ihr darauf, ohne jede Vorwarnung solche Angebote loszulassen? Ohne einen Hinweis darauf, dass ich an so etwas interessiert bin? Hab ich eine Dreierbeziehung gesucht? Nicht, dass ich wüsste.« Sie schüttelte den Kopf. »Und dann sitze ich fast eine Stunde hier und denke, ich unterhalte mich mit jemandem, der ganz klar im Kopf ist.« In einer fließenden Bewegung stand sie auf, griff nach ihrer Handtasche und glitt aus der Bank, auf der sie eben erst wieder Platz genommen hatte.

»Warte mal«, sagte Jens. »Du musst doch erst mal in Ruhe drüber nachdenken. Außerdem ist Manu völlig damit einverstanden.«

Manu nickte.

»Ach so«, sagte Eva mit todernstem Gesicht. »Na, das ist dann natürlich was anderes.«

Sie warf einen letzten Blick in die beiden aufmerksamen Mienen vor ihr, in denen die erste Vorfreude aufschien, drehte sich auf dem Absatz um und rauschte davon.

# 25

*Bist du, liebe E., die Frau, die mit mir durch dick und dünn geht? Der ich jederzeit mein Herz ausschütten kann? Vertrauen und Zuverlässigkeit sind für mich lebenswichtig. Ich bin ein lieber Mensch und man kann gut mit mir kuscheln. Wenn einer schlecht drauf ist, bringe ich ihn gern zum Lachen oder leihe ihm mein Ohr. Ich würde mir wünschen, wie du, mein restliches Leben mit mir zu verbringen. Ich bin 48 Jahre und 172 cm und heiße Erik. 0179-40…*

Am folgenden Abend stand Eva pünktlich um 20 Uhr in der Urania, einem Kulturzentrum in der westlichen City, um sich für ihren Zweitjob zu bewerben.

Inmitten der schlichten Eingangshalle wartete Benno Wosniak auf sie, seines Zeichens Kulturmanager – ein Kerl wie ein Baum, in einem teuren Anzug, aber ohne Allüren. Er war so handfest und direkt, wie er sich auch am Telefon präsentiert hatte, und sie verstanden sich auf Anhieb. Er turtelte nicht und ließ keinen Charme spielen, wie das bei so vielen Männern automatisch passierte, wenn sie mit einer Frau im gebärfähigen Alter zusammenkamen. Wosniak blieb bei sich und beim Geschäft, auf eine offene, manchmal etwas burschikose Art. Er war Eva rundweg sympathisch.

Nur als Wosniak zwischendurch auf Nils zu sprechen kam, wurde Eva etwas einsilbiger und lenkte rasch ab. Immer wieder Nils. Am liebsten hätte sie nichts mehr von ihm gehört und gesehen, das hätte ihrer Seelenruhe sicher viel besser getan. Sie ertappte sich viel zu oft dabei, dass sie an ihn dachte. Glücklicherweise ließ Wosniak das Thema Nils schnell wieder fallen. Er war insgesamt ein schneller Mensch, im Reden und im Handeln. Innerhalb von zehn Minuten hatten sie das Geschäftliche geklärt und einen Rundgang durch das komplette Gebäude gemacht. Danach fragte Wosniak, unverblümt wie er war, ob Eva Zeit und Lust hätte, einmal in ihre zukünftige Aufgabe reinzuschnuppern, er schriebe ihr auch schon gleich die erste Stunde dafür auf.

Eva hatte nichts dagegen, und er führte sie umgehend zur Garderobe.

»Frau Morbach wird euch ab nächste Woche ein bisschen auf die Finger gucken«, verkündete er den beiden anderen Aushilfen. Sarah und Talitha waren um die zwanzig, arbeiteten schon seit Monaten hier und wirkten entsprechend unglücklich, nun jemanden vor die Nase gesetzt zu bekommen.

»Und jetzt hilft sie schon mal, wenn gleich die Leute rausstürmen. Damit sie sich ein Bild machen kann, wie es hier so läuft. Ich gehe ins Büro und mache in der Zwischenzeit den Vertrag fertig, was halten Sie davon?«

Eva nickte und sah ihm nach, wie er davonstürmte. Dann erklärte sie den beiden zukünftigen Kolleginnen, dass sie nicht engagiert werde, um sie auszuspähen oder ihnen den Job wegzunehmen, sondern dass es nur darum ginge, die Arbeit besser zu organisieren. Und dass sie dabei auf die Mithilfe Sarahs und Talithas angewiesen sei.

Die beiden nickten brav und Eva hoffte, dass sie es auch so meinten. Sie erläuterten der neuen Kollegin das System der Ablage, das nicht schwer zu verstehen war, und gaben ihr eine der Uniformjacken, die sie tragen mussten. Kaum hatte sich Eva alles angesehen, öffneten sich auch schon die

Türen der großen Halle, die Veranstaltung war zu Ende. Innerhalb einer Minute war der Garderobentresen umlagert, und sie hatten alle Hände voll zu tun. Da es draußen leicht nieselte, hatten viele ihre Schirme mitgebracht. Es herrschte genau das Chaos, das Benno Wosniak beschrieben hatte. Der Chef war wieder aufgetaucht und sah aus der Ferne zu, wie Eva und ihre beiden Kolleginnen versuchten, im Kampf mit den Kleidern (und deren Besitzern) die Oberhand zu gewinnen.

Wenn Eva nicht so eilig hin und her hätte flitzen müssen, wäre ihr das Durcheinander peinlich gewesen. Und noch bevor sie einen richtigen Überblick über die Lage gewinnen konnte, begegnete ihr ausgerechnet der Hausherr persönlich: der Kultursenator. Während sein kleiner Tross die Mäntel bei Sarah und Talitha einsammelte, kam John mit überraschter Miene zu Eva herüber.

»Das gibt es nicht. Schon wieder Sie? Nun, das nenne ich engagiert«, lachte er und schüttelte ihr die Hand.

Eva schüttelte lächelnd den Kopf. »Reiner Zufall, glauben Sie mir.« Und sie erzählte auf seine Nachfrage, was sie hier machte und wie sie an den Job gekommen war.

Sie plauderten kurz, was sich Eva erlaubte, weil der Ansturm der Gäste nun etwas abgeflaut war und sie dem Hausherrn gegenüber auch nicht unhöflich sein wollte. John erklärte, dass er Teilnehmer der Diskussionsrunde gewesen war und sich freue, Eva nun öfter zu sehen – er müsse sich schließlich recht häufig in der Urania blicken lassen. Schließlich gratulierte er zu ihrem Zweitjob, meinte aber, dass sie doch mehr könne als Garderobenfrau.

»Eins nach dem anderen«, versetzte Eva. »Gegen ein bisschen ehrliche Arbeit ab und zu ist doch nichts einzuwenden, finden Sie nicht?«

Als John ihr spontan den Arm um die Schulter legte, um sich lachend zu verabschieden, sah Eva ein paar verblüffte

Mienen in der kleinen Gruppe, die zehn Meter entfernt auf Hauenschildt wartete. Dass der Senator irgendwelche Garderobenfrauen herzte, war anscheinend eher unüblich. Eva grinste noch, als sie mit neuen Garderobenmarken bereits wieder auf dem Weg zu den Kleiderständern war.

Fünf Minuten später hatten die letzten Gäste ihre Mäntel wieder in Händen. Wosniak kam mit hochgezogenen Brauen zum Tresen herüber, wo Eva und die beiden Mädchen Garderobenmarken verstauten.

»Sogar meinen Chef kennen Sie, alle Achtung!«, dröhnte er. »Na, da hoffe ich doch sehr, dass Sie mir meinen Vertrag auch wirklich unterschreiben. Hier, nehmen Sie ihn und bringen Sie ihn nächsten Mittwoch unterschrieben wieder mit, 18 Uhr 30 an Ort und Stelle. Okay?«

Eva lächelte. »Okay.«

»Und haben Sie auch schon eine Idee, was man ändern müsste, damit es hier besser läuft? Sie sollen schließlich als Innovationsanschub hier antreten!«

Eva schüttelte den Kopf. »Haben Sie geglaubt, Sie hätten eine Hexe engagiert? Kommen, sehen und – hex, hex – alles läuft wieder wie am Schnürchen? Das wäre dann allerdings eine Ecke teurer geworden.« Er öffnete den Mund, aber sie redete einfach weiter. »Was ich aber jetzt schon sagen kann ist, dass die Ständer viel zu weit weg sind. Nehmen Sie diese Trennwand da weg, und alles geht vermutlich doppelt so schnell.«

Benno Wosniak klappte den Mund zu und betrachtete verblüfft die Wand, auf die Eva zeigte.

»Das ist … kann man die überhaupt …«

»Ich hab nachgesehen. Man kann.«

Ein anerkennendes Lächeln breitete sich auf den kantigen Zügen des großen Mannes aus. »*Chapeau*, Frau Morbach. Sie haben an einem Abend erkannt, was ich monatelang nicht begriffen habe.«

»Manchmal sieht man eben den Wald vor lauter Bäumen nicht!«, flötete da eine zuckersüße Stimme direkt neben dem Chef. Alle drehten sich überrascht um.

Es war Irmela. Eva hatte in der Hektik völlig vergessen, dass sie angekündigt hatte, zum Vortrag zu kommen.

»Darf ich mich vorstellen? Irmela Habel.« Sie schwenkte ihre roten Fransen, wiegte sich kaum merklich in der Hüfte und ergriff ohne viel Federlesens Wosniaks Hand. »Ich bin eine gute Freundin Ihrer neuen Spitzenkraft hier, und ich habe die Gelegenheit genutzt, um mal zu sehen, was Sie aus diesem Palast hier gemacht haben.«

Sie klimperte tatsächlich mit den Wimpern, Eva blieb beinahe der Mund offen stehen. Wie machte sie das nur, ohne dass es billig oder albern aussah? Das tat es nämlich nicht – es wirkte offenherzig und amüsant und geistreich zugleich, es war ein Wunderwerk subtiler Verführungskunst. Sie sollte Kurse darüber geben!

Und es wirkte sofort. Benno Wosniak lächelte sie an, dieser polternde Hüne von Mann, und schaute bereits ziemlich zugänglich drein.

Sarah und Talitha verdrückten sich, und auch Eva ging, um ihre Uniformjacke wegzuhängen. Als sie zurückkehrte, standen die beiden immer noch am Garderobentresen, diskutierten angeregt über Architektur, alternative Medizin und offene Pumps bei Nieselregen, und der Hüne sah aus, als sei er Wachs in Irmelas Händen. Doch zu Evas und auch Bennos Überraschung hakte sie sich jetzt flugs bei Eva unter, winkte dem verblüfften Manager kurz und freundlich zu und schritt davon in Richtung Ausgang.

»Aber …«, sagte Eva.

»Nein, nein, Schätzchen«, schüttelte Irmela weise den Kopf. »Das muss so sein. Nur so wird er sich fragen, ob er was falsch gemacht hat und was er noch hätte tun können, um die Beute zu machen.« Sie lachte ihr saftiges, ansteckendes Lachen. »Darum muss man ihn mittendrin stehen lassen, um es mal so auszudrücken. Palaver *interruptus*. Denn – merk dir das, Kindchen! – nur dann wird sich das nächste Mal zeigen, ob er bereit ist, sich Mühe zu geben. Und nur mit denen lohnt es sich.«

»Aber woher weißt du denn, dass er überhaupt zu haben ist?«, wandte Eva ein.

»So was zeigt sich schnell«, versetzte Irmela unbekümmert. »Hatte er einen Ring am Finger? Nein. In dem Alter haben sie meistens das Kettenglied dran; wenn nicht, ist er solo. Und er ist ein richtiger Kerl, das merkt man gleich – so einer interessiert mich prinzipiell.«

»Ich denke, du willst zurzeit gar keine Beziehung.«

»Wer redet denn von Beziehung? Ich hab auch keine Lust, mich für meine *Affären* mit zweitklassigem Material abzugeben!«

Und sie guckte so empört, dass Eva lauthals lachen musste.

# 26

*Wir liegen im Mondschein am Strand. Leise plätschern die Wellen an unsere Zehen, über uns funkeln die Sterne am Himmel. Unsere Augen können voneinander nicht lassen, unsere Hände halten sich in liebevoller Wärme. Dies ist die Zweisamkeit, wie ich sie mir wünsche. Geht auch dein Herz auf, wenn du dir dies vorstellst? Dann sind wir füreinander geschaffen: Andreas, der ab jetzt nicht mehr vom Telefon weggehen wird, bis du ihn anrufst: 0179-93…*

Am nächsten Nachmittag, nach Schulschluss, schob Eva gerade ihr Rad aus dem Hof auf die Straße, als sie unerwartet auf Nils traf. Der Stellvertretende stand draußen auf dem Gehweg und betrachtete missmutig sein Fahrrad. Eva hatte sich schon am Morgen bei ihm bedankt wegen der Job-Vermittlung, hatte dabei aber immer an Charlotte denken müssen und war entsprechend unsicher gewesen. Auch jetzt wäre sie am liebsten an ihm vorbeimarschiert, doch er hatte so offensichtlich ein Problem, dass sie ihn schlecht ignorieren konnte.

»Irgendjemand hat mir die Luft rausgelassen«, grummelte Nils auf Evas Nachfrage.

Sie musterte den Vorderreifen, der tatsächlich platt wie eine Flunder war, dann Nils' Gesicht. Seine Oberlippe war vor lauter Unwillen so vorgeschoben, dass er aussah, als hätte er eine Birne im Ganzen verschluckt und wüsste nun nicht, ob vor oder zurück damit. Eva konnte nichts dagegen tun, sie musste lachen. Nils schaute sie konsterniert an.

»Entschuldigung…«, gluckste Eva, »aber Sie gucken so…« Das Lachen zuckte noch durch ihren ganzen Körper, aber sie presste die Lippen aufeinander, damit man es wenigstens nicht hörte.

Langsam breitete sich ein Grinsen auf Nils' Zügen aus. »Ich fürchte, Sie machen sich über mich lustig.«

Und dann lachten sie plötzlich beide.

»Meine Oberlippe, oder?«

»Es ist zum Piepen…«

»So viel zum Thema Autorität…«

»Oh nein, ich fürchte mich immer noch vor Ihnen…«

Wieder brachen sie in Gelächter aus. Es war hochgradig albern, und doch tat es gut; es war erfrischend und befreiend wie ein Pfefferminzbonbon, und es machte Nils etwas weniger sexy, was ihr deutlich lieber war; er war ihr in letzter Zeit viel zu oft durch den Sinn gegangen. Immer wenn sie ihn sah, und das war x-mal am Tag, begann irgendetwas tief in ihrem Bauch zu kribbeln, als würde ein Insektennest erwachen; sie fragte sich dann, ob sie sich seinen warmen Blick nur einbildete, und rief sich warnend ins Gedächtnis, dass er möglicherweise ein richtiger Schürzenjäger war und sie lediglich als weitere Beute betrachtete.

Aber jetzt, in diesem Moment, schien er nur ein sympathischer Kollege, mit dem man auch mal albern sein konnte.

Sie kicherten noch, als drei andere Lehrer, die ebenfalls Dienstschluss hatten, mit verwunderten Blicken neben ihnen auftauchten. Kirsten war dabei, und ihre leicht verkniffene Miene ernüchterte Eva augenblicklich. Monika Dassler, Lutz' Ehefrau, die Kunst und Biologie unterrichtete, hatte ebenfalls ihr Rad dabei und bot Nils nun ihre Luftpumpe an. Während der seinen Reifen versorgte, verwickelte Monika Eva in ein kurzes Gespräch über einen Schüler, der heute auffällig geworden war, als sie gemeinsam Aufsicht hatten. Als Nils fertig war, bedankte er sich herzlich und schwang sich auf sein Rad, und auch Monika brach auf. Eva bemerkte erst, als die beiden schon losgefahren waren, dass Kirsten immer noch herumstand, als hätte jemand vergessen, sie abzuholen.

Doch als sie sie näher ansah, fiel ihr auf, dass Kirsten bloß Nils hinterherstarrte. Und Tränen in den Augen hatte.

»Alles okay, Kirsten?«, fragte sie vorsichtig.

Die Kollegin schien einen Moment lang gar nicht zu hören. In ihrem bunten Kleidchen sah sie jung und verletzlich aus. »Hm … was?«

»Kann ich dir helfen? Du … siehst irgendwie seltsam aus.«

»Ich … ach verdammt. Ich …« Und sie drehte sich auf dem Absatz um und eilte davon.

Eva zögerte. Wollte Kirsten wirklich allein gelassen werden? Sollte sie etwas tun oder sie ziehen lassen? Sie murmelte einen leisen Fluch und radelte dann auf dem Gehweg hinter ihr her. Nein, es war vermutlich nicht in Ordnung, sie einfach so gehen zu lassen. Vielleicht brauchte sie Hilfe. Außerdem – verdammt, sie musste es zugeben – war sie neugierig.

»Kirsten, warte. Ich kann dich nicht einfach so … Was ist denn los?«

Silkes Freundin blieb stehen, wollte dann wieder los, blieb wieder stehen. »Es ist … oh Gott, es ist …«

Eva kletterte vom Rad. Kirsten sah sie an, dann rasch wieder weg.

»Ich … es ist Nils. Er hat … ich halte es einfach nicht mehr aus. Ewig dieses Hin und Her, erst sieht es so aus, als würde es was, dann kann er wieder nicht, dann schöpf ich wieder Hoffnung, dann guckt er mich wieder so an, als wüsste er eigentlich gar nicht, was ich von ihm wollen könnte. Es ist grauenhaft, sage ich dir, das geht jetzt schon Monate, er ist einfach dermaßen unberechenbar …« Sie versuchte gleichzeitig, Luft zu holen und sich auf die Lippen zu beißen, damit sie nicht weinte. »Es war schon so gut wie klar, dass wir morgen zusammen ausgehen, und vorhin sagt er mir, er könne nicht, einfach so, als wäre es *nichts*! Kaum der Rede wert. Ich …« Wieder holte sie tief Luft.

Eva verspürte den Impuls, sie am Arm zu packen und zu schütteln. Was war denn nun wirklich zwischen ihr und Nils? Waren sie zusammen? Gingen sie miteinander ins Bett? Scheibenkleister, sie wollte es endlich *wissen*. Sie war drauf und dran, diese Frage wirklich zu stellen, als Kirsten schon weiterjammerte.

»Und alles muss auch immer so geheim bleiben! Am liebsten auch noch vor ihm selbst oder was? Er muss doch genau wissen, ich meine, natürlich sagt man ihm nicht alles, aber natürlich muss er wissen …« Sie schluchzte auf, schüttelte dann wild den Kopf, sodass die braunen Locken flogen.

»Kirsten, was ist denn nun …«

»Nein, ist schon gut. Eva, danke schön, aber da muss ich durch. Bitte vergiss, was ich gesagt habe, es darf doch nicht … Na, dir konnte ich es wenigstens sagen, ihr versteht euch ja nicht so gut …« Sie bemerkte Evas bestürzte Miene und verstand sie falsch. »Nein, nein, es ist alles okay mit mir, mach dir keine Sorgen. Tschüß, ich muss jetzt los.« Und damit drehte sie sich um und stürmte quer über die Straße davon, auf der glücklicherweise gerade kein Auto vorbeifuhr.

Eva sah ihr mit gemischten Gefühlen hinterher – Enttäuschung, Mitleid und auch ein wenig Scham. Konnte das stimmen, dass Nils sie nicht sonderlich mochte? Hatte sie sich die gelegentlichen warmen Blicke bloß eingebildet? Und dabei hatte sie eben gerade sogar fast darauf gehofft, von Kirsten zu hören, dass da nichts lief zwischen Nils und ihr. Aber dafür war zu viel Frust aus Kirsten herausgeplatzt; so viel immerhin war klar. Nils war also unberechenbar und wankelmütig, aha. Und all diese Klagen hatte sie doch schon mal gehört, *genau so*, von Charlotte! Das konnte niemals Zufall sein. Er war es also doch. Er spielte mit Kirsten und Charlotte gleichzeitig. Und sie hatte eben noch mit ihm gelacht.

Was für ein mieser Kerl. Er brachte es fertig, mit einer Kollegin und einer Mutter eine heimliche Affäre zu haben. Dabei war er ihr so liebenswert vorgekommen – aber das war vermutlich seine Masche. Beinahe wäre sie selbst auf ihn hereingefallen, auf diesen gut getarnten Weiberhelden! Gab es hier an dieser Schule ein Nest? Jochen, der auf Elternabenden Mütter angrabbelte, Lutz, der mit Kolleginnen flirtete, während seine Frau eine Tür weiter saß, und als Krönung des Ganzen Nils. Pfui Teufel.

Sie schob fast erbost ihr Rad hinaus auf die Fahrbahn und schwang sich auf den Sattel. Da klingelte ihr Handy. Sie seufzte ungeduldig und fischte das Telefon aus ihrer Jackentasche.

»Ja?«

»Eva?« Sie erkannte die Stimme mittlerweile sofort und konnte es nicht fassen.

»Bitte geben Sie uns eine Chance. Wie kann es nur sein, dass Sie so blind sind? Wollen Sie nicht sehen, dass es funktionieren könnte? Haben Sie nach Ihrer gescheiterten Ehe solche Angst, sich ernsthaft auf jemanden einzulassen, dass Sie die Augen vor dem Offensichtlichen verschließen?«

Eva blinzelte, während sie aus dem Augenwinkel Kirsten nachsah, die um die nächste Straßenecke verschwand. Ihr war ganz warm vor Ärger.

»Fred, ich fasse es nicht. Sagen Sie, sind Sie von allen guten Geistern verlassen? Wie können Sie es wagen, immer noch anzurufen – und vor allem, solchen Müll von sich zu geben!«

»Das ist kein …«

»Halten Sie den Mund. Tut mir leid, wenn ich so grob werden muss, aber es ist wirklich genug.« Sie kletterte wieder auf ihr Rad, eine Hand am Lenker. »Rufen Sie einfach nicht mehr an, nie mehr.«

»Aber …«

Sie sah den blauen Schatten nur aus dem Augenwinkel.

Instinktiv riss sie den Lenker des Fahrrads herum, verlor das Gleichgewicht und segelte durch die Luft. Zumindest kam es ihr so vor, als ob sie segelte: Wie in Zeitlupe sah sie den Asphalt auf sich zukommen, das schimmernde Blech von Autos, das offene Schultor nicht weit entfernt. Irgendetwas knirschte, und jemand schrie.

Dann sah sie nichts mehr.

## 27

*Sehr geehrte Frau E.,*
*Sie suchen den Richtigen? Vielleicht haben Sie ihn hiermit gefunden! Herausfinden können Sie das unter 030-789... (Ansgar Gernbrodt)*

»Da! Ich glaube, sie kommt zu sich!«

Eine eindringliche, dennoch gedämpfte Stimme rechts von ihr.

Ein Schaben. Jemand anderes näherte sich von links.

»Hm.«

»Bestimmt! Ich hab gesehen, wie sie ...«

»Sei doch mal still. Da kann ja kein Mensch einen klaren Gedanken fassen, wenn du ununterbrochen redest.«

Eva öffnete mühsam die Augen. Grelles Licht blendete sie, also machte sie sie wieder zu. Nach einer Weile versuchte sie es erneut. Über ihr hingen die Köpfe von Silke und Uli – so nah, dass sie erschrak. Was um Himmels willen ging hier vor?

»Nicht sprechen, Eva. Du bist im Krankenhaus, du hattest einen Unfall mit dem Fahrrad. Ein Auto hat dich gestreift, du hattest noch Glück im Unglück, denn du hättest genauso gut überrollt werden können! Der Typ konnte noch rechtzeitig bremsen, aber es war richtig knapp! Wir ...«

»Kann ich bitte einen Schluck zu trinken haben?«, wisperte Eva.

»Was – oh! Klar, warte, hier ist Wasser.« Silke hielt ihr

vorsichtig den Becher an die Lippen. »Wie fühlst du dich? Du hast uns vielleicht einen Schrecken eingejagt! Frau Helmholtz hat …«

»Silke! Jetzt lass sie doch mal. Wie fühlst du dich, Eva?« Uli betrachtete sie mit medizinisch-forschendem Blick.

Eva lauschte für einen Moment nach Schmerzen in ihrem Körper, doch da war nichts.

»Ganz gut, glaube ich. Was … was habe ich denn?«

»Ein paar Prellungen und eine Schulterluxation«, sagte er. »Vermutlich mit Hill-Sachs-Läsion, das muss morgen noch im MRT abgeklärt werden. Keine so große Sache, keine Brüche, keine inneren Verletzungen – das war wirklich Glück. Das Einzige, was uns ein bisschen Sorgen macht, ist die lange Ohnmacht.«

»Ohnmacht?« Unwillkürlich wanderte Evas Blick zu Silke hinüber.

»Ja, Herzchen, du warst *Ewigkeiten* bewusstlos! Es ist Abend, acht Uhr. Du hast sämtliche Untersuchungen verschlafen, Röntgen, Ultraschall, CT! Dein Kopf hat uns ganz schön auf Trab gehalten.«

»Keine Angst, die Befunde sind unauffällig.« Uli schoss seiner Frau einen bösen Blick zu. »Es musste einfach nur überprüft werden. Ich gehe jetzt mal vor zur Schwester und sage Bescheid, dass du wach bist.« Er erhob sich und bedachte Silke noch mit einem warnenden Blick. »Keinen Stress, wenn ich bitten darf.« Dann eilte er aus dem Zimmer.

Silke seufzte und verdrehte die Augen. »Seit einer Stunde ist er hier«, wisperte sie. »Und verbreitet seither selber Stress! Aber natürlich nur im Zusammenhang mit mir«, fügte sie tröstend hinzu und tätschelte Evas Arm. »Ich bin so froh, dass du wieder wach bist.«

Eva sah sich um. Sie lag in einem schmucklosen, blitzblanken Krankenhauszimmer; das zweite Bett am Fenster war unbenutzt. Sie griff nach dem Becher auf ihrem Tischchen und nahm noch einen Schluck Wasser. Jetzt erst spürte sie, dass ihre linke Schulter fest verbunden war.

»Ich kann mich gar nicht richtig erinnern«, sagte sie und spähte nachdenklich in die Flüssigkeit. »Da war so etwas Blaues neben mir...«

»Ja, das war das Auto. Der Kerl hat behauptet, du wärst plötzlich zur Seite ausgeschert, er hätte gar keine Chance gehabt. Also ehrlich! Die Polizei war natürlich da, und es gibt ja Zeugen. Nils Fehrenberg zum Beispiel war direkt bei dir; er hat den Rettungswagen gerufen und alles organisiert, er ist erst vor einer Stunde weg, als Uli dann hier auftauchte.«

»Oh Gott«, murmelte Eva. »Nils. Wieso denn?«

Silke erzählte weiter: »Na, alle machen sich eben Sorgen und wünschen dir gute Besserung. Besonders Irmela wollte sofort herkommen, aber ich habe ihr gesagt, du bräuchtest Ruhe. In Ordnung?«

Die Tür ging auf, und eine Krankenschwester betrat den Raum.

»Sie sind also wieder unter den Lebenden«, sagte die Schwester trocken. »Na, dann lassen Sie mich doch mal sehen ...« Sie machte sich daran, Blutdruck und Temperatur zu messen.

Silke nahm ihren Faden wieder auf. »Und natürlich hab ich in Möckern angerufen, musste ich doch. Nein, guck nicht so, entspann dich. Oliver wollte gleich kommen, aber ich hab ihn überreden können, das nicht zu tun. Was soll er denn hier, mitten in der Nacht? Und er hat ja auch kein Auto, mit der Bahn wird das doch nichts mehr heute.«

Eva warf der Freundin einen dankbaren Blick zu. »Danke für alles, Silke.«

Silke lächelte und tätschelte ihr den Arm. Die Krankenschwester war mittlerweile fertig und verschwand ohne ein weiteres Wort.

»Dieser Fred hatte angerufen, zum x-ten Mal«, sagte Eva in den Raum hinein.

Da ging erneut die Tür auf. Es war der Stationsarzt in Begleitung von Uli. Doktor Vessen, ein kleiner, knubbeliger Endvierziger mit einer sehr jovialen Art, leuchtete ihr mit einer kleinen Taschenlampe in die Augen und verkündete dann das Untersuchungsprogramm für den nächsten Tag. Eva ließ sich erklären, was es mit ihrer Schulter auf sich hatte und begriff zumindest so viel, dass sie ausgerenkt gewesen war und morgen geklärt werden musste, ob ein kleiner operativer Eingriff nötig war, um den Knorpel am Gelenk zu reparieren.

Nach dieser Erklärung blieb Dr. Vessen jedoch neben dem Bett stehen und begann zu plaudern, sodass Eva sich nach einer Weile fragte, ob das, was sie über den katastrophalen Ärztemangel in deutschen Krankenhäusern immer so las, nicht vielleicht völlig übertrieben war. Dr. Vessen jedenfalls schien sonst nichts weiter zu tun zu haben, als diese eine Patientin nicht aus den Augen zu lassen. Als er irgendwann endlich abgerufen wurde, verabschiedete er sich mit offensichtlichem Bedauern.

Als die Tür hinter dem Doktor zufiel, grinste Silke. »Da hast du ja sofort einen an Land gezogen«, stellte sie anerkennend fest. »Kennst du ihn zufällig, Uli? Können wir ihn Eva empfehlen?« Und sie kicherte ein wenig, ohne den muffeligen Blick ihres Gatten zu beachten.

Der ging nicht auf sie ein und gefiel sich stattdessen darin, Eva weitere ärztliche Anweisungen zu geben, was Schlafen, Essen und sich nicht Aufregen anging – bis Eva genug hatte und beide Breitlings freundlich, aber bestimmt nach Hause schickte. Sie fühlte sich erschlagen und müde, und ihr Kopf schmerzte. Ihre Schulter auch, aber immer wenn sie darüber nachdachte, tat der Kopf noch mehr weh, also klammerte sie die Schulter aus. Als sie die Augen schloss, spürte sie eine weitere Irritation, diesmal im Bauchraum. Hatte sie doch innere Verletzungen, die die Plaudertasche Dr. Vessen übersehen hatte? Doch dann merkte sie, dass es Hunger war. Kein Wunder, seit dem Mittagessen hatte sie keinen Bissen mehr in den Magen bekommen. Kurz überlegte sie, die Schwester um einen Apfel oder irgendeinen Rest vom Abendessen zu bitten, aber dann ließ sie die Idee fallen. Essen war anstrengend ... sie wollte nur liegen und schlafen.

Doch die Szene vom Nachmittag – das Fahrrad, das sie auf die Straße schob, das Handy ... ja, sie hatte es in die Jackentasche gesteckt ... und dann der blaue Blitz – tauchte plötzlich vor ihrem inneren Auge auf wie ein unabsichtlich eingeschaltetes Video. Sie musste den Lenker verrissen haben, ein wenig zu weit auf die Fahrbahn geraten sein. So ein Mist! Sie war offensichtlich aufgeregter gewesen, als sie gedacht hatte. Kirstens Ausbruch hatte sie beschäftigt, kurz davor hatte sie mit Nils noch gelacht, es hatte sich gut angefühlt, und dann ... Wie durcheinander und traurig Kirsten gewesen war, sie musste sehr verliebt sein. Die Arme – sie hatte sich einfach den Falschen ausgesucht. Nils Fehrenberg war ein unzuverlässiger Frauenheld und Herzensbrecher, und sie, Eva, würde ihm schon klarmachen, dass er bei ihr keine Chance hatte. Da mochte er noch so charmant lachen und sie unter seinen dichten Wimpern anflirten – sie würde ihm ab sofort nur noch die kalte Schulter zeigen. Die eiskalte.

## 28

*hab immer schon auf ältere damen gestanden, du bist alt genug Mukkis und so vorhanden, auch sonst alles dran kannst du anrufenn wenn du willst. Boris, 0148-38...*

Der erste Mediziner, den Eva am nächsten Morgen zu Gesicht bekam, war schon wieder der kleine Doktor Vessen. Er sah genauso poliert und frisch aus wie am Abend zuvor, ganz im Gegensatz zu ihr selbst. Nach einer unruhigen Nacht fühlte sie sich immer noch zerschlagen und hatte nicht die geringste Lust, auf seinen bemühten, warmherzigen Ton einzugehen.

Dr. Vessen ließ sich nicht verdrießen. Nach dem MRT kam er wieder und erklärte ihr, dass ihr Knorpel am Schultergelenk am nächsten Tag mit einem Minimaleingriff gerichtet werden würde und sie übermorgen wieder nach Hause gehen dürfe. Eva hatte gehofft, es werde gar kein Eingriff notwendig sein, und so stierte sie missmutig in ihren Schoß, als der Doktor ihr begütigend das Knie tätschelte und sie dann alleine ließ.

Erst Irmela baute ihre Laune wieder auf. Völlig unbekümmert um jedwede Besuchszeiten rauschte sie kurze Zeit später ins Krankenzimmer, beladen mit Blumen, Schokolade, Obsttüten und mehreren Zeitschriften.

»Schätzchen!«, verkündete sie mit strahlendem Lächeln. »Du brauchst dringend ein bisschen Zuwendung! Diese Krankenhauszimmer sind ja so was von deprimierend, wenn man sie nicht ein bisschen ausstaffiert. Und Schokolade fördert eindeutig die Genesung. Silke hat mir gesagt, dass sie erst abends kommen kann, und da hab ich beschlossen, dass ich mich um alles kümmere. Sie haben dir noch nicht mal das Telefon angeschlossen, hat sie gestanden. Aber keine Sorge, das ist jetzt passiert.«

Eva lächelte und ließ sich umarmen. »Aber mein Handy geht noch. Ich hab es heute Morgen hier im Nachtkästchen gefunden und Oliver angerufen.«

»Es ist heil geblieben? Schwein gehabt, meine Liebe – *überhaupt*, nicht nur mit dem Handy. Es hätte Gott weiß was passieren können!« Für einen Moment sah Irmela ganz erschrocken aus.

Aber ihre Quirligkeit kehrte sofort wieder. Innerhalb von fünf Minuten hatte sie Evas Umgebung mit Blumenstrauß, Obstschale und ihrer bunten, raumgreifenden Anwesenheit gemütlich gemacht. Dann hockte sie sich auf Evas Bett und lauschte aufmerksam Evas Erzählung von den Geschehnissen unmittelbar vor dem Unfall.

»Nein!«, rief sie nach der Beschreibung von Kirstens Unglücksmiene aus. »Deshalb! Ich hab mit ihr telefoniert am Abend, und sie wirkte ein bisschen teilnahmslos. Dass du vor der Schule verunglückt bist, wusste sie, schien aber nicht sonderlich erschüttert. Na ja, wenn sie so in ihrem eigenen Unglück steckt. Ach, dieser Casanova! Ich glaube, er muss der Hälfte aller Lehrerinnen an eurer Schule schon den Kopf verdreht haben.«

Eva nickte. Da hatte Irmela fast dasselbe gesagt, was sie sich gestern auch gedacht hatte.

»Ich hoffe, Kirsten kommt bald über ihn hinweg. Für solche Typen lohnt es sich nicht, auch nur einen zusätzlichen Herzschlag zu verschwenden. Aber von der Sorte, für die es sich nicht lohnt, habe ich in letzter Zeit sowieso ein bisschen viele erlebt.«

»Hast du noch welche getroffen? Von deiner Anzeige? Erzähl doch mal.«

Nachdem Eva von ihrer Männerparade berichtet hatte, klatschte Irmela begeistert in die Hände.

»Gottchen! Bist du dir überhaupt im Klaren, wie begehrt du bist? Selbst in meinen allerbesten Jahren habe ich nicht eine so beeindruckende Frequenz hingekriegt.«

»Aber das liegt doch nur an Silkes Anzeige«, wehrte Eva ab. »Sonst hätte ich doch nie so viele gehabt, die sich mit mir treffen wollen. Das kann also jede.«

Irmela wiegte den Kopf. »Also, das glaube ich nicht wirklich. Du hast was, Kindchen, das die Kerle anzieht. Möglicherweise liegt es daran, dass du es nicht darauf anlegst, wie man so schön sagt. Du rennst nicht herum mit diesem suchenden Blick, wie so manche andere von uns.«

Eva krauste die Stirn.

»Doch, doch. Es kann aber auch sein, dass du einfach nicht so kompliziert und unoffen bist. Viele von uns tun ja so, als wären sie ein *Rundum-Sorglos*-Paket, bloß nicht zu schwierig wirken. Und lassen sich hier was richten und da was straffen, alles vor lauter Angst.«

»Vielleicht sollte ich ja auch Angst haben, bin aber einfach zu blöd dazu.« Eva grinste.

Irmela grinste zurück. »Nee, nee. Du ruhst in dir, das ist es. Und das macht offenbar attraktiv. Ist ja auch richtig so: Du bist noch nicht mal 41, da hast du noch das halbe Leben vor dir!«

Eva war wieder ernst geworden. »Aber es nützt mir nichts, auch wenn es stimmen sollte, dass Männer auf mich fliegen. Denn es sind einfach nicht die Richtigen dabei, so wie es aussieht. Keine Ahnung, wo die sich verstecken.«

»Ja ja, du hast schon recht. Irgendwann sollte man sich nach etwas Dauerhaftem umgucken. Weil, ehrlich gesagt, wenn dann mal diese Sache kommt, für die sie diesen hässlichen Begriff *Alter* haben, dann möchte man vielleicht nicht mehr allein sein. Aber du hast ja noch Zeit, ehrlich. Bis dahin kannst du dich amüsieren.«

Eva lächelte. »Wenn da bloß nicht diese dumme Sache wäre, für die sie den Begriff *Liebe* haben. Oder zumindest Gefühle. Was mache ich denn mit denen?«

»Geh Schuhe kaufen, wenn du sie kommen hörst«, lachte Irmela. »Oder versuche, irgendwo guten Sex zu kriegen, der lenkt einen auch für eine Weile ab. Nein, ernsthaft: Deine Geschichte mit diesem Torsten ist doch prima. Ein gelegentlicher Liebhaber, der nicht allzu viele Ansprüche stellt. Du sagtest doch, er käme diese Woche, hat er sich schon gemeldet?«

»Nein. Aber das wird er noch, da mache ich mir keine Sorgen. Ehrlich gesagt, mache ich mir mehr Gedanken darüber, dass ich gar nicht so entflammt bin, wie ich vielleicht sein sollte. Aber wie gesagt, ich scheine irgendwie gar keine rechte Lust auf einen Mann zu haben.«

In dieser Sekunde ging die Tür auf, und Dr. Vessen steckte seinen runden Kopf ins Zimmer. »Habe ich da *Mann* gehört? Na, da komme ich doch wie gerufen, oder? Ha ha, kleiner Scherz ...«

Er tänzelte ins Zimmer, bis über beide Ohren strahlend. »Wie geht es Ihnen, meine Liebe? Sie sehen schon viel besser aus als heute Morgen, wenn ich das einmal so ganz unmedizinisch bemerken darf. Offensichtlich tut Ihnen der Besuch Ihrer Schwester gut, wie?« Er beugte sich über die Obstschale auf dem Nachtschränkchen und schnupperte mit wohligem Gesichtsausdruck.

»Meine Schw...«, begann Eva, aber da kniff Irmela fest in ihren Fuß, der unter der Bettdecke steckte, und Eva schloss abrupt den Mund.

»Ja«, sagte Irmela laut. »Gut, dass ich Ihnen draußen auf dem Flur begegnet bin. Da konnte ich mir doch gleich aus erster Hand Evas Diagnose geben lassen; als Angehörige ist man dann ja beruhigter.«

Eva begriff. Irmela hatte den kleinen Doktor getroffen und gleich ausgeholt; bewundernswert, wie fix sie reagierte. Und völlig hemmungslos. Sie schüttelte grinsend den Kopf, während Dr. Vessen sein charmantes Lächeln jetzt Irmela widmete.

»Tja, meine Schwester braucht einfach Zuwendung, dann blüht sie richtig auf!«, flötete Irmela.

»Zuwendung?«, trällerte Dr. Vessen. »Aber da sind Sie bei mir ja genau richtig!«

# 29

*Ich bin ein netter, sparsamer, kinderlieber, nichtrauchender, unsportlicher, geselliger, zuverlässiger, treuer, leider glatzköpfiger, 43jähriger 85 kg-Mann. Und heiße Eckhardt. 0344-501…*

24 Stunden später lag der Eingriff an der Schulter bereits hinter Eva; er war komplikationslos verlaufen und hatte nur zwanzig Minuten gedauert. Am liebsten wäre sie gleich nach Hause gegangen, aber Dr. Vessen wollte nichts davon hören. »Ich würde mir nie verzeihen, wenn Sie einen Rückfall erlitten!«, tönte er, und Eva unterdrückte einen Seufzer und ergab sich in ihr Schicksal. Bis auf die ständigen Besuche des Doktors war es ja ganz gut auszuhalten hier: Immer noch hatte sie das Zimmer für sich allein, sie hatte zu lesen und keine Schmerzen. Und alle naselang rief jemand an, um gute Besserung zu wünschen oder ein bisschen zu plaudern.

Am Nachmittag döste sie sogar ein, gemütlich hingestreckt auf ihrem Krankenhausbett, ein Buch auf dem Bauch. Es war so still und friedlich hier; nur das Quietschen der Schwesternschuhe auf dem Gang und das ferne Klappern von Geschirr drang gelegentlich wie von ferne an ihr Ohr. Irgendwann weckte sie etwas aus ihrem Halbschlaf, ohne dass sie hätte sagen können, was es war. Irgendetwas im Raum hatte sich verändert, eine Schwingung, ein minimaler Anstieg der Temperatur…

Sie öffnete die Augen. Und sah genau vor sich Nils' Gesicht.

Mit einem Aufschrei schoss sie hoch. Gleichzeitig hüpfte Nils vom Stuhl auf.

»Um Gottes willen, das tut mir leid!«

»Was … was machen Sie hier? Meine Güte, Sie haben mich erschreckt.«

Nils streckte die Hand aus, als müsse er Eva vor dem Ertrinken retten. »Wirklich, es tut mir leid! Ich hatte nur … ich wollte …«

Evas Herz klopfte immer noch schnell. Er sah verdammt gut aus, wie er da so vor ihrem Bett stand. Bevor sie begriff, dass er ihr vermutlich gar nicht die Hand hatte schütteln wollen, ergriff sie seine, und nun hielten sie sich daran fest, einen winzigen Moment länger, als nötig gewesen wäre, unsicher, beinahe überrascht.

»Ich … entschuldigen Sie. Ich hätte hier nicht einfach sitzen dürfen«, sagte er dann und ließ ihre Finger langsam los. »Aber Sie haben so wunderbar geschlafen, und da hab ich es einfach nicht über mich gebracht, Sie zu wecken. Und einfach gehen wollte ich auch nicht.«

Eva spürte, wie sich Wärme über ihre Wangen ausbreitete. Wie lange hatte er da gesessen und sie angeschaut? Sie schielte möglichst unauffällig an sich herab. Ihr Pyjamaoberteil stand offener, als ihr lieb sein konnte, aber das war jetzt nicht zu ändern.

»Ja, ich bin wohl äh … eingeschlafen. Das haben Krankenhäuser so an sich, sie sind irgendwie … ermüdend.« Eva spürte sein Lächeln wie eine körperliche Berührung. Sie lächelte zurück, überwältigt von ihrer eigenen, unerwarteten Aufregung. Hatte sie nicht irgendetwas gegen diesen Mann gehabt? Ihr wollte nicht mehr einfallen, was es war.

»Wie geht es Ihnen?«, fragte er. »Frau Breitling war so nett, mich anzurufen, aber ich wollte mich persönlich überzeugen, dass … dass Sie nicht zu früh zur Arbeit zurückkommen.«

»Oh, mir geht's prima«, sagte sie eilig und winkte lässig mit der Hand. »Eigentlich weiß ich gar nicht, wieso ich überhaupt noch hier bin.« Sie hoffte inbrünstig, dass er ihre Nervosität nicht bemerkte. Warum saß er aber auch so da und guckte sie einfach an?!

Nils lächelte wieder. »Ich hab Ihnen das hier mitgebracht«, sagte er und nahm eine Blume vom Nachttisch, die Eva noch gar nicht aufgefallen war. Es war eine einzelne, wunderschöne lachsfarbene Rose, umhüllt von pudrigem Schleierkraut. Mit Liebe ausgesucht, schoss es Eva durch den Kopf, ein *Gedicht* von einer Blume, eine Millionen-Dollar-Rose ... Sie starrte sie an, als hätte sie so etwas noch nie gesehen.

Nils zögerte unsicher. »Äh, soll ich sie vielleicht irgendwo ins Wasser stellen?«

»Ach du ... Entschuldigung. Ich bin noch ganz äh ... abgelenkt.« Mit einem nervösen Lachen warf Eva die Decke zurück, kletterte flugs aus dem Bett – und wurde sich erst dann bewusst, dass sie halb nackt vor ihm stand. Nicht nur, dass ihr Pyjama weit aufgeknöpft war, er hatte auch ein ziemlich kurzes Höschen. Eilig griff sie nach der Rose und hätte sie ihm beinahe aus der Hand gerissen.

»Ich hole schnell eine Vase.«

Mit drei Schritten war sie im Bad. Drinnen atmete sie erst mal tief durch.

Dann warf sie sich rasch ein wenig Wasser ins Gesicht, fuhr durch ihr Haar, biss sich auf die Lippen – und hielt inne. Was sollte das denn? Sich ausgerechnet für Nils hübsch machen – ja, ging's denn noch?! Entschlossen knöpfte sie ihren Pyjama etwas weiter zu, schüttelte den Kopf und griff nach dem vasenähnlichen Behälter unter dem Waschbecken. Rasch ließ sie Wasser ein und stellte die kostbare Rose hinein. Dann atmete sie noch einmal tief durch und ging wieder ins Zimmer.

Nils lächelte sie warm an, als sie wieder bei ihm stand. Sie lächelte zurück, während ihr Herz unbegreiflicherweise bis zum Hals klopfte. Was passierte hier mit ihr? Er sagte irgendetwas, aber sie hörte nicht zu. Ihr Kopf war völlig leer, bis auf das Bild seines Blicks, seines Mundes. Zu ihrer eigenen Verblüffung weigerten sich ihre Beine, auch nur einen Schritt weiterzugehen. Instinktiv drückte sie ihm die kleine Vase in die Hand, denn sie wusste nur noch eines: Sie brauchte jetzt ihre Hände, um ihn anzufassen, durch sein wundervolles Haar zu fahren, ihn an sich zu ziehen.

Er schien näher zu kommen, ohne einen Muskel zu bewegen, sein Blick ließ sie nicht los …

In genau diesem Moment ging die Tür des Zimmers auf. Und in dem Spalt, der sich auftat, schwebte Olivers verblüfftes Gesicht.

Eva brauchte eine Sekunde, um in die Wirklichkeit zurückzukehren, dann zuckte sie von Nils zurück. Oliver trat zögernd einen Schritt ins Zimmer, seine Miene eine Mischung aus Unsicherheit und Abwehr.

»Ich äh … störe wohl? Eigentlich dachte ich, du wärst krank.«

»Aber, was redest du da? Komm rein!« Eva eilte auf ihren Sohn zu, hochrot im Gesicht. »Wie schön, dich zu sehen. Den ganzen weiten Weg …« Sie plapperte weiter, irgendetwas, umarmte Oliver, zog ihn weiter ins Zimmer. »Das ist nur äh … also ich meine, ein Kollege, weiter nichts. Nils, mein äh … Direktor. Er wollte nur mal sehen, ob ich gesund bin. Nils, das ist mein Sohn Oliver.«

Sie stand mit breitem, dämlichem Grinsen neben den beiden, als sie sich die Hand schüttelten, Nils ernst, Oliver mit schmalen Augen. Wie peinlich, wie unangenehm! Überstürzt kletterte Eva ins Bett zurück. Hatte Oliver irgendetwas gesehen? War überhaupt irgendetwas *gewesen*? Oder fand das alles nur in ihrem Kopf statt? Vielleicht hatte der

Unfall doch irgendetwas mit ihren Hirnwindungen angestellt und die ganze Szene war bloß ein verrückter Traum.

Doch der Anblick der beiden männlichen Wesen, die nun rechts und links von ihrem Bett aufgebaut waren wie Wachsoldaten, wirkte verdammt real.

»Aber du hättest doch nicht kommen müssen«, nahm Eva ihren wirren Faden wieder auf. »Ich meine, dein Abi … Du hast doch jetzt Mathe, richtig? Die weite Fahrt, mittendrin!«

»Mathe ist morgen. Und ich bin mit Laura heute alles noch mal durchgegangen. Was bis jetzt nicht in meinem Kopf ist, wird auch nicht mehr reingehen.«

»Wunderbar, toll. Das freut mich.« Ihr Blick wanderte zu Nils. »*Mathe*«, sagte sie und verdrehte schelmisch die Augen, bis ihr einfiel, dass er auch Mathe unterrichtete, nicht nur Deutsch und Kunst. »Ein tolles Fach! Nur manchmal ein bisschen … schwierig. Was, Oliver? Aber …«

»Mama, geht's dir wirklich gut?«

»Na, sag mal, aber klar doch. Oder sehe ich krank aus?«

»Ich sollte gehen …«, kam es von Nils.

»Nein! Also ich meine, Sie sind doch gerade erst gekommen.« Um Himmels willen, sie schaffte es noch, eine eh schon peinliche Situation noch peinlicher zu machen.

»Ich kann ja noch mal rausgehen, wenn ihr wollt«, ließ sich Oliver vernehmen. Seine Miene war eine Mischung aus provokant und misstrauisch.

»Was für ein Unsinn.« Eva versuchte alles wegzulächeln. »Aber apropos: Wie kommst du überhaupt hierher? Ich meine, mit der Bahn oder wie?«

Seltsamerweise lief Oliver etwas rot an. »Mit dem Auto. Also … mit dem Auto von Papa.« Er beobachtete ihre Reaktion.

»Aber du hast doch noch gar keinen Führerschein. Hast du … ach so. Du hast einen deiner Kumpels fahren lassen und dafür einfach das Auto deines Vaters genommen. Ich weiß nicht, ob das …«

»Nein, Mama. Ich hab *Papa* fahren lassen.«

»Äh, du … Oh.«

Oliver sah erst zu Nils hinüber, mit einem Ausdruck, der zu sagen schien: *Na, was machst du jetzt*? Dann wandte er seinen Blick wieder zu seiner Mutter.

»Ja, Papa ist hier. Er wartet draußen im Flur.«

# 30

*Hi, ich bin der Lothar und freue mich doll, dich gefunden zu haben. Was Du schreibst, spricht mir aus der Seele. Es ist so, als hätte mich endlich jemand gefunden. Ich bin letzten Monat 49 geworden und glaube, dass ich mit Dir zusammen die nächsten 50 Jahre gelassen angehen kann. 0124-88…*

Eva brauchte einen Moment, diesen Schlag zu verdauen. Die Vorstellung, Marcel so unerwartet wiederzusehen, nach mehr als fünf Wochen, jagte ihr einen wahrhaftigen Schauer über den Rücken.

»Ich muss gehen«, sagte Nils in das Schweigen hinein. »Ich wollte ja nur sehen, ob es Ihnen wieder gut geht.«

Eva nickte fahrig. »Ja, unter den Umständen ist es wohl … gut. Danke für Ihren Besuch.«

Sein Blick war unergründlich. »Machen Sie's gut.« Er nickte Oliver höflich zu, was der nicht erwiderte, und ging.

Kaum war die Tür hinter ihm zugefallen, fragte Oliver unverblümt: »Was war denn das für einer? Wirklich nur dein Direktor? Oder dein Neuer?«

Eva schnappte nach Luft. »Also, das … klar! Ich meine, natürlich nur mein Direktor. Der Stellvertretende. Aber selbst wenn, also, ich weiß gar nicht, wieso du so streng guckst.«

»Na ja«, machte Oliver. »Wie das aussah … Aber ist ja auch egal.« Er zuckte gewollt lässig mit den Schultern.

»Und außerdem geht's mich ja wohl auch nichts an. Aber um jetzt noch mal auf Papa zurückzukommen …«

Eva war dankbar, dass er das Thema wechselte. Im Nachhinein konnte sie selbst kaum glauben, was in sie gefahren war. Obwohl es nun auch nicht gerade eine schöne Fügung des Schicksals war, dass Marcel ausgerechnet dann wieder auftauchte, als sie gerade einen anderen … nun ja, beinahe geküsst hätte.

»Er wollte unbedingt mitkommen«, erklärte Oliver gerade. »Als ich ihn gefragt habe, ob er mich zum Bahnhof fährt, da hat er gesagt, er fährt den ganzen Weg. Ich hab ihm gleich gesagt, dass es nicht sicher ist, ob du ihn überhaupt sehen willst. Aber er wollte trotzdem mit.«

Eva betrachtete ihren Sohn mit gemischten Gefühlen. Wie erwachsen er schon war! Dazu zwangen Eltern ihre Kinder wohl, wenn sie sich trennten. Sie spürte, wie das vertraute schlechte Gewissen wieder anklopfte. Andererseits war Oliver fast 18, er würde bald ausziehen und ein eigenes Leben beginnen … Sie überlegte, aber nicht lange. Immerhin war Marcel anderthalb Stunden über die Autobahn gebrettert. Außerdem sollte sie allmählich über ihn hinweg sein. Und Nils war auch weg.

»Hol ihn rein, mach nur. Ich hab kein Problem damit.«

Oliver zögerte nicht lange und ging zur Tür. Während er für einen Augenblick verschwand, atmete Eva einmal tief durch. Nein, es ließ sie nicht völlig kalt, dass er da war.

Doch da standen beide auch schon vor ihr. Marcel war viel blasser, als sie ihn Erinnerung hatte. Sein kastanienbraunes Haar bildete einen deutlichen Kontrast zum schmalen, klar geschnittenen Gesicht. Er schien abgenommen zu haben, was ihm nicht schlecht stand, und seine Augen leuchteten. Eva merkte verblüfft, dass er ihr vertraut vorkam und gleichzeitig wie ein vollkommen Fremder. »Hallo, Eva.« Seine Stimme klang belegt.

»Hallo. Nett, dass du gekommen bist.« Etwas Klügeres fiel ihr nicht ein.

»Ist doch selbstverständlich. Ich wollte sehen, ob alles in Ordnung ist.«

Sie versuchte ein kurzes Grinsen, ließ es aber gleich wieder sein. »Ja, es war nur eine Kleinigkeit, kaum der Rede wert.«

»Drei Tage im Krankenhaus sind doch keine Kleinigkeit. Was genau haben sie denn an der Schulter gemacht?«

Eva gab brav Auskunft, schilderte noch einmal den Hergang des Unfalls. Marcel sagte wunderlicherweise, er mache sich Vorwürfe, und Eva sagte: »So ein Quatsch, nicht deswegen«, wonach sie sich am liebsten auf die Zunge gebissen hätte. Es herrschte eine seltsame Stimmung im Raum; durch Olivers Anwesenheit fühlte sich Eva gleichzeitig gehemmt und geschützt. Sie glaubte zu spüren, dass es Marcel ähnlich ging, und wünschte sich gleichzeitig, die beiden wären schon wieder weg und würden noch lange bleiben. Es war ein seltsames, unwirkliches Gefühl, festzustellen, dass nach 18 Jahren Ehe nur so wenige Wochen genügt hatten, um eine solche Distanz hervorzubringen. Dieser Mann vor ihr war ihr fern, das spürte sie jetzt mit aller Deutlichkeit, und zugleich, wie das Nachbild eines hellen Punktes auf der Netzhaut, war er noch lange nicht aus ihrer Seele verschwunden.

Nach ein paar Minuten etwas verkrampften Geplauders fragte Oliver plötzlich: »Was brauchst du eigentlich noch, Mama? Was zu essen, was zu lesen? Wir haben in der Eile ganz vergessen, Blumen oder irgendwas zu besorgen.« Er warf seinem Vater einen vorwurfsvollen Blick zu, als sei das ganz allein dessen Schuld.

Marcel nickte schnell. »Ja, tatsächlich. Das holen wir sofort nach.«

Eva wollte schon antworten, dass sie gar nichts brauche und außerdem ja morgen nach Hause ginge, da begriff sie, dass die beiden eine kurze Pause brauchten. Sie wollten sich nützlich fühlen, sie schämten sich dafür, dass sie mit leeren Händen gekommen waren. Also bat sie um eine Zeitung vom Kiosk und eine Flasche Saft. Und Vater und Sohn marschierten auch tatsächlich gemeinsam los, als könnte keiner von beiden diese harmlosen zwei Dinge alleine tragen.

Beinahe hätte Eva gelacht, als die Tür hinter ihnen zugegangen war. Doch das Lachen blieb irgendwo unterwegs stecken, und sie atmete nur tief aus und betrachtete sinnend die wunderschöne Rose auf ihrem Tisch, ohne sie wirklich zu sehen. Marcel war älter geworden, ein winziges bisschen wenigstens. Die Falten um seine klaren Augen hatten sich vermehrt, nicht viel, aber doch so, dass eine Ehefrau es erkannte. Eine *Noch*-Ehefrau …

Es dauerte ein wenig länger, als sie erwartet hatte, bis die beiden zurück waren. »Na, war alles ausverkauft und ihr musstet woanders hin?«, machte Eva einen halbgaren Scherz, doch das Lächeln verging ihr, als sie Marcels und Olivers Mienen sah. Irgendetwas musste in den zehn Minuten passiert sein, das war eindeutig.

Die beiden kamen langsam näher; Marcel fixierte die Orangensaft-Flasche in seiner Hand, als läge ein tiefes Geheimnis darin verborgen, Olivers Blick war umwölkt. Was zum Teufel war geschehen?

»Mama, wir … haben das hier gefunden.« Oliver hielt ihr eine Zeitung vor die Nase, irgendein Boulevard-Blatt. Eva konnte zunächst gar nicht richtig erkennen, was er meinte, seine Hand zitterte leicht.

Auf der Zeitungsseite waren zwei großformatige Fotos zu sehen: Zwei Menschen küssten sich in einem Hauseingang, auf dem anderen umarmten sie sich innig irgendwo in einer dunklen Ecke. »Ehe-Aus bei Hauenschildts?« prangte in dicken Lettern über den Fotos. Und kleiner: »Hat der Senator eine Geliebte? Die Ehefrau weint.«

Eva begriff immer noch nicht. Was hatte das mit ihr zu tun? Wieder überflog sie die Fotos. War das John? Man konnte sein Gesicht nicht richtig sehen, das Bild war unscharf und von weit weg aufgenommen, doch die Statur und die Haare stimmten. Die Frau auf den Bildern … Evas Atem stockte. Auf dem Kuss-Foto war ein Ladenschild über der Eingangstür zu sehen, in der die beiden standen – *Cook-Ma*, sagte es. Charlottes Geschäft am Ludwigkirchplatz. So einen Namen gab es kein zweites Mal.

Und diese Frau, die da den Kuss vom Senator empfing, auch nicht. Diese Frau war sie selbst.

## 31

*Hi, ich bin wild. Interesse?*
*Juggi627@hotmail.xe*

Evas Mund fühlte sich ganz trocken an. Sie konnte nichts sagen, starrte immer weiter auf die Zeitung. Das zweite Foto war aus der Garderobe der Urania, hier war John besser zu erkennen. Seine Schulter verdeckte wieder zum größten Teil ihr Gesicht, und aus der Entfernung sah es tatsächlich so aus, als umarmten sie sich innig.

»Das ist ...« Sie brach ab, schüttelte den Kopf, überflog den Text. Da stand etwas von heimlichen Stelldicheins, einer geheimnisvollen Geliebten, es war wenig Gehalt darin. Sie nannten sie *Eva M.* – woher hatten sie ihren Namen? Ein kleines Foto zeigte Ursula Hauenschildt, es war offensichtlich in einem anderen Zusammenhang entstanden. Der Text sagte, man habe sie in letzter Zeit in der Öffentlichkeit nur blass und zerstreut gesehen.

Endlich fand Eva ihre Sprache wieder. Sie sah Oliver an. »Das ist alles kompletter Blödsinn! Du wirst das doch nicht eine Sekunde glauben!« Verärgert schleuderte sie das Schmierblatt von sich, doch wie zum Hohn blieb die Seite mit den großen Fotos offen auf dem Boden mitten im Zimmer liegen. Oliver und Marcel hatten sich nicht gerührt. In Evas Innerem tobte der Aufruhr – Wut, Unglaube, Schmerz über die Enttäuschung in den Augen ihres Sohnes. Noch einmal sagte sie eindringlich: »Oliver! Du – ihr – glaubt doch nicht wirklich, dass das wahr sein könnte?!«

Sein Blick verriet Unsicherheit. »Du … natürlich glaube ich dir, wenn du es sagst. Aber trotzdem bist doch du das auf den Fotos, oder?«

»Ja, schon. Aber das hat eine ganz einfache Erklärung! Der Senator ist … ich hab ihn ein paar Mal getroffen, rein zufällig, und er ist …« Die Aufregung ließ sie nach Worten suchen, ein Zustand, den sie kaum von sich kannte. Und immer noch lauerte Nils im Hintergrund ihrer Gedanken – was mochte er von ihr denken, wenn er das in die Finger bekam?! Ihr Blick schoss stattdessen zu Marcel, und sie glaubte, Abwehr und Ärger in seinen Augen zu sehen. Sofort ging sie innerlich in den Angriff über.

»Was denkt ihr von mir? Dass ich, kaum selber getrennt, hingehe und einen verheirateten Mann verführe?« Sie blitzte die beiden Männer vor ihr an. »Überhaupt, wenn ich's mir recht überlege: Was geht euch das eigentlich an? Kann mir das einer sagen? Selbst wenn es so wäre, woher nehmt ihr den Nerv, euch hier vor mich hinzustellen und mich so anklagend anzusehen? Insbesondere du, Marcel, ich fasse es nicht …«

Sie merkte, dass ihre Stimme lauter wurde, aber sie war nicht in der Lage, sich zu bremsen. »Was für ein Recht hast du, mir irgendeine Affäre, und sei sie auch noch so seltsam, krummzunehmen?«

»Es geht nur darum, dass wir – dass Oliver das aus der Zeitung erfahren muss. Was glaubst du, wie sich dein Sohn dabei fühlt?« Marcel hatte sich am Fußende ihres Betts aufgebaut und musterte Eva mit gerunzelter Stirn.

»Papa, jetzt hör doch auf …«

»Das ist doch … wenn ich doch überhaupt nichts damit zu tun habe?! Wenn das doch eine Lügengeschichte ist vom Anfang bis zum Ende? Wie soll ich ihn denn darauf vorbereiten, bitteschön?!« Eva funkelte erst Marcel an, dann Oliver. Der Junge sah ziemlich bedröppelt drein.

Schlagartig verrauchte ihre Wut, und sie bereute ihren Ausbruch. Bestimmt war es wirklich ein kleiner Schock gewesen, die eigene Mutter unter einer solchen Überschrift in der Zeitung zu sehen.

»Olli! Es tut mir leid, wirklich.« Sie griff nach seiner Hand. »Ich habe nichts davon gewusst, und es ist auch nicht wahr! *Ich* bin das Opfer, kein anderer. Und natürlich der Senator und seine Frau. Das ist alles gequirlter Blödsinn. Und danach hättet ihr mich in aller Ruhe fragen müssen. Nicht hier hereinkommen und mit diesem Schmutzblatt vor meiner Nase wedeln.« Eva sah mit anklagendem Blick hinüber zu Marcel.

»Es tut mir leid, Mama, es war meine Schuld. Papa hat noch gesagt, wir sollten dich vorsichtig fragen, aber ich … dieser Müll da hat mich aufgeregt. Und es tut mir leid, dass ich geglaubt habe, es könnte wahr sein. Es ist nur, dass … seit du von zu Hause weg bist, bist du so anders geworden. Du siehst gut aus, du hast abgenommen, du ziehst dich anders an, du bist so lebendig irgendwie. Da kann man sich dann schon vorstellen, dass so Kerle auf dich fliegen.« Er wurde ein bisschen rot. »Nicht, dass du nicht machen könntest, was du wolltest, klar. Aber ich … muss mich daran auch erst mal gewöhnen. Ihr seid ja auch noch nicht so lange getrennt. Das ist eben … auch nicht immer einfach.«

Eva musste an sich halten, nicht aufzuspringen und ihr großes Kind fest in die Arme zu nehmen. Stattdessen drückte sie nur seine Hand und sah ihn liebevoll an.

»Das verstehe ich, glaub mir. Und ich danke dir für dein nettes Kompliment. Manchmal vergesse ich, dass das alles auch nicht spurlos an dir vorübergegangen ist, du wirkst so stark, weißt du?«

Oliver nickte und lächelte schwach. Marcels Miene war verschlossen. Doch Eva hatte keinerlei Bedürfnis, dieses Fass jetzt aufzumachen. Irgendwann würde sie vielleicht noch einmal ein langes Gespräch mit ihm führen, aber gerade jetzt war Dringlicheres zu tun.

»Bin ich ja auch«, sagte Oliver jetzt. »Manchmal kriegt man eben so eine Art Rückfall. Kennt ihr das nicht? Aber es ist eben, wie es ist, oder? Es ändert sich ja nichts daran, dass ihr meine Eltern seid. Mit allen Fehlern und Schwächen, was?« Sein Lächeln war warm und umfasste alle beide.

Eva pfiff auf jede Vorsicht, hüpfte aus dem Bett, umarmte ihn und drückte ihm einen dicken Kuss auf die Wange. »Du bist wunderbar, Olli. An dir sieht man, dass wir auch eine Menge richtig gemacht haben, und deswegen bereue ich auch nichts, gar nichts.«

Für einen Moment herrschte ein einträchtiges, beinahe liebevolles Schweigen zwischen ihnen.

Eva brach es als Erste. Sie spürte die Kälte des Fußbodens an ihren nackten Füßen und kletterte zurück ins Bett. »Aber auf den Mist hier«, sagte sie und zeigte auf die Zeitung, die immer noch die Bettdecke verunzierte, »muss ich irgendwie reagieren. Fragt sich nur wie.«

»Na ja«, kam es von Marcel. »Wenn nichts dran ist, wird es ja so wild auch nicht werden. Ignorier es doch einfach.«

Eva erwiderte nichts. Das hatte sie ja gerade gesehen, wie die Menschen auf dieses »Nichts« reagierten. Selbst die beiden, die sie so lange kannten, hatten es erst mal geglaubt. Was würden dann erst die anderen tun? Oh Gott – Nils! Es würde nicht lange dauern, bis er davon erfuhr. Was würde er von ihr denken?

»Doch, ich muss was unternehmen«, wiederholte sie langsam und drückte den Gedanken an Nils entschlossen weg. »Bloß, dass ich keinerlei Erfahrung mit so was habe. Eine Gegendarstellung? Soll ich sie verklagen? Aber lenke ich dann nicht nur noch mehr Aufmerksamkeit auf mich?« Sie erwartete nicht wirklich eine Antwort von den beiden, die hatten schließlich auch keine Erfahrung mit solchen Dingen.

Doch Oliver und Marcel stiegen augenblicklich und mit Elan in die Diskussion ein. Gegendarstellung, Schadenersatzklagen, Klagen auf Unterlassung, Schmerzensgeld – ihre Vorschläge wurden immer wilder und absurder. Keiner von ihnen dreien hatte irgendeine Erfahrung mit der Justiz. Sie hörte sich die Diskussion eine Weile an, sagte selbst immer weniger und wurde sich darüber klar, dass sie sich an andere Leute wenden musste. An Irmela zum Beispiel, die einen guten Anwalt hatte, und an John selber, dem diese Geschichte ja nicht gleichgültig sein konnte.

Allmählich wurde sie von Unruhe erfasst. Also schickte sie die beiden schließlich weg. Marcel schien leicht beleidigt, aber Oliver begriff. Er umarmte und küsste sie und nahm ihr das Versprechen ab, sich heute Abend noch einmal zu melden.

Sie winkte ihnen zu, und als die Tür hinter ihnen zuging, wurde sie für einen Augenblick melancholisch. Ihre Familie ging da fort, oder das, was früher ihre Familie gewesen war. Irgendwie war das Leben über sie hinweggegangen.

Sie seufzte und schüttelte sich. Sie musste Leute anrufen, Strategien entwickeln, Schaden begrenzen. Und vielleicht hatte sie ja Glück. Niemand von denen, die sie kannte, las den *Stadtanzeiger*. Vielleicht hatte ja bisher keiner von dieser blöden Geschichte gehört.

# 32

*Ich bin Hans und 39. Nach einer großen Enttäuschung suche ich wieder einen sicheren Hafen. Ich bin naturverbunden, humorvoll, tierlieb, treu und häuslich. Meine letzte Freundin, das war vor sechs Jahren, hat mich sehr geliebt. Aber eines Tages war sie dann fort, ohne mir Bescheid zu sagen. So etwas würde ich nie tun. Und du sicher auch nicht, oder? 0156-73…*

Als Erstes rief Eva bei Irmela an. Die Freundin meldete sich schon nach dem zweiten Klingeln.

»Eva, das ist ja eine echte Fügung, dass du anrufst! Ist es wegen der Zeitung? Verdammt noch eins, hast du davon überhaupt schon gehört?«

Evas Lebensgeister sanken augenblicklich wieder in den Keller. »Oh nein, du weißt es schon.«

»Was denkst du? Es ist eh ein Wunder, dass die Sache bis nachmittags gebraucht hat, bis sie rum war. Na ja, das liegt daran, dass kein Mensch dieses Schmierblatt liest, ich meine, keiner von uns. Aber seit ungefähr einer Stunde laufen bei mir die Telefone heiß, Schätzchen. Irgendwie weiß es *jeder*, tut mir leid.«

»Ich … aber es stimmt doch nicht«, murmelte Eva schwach.

»Na, *ich* weiß das! Keine Sekunde hab ich geglaubt, da wäre was und du hättest mich nicht eingeweiht! Aber den anderen musst du das erst mal verklickern, verstehst du?

Ehrlich gesagt, kommt es mir ein bisschen so vor, als lechzten sie alle nach einem Skandal – weil die doch normalerweise immer in anderen Gesellschaftsschichten passieren und nun endlich mal in der eigenen, so was in der Art.« Irmela holte kurz Luft, um weiterzupoltern, doch Eva nutzte die Chance.

»Ach, sollen sie reden.« Ihre Stimme klang frischer, als ihr zumute war. »Ich werde natürlich dagegen vorgehen, das ist klar. Das ist Rufschädigung oder wie auch immer das heißt. Ich brauche einen Anwalt und ein paar Telefonnummern, und dann sollen sie mich mal kennenlernen.«

»Wunderbar, Schätzchen! Das nenne ich Kampfgeist. Weißt du was? Ich komme gleich mal rum bei dir. Du bist ja festgenagelt da in deinem Bett. Und von unterwegs rufe ich meinen Anwalt an, der ist genau der harte Hund, den du brauchst. Einverstanden?«

Eva seufzte, gleichzeitig besorgt und erleichtert. »Natürlich. Ich danke dir, Irmela, du bist ...«

»Ein Goldstück, ich weiß. Erzähl mir was Neues.« Irmela lachte saftig. »Und du lässt in der Zwischenzeit den Kopf nicht hängen, ja?! Wär doch gelacht, wenn du da nicht rauskommst wie Phönix aus der Asche.«

Doch diese Zuversicht wollte sich bei Eva nicht einstellen. Wenn schon Mann und Sohn sofort geglaubt hatten, es könne etwas an der Sache dran sein, wie sollte es dann erst bei den anderen sein, die sie weniger gut kannten? Nils zum Beispiel. Genau in dem Moment, in dem sie geglaubt hatte, es entwickele sich etwas zwischen ihnen, musste das jetzt passieren. Andererseits – sie wusste ja immer noch nicht, ob er selber wirklich koscher war. Ihr Gefühl vertraute ihm, aber konnte sie ihrem Gefühl vertrauen?

Es fiel Eva schwer, den Gedanken an ihn wegzudrücken. Doch sie musste etwas tun und durfte jetzt nicht in Selbstmitleid versinken. Sie versuchte, Silke zu erreichen, doch im Labor war dauernd besetzt und an ihrem Handy meldete sie sich nicht. Die Freundin steckte vermutlich bis über beide Ohren in der Arbeit. Gut so, denn dann konnte ihr wenigstens auch kein anderer die kleine Sensation stecken.

Eva hatte gerade erst ihr Nummernverzeichnis im Handy erneut aufgeschlagen, um zu sehen, wen sie als Nächstes anrufen sollte, als die Tür aufging und eine Krankenschwester hereinkam.

»Abendessen!«, trällerte die junge Frau und balancierte ein vollbeladenes Tablett heran.

Evas Blick schoss zur Uhr über dem Eingang. »Schon um fünf?«

Die Schwester lachte. »Na ja, eigentlich bauen wir draußen gerade erst auf. Aber ich hab schon mal was für Sie zusammengestellt. Weil ich mir dachte, Sie mögen vielleicht nicht da draußen am Buffet herumlaufen und angeglotzt werden.« Mit erheblichem Klirren landete das Tablett auf dem Tischchen neben Evas Bett.

»Angeglotzt?« Als sie die junge Frau fragend ansah und die leicht verlegene Röte auf ihrem Gesicht wahrnahm, begriff sie endlich. Die Belegschaft und möglicherweise auch die Patienten wussten Bescheid. »Oh nein …«

Die Schwester missverstand ihren Ausruf. »Oh, machen Sie sich nichts draus, Frau Morbach. Die Hälfte von denen ist neidisch, weil sie auch mal gerne so eine schöne Affäre hätte, und dazu noch mit so einem knackigen Mann wie dem Senator!« Sie tätschelte freundschaftlich Evas Bein. »Und die andere Hälfte sind die üblichen Betschwestern, die Sie schon im Fegefeuer schmoren sehen, weil er doch ein verheirateter Mann ist. Ach, kümmern Sie sich einfach nicht drum.«

Eva öffnete den Mund, aber ihr fiel nichts Vernünftiges ein. Musste sie sich jetzt schon vor *jedem* verantworten?

Konnte man so schnell an den Pranger geraten, wegen nichts und wieder nichts?

Die junge Schwester tätschelte ihr Bein noch einmal tröstend. »Na, nun essen Sie mal schön, dann geht es Ihnen bald wieder besser. Kann man halt nichts machen, wo die Liebe hinfällt, was? Aber sagen Sie mal...« Sie war wieder in Richtung Tür geeilt und drehte sich jetzt noch einmal um. In ihren Augen leuchtete die Neugierde. »Ich will jetzt wirklich nicht bohren. Aber kommt er denn auch mal hierher? Ich meine, jetzt, wo Sie doch ein bisschen Unterstützung brauchen können? Ich ... äh ... könnte ihn reinschleusen, an der Presse vorbei, wenn Sie wollen.«

Eva schloss die Augen und atmete tief ein. »Nein, danke«, sagte sie tonlos. »Und jetzt wäre ich gerne wieder allein.«

Die Schwester schürzte die Lippen und schloss die Tür hinter sich, eine winzige Spur lauter, als nötig gewesen wäre.

Zehn Minuten später ging die Tür erneut. Eva hatte das Tablett mit dem Plastikbrot, der Standardwurst und der Fabriktomate nicht angerührt; sie hatte gegrübelt, gewütet und mindestens fünf Mal die Nummer der *Stadtanzeiger*-Redaktion gewählt, die sie im Impressum gefunden hatte, und jedes Mal wieder aufgelegt. Was brachte das schon, wenn sie irgendeinen Journalisten anschrie? Zumal es in Wirklichkeit um etwas anderes ging, sie wusste es genau. Es ging um Nils. Sie litt Höllenqualen, wenn sie daran dachte, was er denken mochte. Und damit diese Qualen nicht zu stark wurden, pflegte sie ihren Ärger auf ihn und auf alle anderen, die schuld sein mochten.

Nun sah sie auf die sich öffnende Tür und wappnete sich innerlich für einen weiteren Ansturm sensationslüsterner Krankenschwestern oder – Gott bewahre – Mit-Patienten. Doch zu ihrer großen Erleichterung war es Irmela.

Die Freundin hielt sich nicht lange mit Vorreden auf, sondern packte ihre »Notfall-Ausrüstung« aus, wie sie sagte: Notizblock und Stift, ein Smartphone sowie eine kleine Flasche Prosecco und zwei Gläser.

»Was ist das?«, fragte Eva mit schwachem Lächeln und Blick auf den Sekt.

»Ein kleiner Trunk zur Stärkung«, beschied Irmela trocken.

Dann legten sie los. Irmela verzog sich mit einem Hocker ins Bad, um von dort mit ihrem Anwalt zu telefonieren, und Eva suchte im Internet nach der Nummer der Senatsverwaltung für Kultur. Mit wenig Hoffnung angesichts der späten Stunde wählte Eva die Nummer der Telefonzentrale. Doch alle schienen noch bei der Arbeit, und nach ihrem Hinweis, es gehe um den Artikel im *Stadtanzeiger*, stellte Hauenschildts Sekretärin, bei der sie bald gelandet war, sie sogar ins Allerheiligste durch.

John schien frustriert, aber nicht wirklich überrascht. Er erklärte, er habe schon alle möglichen Schritte unternommen. Die Gegendarstellung sei in Arbeit, seine Anwälte würden sich freuen, wenn Eva sich bei ihnen melde, um eventuell die eine oder andere Frage zu beantworten, ansonsten solle sie aber möglichst aus allem herausgehalten werden. In seiner Presseerklärung hätten sie angegeben, Eva sei lediglich eine entfernte Bekannte, die er ein- oder zweimal getroffen habe. Er entschuldigte sich für alle Unannehmlichkeiten, die Eva möglicherweise haben würde.

»Ich bin nun mal ein offenherziger Mensch, das wissen alle, dich mich kennen. Jetzt müssen Sie darunter leiden, das tut mir wirklich leid, Eva. Sie hatten mich vor drei Jahren schon einmal so unter Beschuss, es ist noch nicht mal eine politische Sache, reiner Sensationsjournalismus.«

»Hm«, sagte Eva. »Aber jetzt erlebe ich immerhin mal, wie sich das anfühlt.«

»Ich bin sicher, Sie wären auch ohne gut ausgekommen«,

erwiderte er zerknirscht. »Aber ich werde alles tun, dass Ihnen daraus kein großer Schaden erwächst. Die Anwälte sagen, dass sie es vermutlich nicht wagen werden, Ihnen ganz dicht auf den Pelz zu rücken. Ein Glück nur, dass sie nicht Ihren vollen Namen geschrieben haben. Und auf den Fotos sind Sie nicht eindeutig zu erkennen.«

Eva behielt für sich, dass es nur ein paar Stunden gedauert hatte, bis offenbar all ihre Bekannten davon wussten – inklusive all der Unbekannten hier im Krankenhaus.

»Sie sind erstaunlich wenig besorgt um sich selbst«, bemerkte sie.

John schnaubte. »Ich kenne das, wie gesagt. Und meine Frau ist da auch hart im Nehmen.«

In einem plötzlichen Impuls fragte Eva: »Darf ich sie anrufen? Ihre Frau, meine ich. Ich würde ihr gerne sagen, was das für ein ausgemachter Blödsinn ist. Wenn es für Sie okay ist.«

»Wenn Sie gerne möchten, bitte. Und die Nummer meiner Anwälte gebe ich Ihnen auch. Würden Sie sich dort netterweise auch melden?«

Er diktierte ihr zwei Telefonnummern und verabschiedete sich. Eva rief zuerst die Anwälte an. Man versicherte ihr, mit Hochdruck an der Gegendarstellung zu arbeiten, und empfahl ihr, selbst zunächst keine juristischen Schritte zu unternehmen. »Sie lenken damit noch mehr Aufmerksamkeit auf sich selbst und die Sache wird weiter angeheizt«, meinte Dr. Wölke, der Rechtsbeistand des Senators. »Wenn Sie allerdings eher auf Schadensersatz aus sind, wäre diese Herangehensweise eher angeraten …« Eva wies das von sich. Dr. Wölke betonte dann noch einmal, dass sie nicht mit der Presse sprechen solle, und bat um ihre Handynummer, falls weitere Fragen auftauchten.

Danach – Irmela telefonierte noch immer im Bad – rief sie Ursula Hauenschildt an. Die Frau, von der Eva bis jetzt nur gehört hatte, klang erschöpft, war aber über ihren Mann bereits darüber informiert, dass Eva sich melden würde.

»Ich muss schon den ganzen Tag Leute an der Haustür abwimmeln«, sagte sie. »Unglaublich, was die sich trauen. Mal eben klingeln und fragen, ob mein Mann schon ausgezogen ist? Aber sicher doch! Gut, dass wir wenigstens eine Geheimnummer haben.«

»Ich wollte Ihnen persönlich sagen, dass an der Sache überhaupt nichts dran ist. Nicht das allerkleinste bisschen. Ihr Mann ist zweimal zufällig auf mich gestoßen, und ... wie er nun mal so ist ...«

Frau Hauenschildt atmete tief aus. »Ich weiß. Immer das Herz in den Händen, sozusagen. Aber das gehört nun mal zu ihm und ist mit ein Grund, warum ich ihn liebe.«

»Ich beneide Sie darum«, sagte Eva aufrichtig. »Hoffentlich können Sie sich all das bewahren, unter einem solchen Beschuss.«

»Es ist ja nicht das erste Mal. Aber Sie sind auch nicht gerade in einer einfachen Position.«

Eva sagte, sie käme schon klar (und hoffte, dass es stimmte). Frau Hauenschildt wünschte ihr Glück und bedankte sich für den Anruf. »Ich habe auch vorher nicht geglaubt, dass irgendwas dran ist an den Vorwürfen. Aber dass Sie sich bei mir melden, finde ich wunderbar und wäre der endgültige Beweis, falls der nötig gewesen wäre.«

# 33

*Ja, auch ich möchte die Freiheit gegen liebevolle Zweisamkeit tauschen! Dirk, der sich furchtbar freuen würde, wenn Du anrufst.* (030-670 54...)

»Mann, ich habe einen Hunger! Es ist schon nach sechs, deswegen hab ich uns was bestellt. Zwei gemischte Pizzen und Häagen-Dasz, so was brauchen wir jetzt einfach.« Irmela warf einen angewiderten Blick auf das Tablett mit der Krankenhauskost.

»Die liefern ins *Krankenhaus*?«

»Klar!«, verkündete Irmela vergnügt. »Sie haben extra einen Inkognito-Boten dafür, damit's keinen Aufruhr gibt. So, und jetzt zurück zum Thema.«

Sie berichtete, dass ihr Anwalt sich schon die Hände riebe und von Gegendarstellungen, Klagen auf Unterlassung und gegen böswillige Verleumdung geschwärmt habe. Er stünde Eva jederzeit zur Verfügung, auch am Wochenende, falls sie noch Zeit bräuchte, sich zu entscheiden.

Eva lehnte sich in ihre Kissen zurück, plötzlich müde. »Ich muss noch drüber nachdenken«, sagte sie. Und berichtete vom Rat Dr. Wölkes, sich eher ruhig zu verhalten.

»Hm«, machte Irmela, »eines stimmt: Du weißt noch gar nicht, welchen Schaden du hast. Und ob überhaupt einen – einen messbaren, meine ich. Der Tratsch im Bekanntenkreis wird sich legen, wenn sich die Gemüter beruhigt haben. Und was soll sonst sein?«

Augenblicklich fiel Eva Nils wieder ein, aber von ihm

wollte sie nicht sprechen. Und bevor sie noch an etwas anderes denken konnte, klingelte ihr Handy.

»Aha, jetzt geht's auch bei dir los«, kommentierte Irmela.

Und sie sollte recht behalten. Silke hatte mittlerweile von der Sache gehört und wollte nun ganz genau wissen, was sich getan hatte. Sie lauschte voller Empörung, hatte eine Menge Nachfragen und versicherte Eva ihrer uneingeschränkten Solidarität. Sie sei auf dem Wege nach Hause, erzählte sie, und werde sich alle verfügbaren Zeitungen kaufen, um zu sehen, ob auch andere den Schandartikel brachten. Und wenn Paparazzi auf der Straße vor ihrem Haus lauerten, denen werde sie schon die Meinung geigen!

Eva musste lachen, obwohl ihr gar nicht danach war. Gerade hatte sie das Handy zur Seite gelegt, um Irmela zu berichten, als es erneut klingelte. Das Display zeigte »Torsten« an.

»Ach du ...«, machte Eva. »Den habe ich ja völlig vergessen.« Für eine Sekunde zögerte sie, ob sie überhaupt rangehen sollte. Torsten würde mit ihr turteln wollen, auf eine Verabredung drängen. Gerade jetzt hatte sie nicht die geringste Lust auf so etwas. Sie hatte andere Sorgen.

Doch ihr westfälisches Pflichtgefühl setzte sich durch.

»Eva, ich bin's, Torsten.« Seine Stimme klang weniger weich, als sie in Erinnerung hatte. »Ich muss mit dir reden.«

»Das tust du doch gerade«, versuchte sie einen kleinen Scherz.

Er lachte nicht. »Ich bin gestern Abend spät in Berlin eingetroffen und wollte dich heute früh eigentlich gleich anrufen. Wir waren ja verabredet, wie du weißt.«

»Stimmt«, sagte sie leichthin, obwohl sie irritiert war. Was war los mit ihm? Sie hatte diese unterschwellige Kühle in seiner Stimme noch nie wahrgenommen. Im Gegenteil, er war immer besonders warm, geradezu feurig gewesen. »Aber weißt du, da gibt es ein Problem. Ich liege im ...«

Ihre letzten Worte hatte er gar nicht gehört. »Das weiß ich leider auch. Ich habe es natürlich gleich heute Morgen in der Zeitung gesehen. Deshalb habe ich mich auch nicht sofort gemeldet. Ich musste das … erst mal verdauen.«

Eva unterdrückte einen abgrundtiefen Seufzer. Hatte eigentlich irgendjemand auf der Welt *nicht* davon gehört? »Ja, das … verstehe ich. Was glaubst du, wie es mir …«

»Keine schöne Sache, wirklich. Ich wünschte, du hättest es mir gesagt.«

»Aber … was denn? Da gibt es nichts zu sagen!«

Schon wieder unterbrach er sie. »Ach, so siehst du das also! So etwas Ähnliches hatte ich schon befürchtet. Ich war für dich also nur eine kleine Affäre, nicht weiter der Rede wert, ja? Einer von vielen, und bestimmt nicht der Wichtigste. Gegen einen Senator kann ich natürlich nicht anstinken …«

Eva traute ihren Ohren nicht. Ihr Mund klappte auf, doch es kam nichts heraus.

»Das ist schäbig, Eva. Wir hatten eine ganz klare Vereinbarung, und die beinhaltete selbstverständlich, dass wir uns so wichtige Dinge wie Zweitaffären rechtzeitig ansagen. Was denkst du, wie mich der Portier heute Morgen im Hotel angeschaut hat?! Der konnte sich noch genau an dich erinnern!«

»Das ist …«

»Erst zwei Wochen her, genau. Für mich natürlich peinlich. Das sieht ja beinahe so aus, als hätte ich es nötig, eine Professionelle mit aufs Zimmer zu nehmen.«

Eva entfuhr ein Aufschrei der Wut, wie ein Peitschenknall. Irmela starrte sie mit tellergroßen Augen an.

»Du Scheißkerl! Du *fragst* nicht einmal, ob es stimmen könnte – nein, du weißt sofort, dass ich ein Luder bin, eine *Professionelle*! Du bist unglaublich. Unglaublich mies. Wie konnte ich nur auf dich hereinfallen, auf dein dämliches Geturtel, auf deine bescheuerten Komplimente, auf dein penetrantes Gesäusel. Ich hätte es wissen müssen, ich Idiotin, ich blödes Huhn! Weißt du was, du verdammter Fastfood-Knecht, der du nie, niemals ein guter Koch geworden wärst, denn dafür bist du viel zu unsensibel: Rutsch mir den Buckel herunter! Ruf mich ja nie wieder an, sprich nie wieder ein Wort mit mir, denn ich bin mit dir fertig! Und ich bin heilfroh, dass ich nie richtig mit dir angefangen habe!!!« Mit hochrotem Kopf drückte sie auf die Taste, das Handy knirschte richtiggehend, und sie schleuderte es ans Fußende ihres Betts.

Im folgenden Schweigen hörte man nur Evas heftige Atemzüge. Dann schälte sich ein leises Glucksen aus der Stille, das immer lauter wurde. Als Eva zu Irmela hinsah, hing die Freundin schief auf ihrem Stuhl und presste sich mit aller Gewalt die Hand vor den Mund. Sie kämpfte so mit dem Lachen, dass sich Evas bereits verrauchende Wut in einem Kichern auflöste.

In diesem Augenblick klopfte es.

»Die Pizza«, keuchte Irmela.

So war es. Doch der Bote, der sie trug, war Dr. Vessen. Er tänzelte in den Raum, die Pappschachteln und den Eisbecher balancierend, und schien ein wenig erstaunt über Irmelas Anwesenheit.

»Oh, sieh an, Sie haben noch Besuch! Ich dachte, das Abendessen hätte Ihnen vielleicht nicht geschmeckt und da hätten Sie sich was bestellt, Frau Morbach!« Erstaunlich geschickt tauschte er das Tablett mit dem Krankenhausessen gegen die Pizzaschachteln aus und blieb dann lächelnd neben Eva stehen.

»Sehe ich so aus, als würde ich abends zwei Pizzen und einen halben Liter Eis vertilgen?«, konterte sie knapp.

Der Doktor gluckste. »Aber woher denn! Ich hielt es einfach für eine glückliche Fügung und beschloss, Ihnen Gesellschaft zu leisten. Zumal es ja auch nicht gerne gesehen wird ... Sie verstehen schon. Aber natürlich, wenn ich die Sachen bezahle, ist es etwas anderes. Ich habe den Boten einfach aufgehalten und ihm gesagt, ich liefere persönlich.«

»Das kommt gar nicht infrage«, sagte Eva rasch und tastete nach ihrem Portemonnaie im Nachtschränkchen.

»Ich dachte ja nur, Sie würden sich vielleicht freuen, bevor Sie ihr Abendessen so ganz allein ... Das wäre es mir wert gewesen, verstehen Sie?« Sein Lächeln war jetzt eindeutig schmierig, Eva sah es mit Grausen. Er schien Irmela gar nicht wahrzunehmen, die dem Dialog mit immer größer werdenden Augen folgte.

»Was meinen Sie damit?«, fragte Eva misstrauisch.

»Nun ja, Sie ... äh ... sind ja sicher etwas aus der Contenance gebracht, nicht wahr? Und da dachte ich, Sie könnten etwas Trost gut gebrauchen.« Und schon hatte er sich auf der Bettkante niedergelassen und tätschelte Evas Hand. »Gut, Ihre Schwester ist da. Aber manchmal ist ein männliches Ohr ja vielleicht vorzuziehen«, raunte er.

Eva musterte ihn mit wachsendem Unglauben. »Sie sprechen nicht etwa von ...«

»Natürlich«, flüsterte er warm. »Das ganze Krankenhaus spricht ja davon. Aber ich habe verboten, dass Sie weiter belästigt werden. Ich werde mich persönlich um sie kümmern, habe ich gesagt. Sie werden in mir einen Partner finden, der jedes Verständnis für Dinge des Herzens hat.« Er zwinkerte ihr zu, während seine Hand sacht über ihren Unterarm fuhr.

Eva schnappte nur kurz nach Luft, dann riss sie ihren Arm weg. »Ich fasse es nicht«, knurrte sie und spürte, wie der Ärger wieder heiß durch ihre Adern schoss. »MÄNNER! Mir reicht's. Irmela, ich bleibe keine Sekunde länger hier.« Ohne zu zögern, packte sie den kleinen Doktor am Arm und zerrte ihn vom Bett hoch. »Weg mit Ihnen, auf der

Stelle, machen Sie Platz. Irmela, hilfst du mir, meine Sachen einzupacken? Wenn ich nicht hier rauskomme, fange ich an zu schreien.«

»Aber, Frau ... äh ... das ist ein Missverständnis! Außerdem können Sie nicht einfach aus einer Klinik ...«

»Sie werden gleich sehen, was ich alles kann!«

»Es ist gegen die Vorschriften, dass ...«

»*Sie* sind gegen die Vorschriften! Oder müssten es wenigstens sein. Aus dem Weg!«

Irmela war bereits beim Schrank und hatte Evas kleine Tasche herausgeholt.

Dr. Vessen hatte sich ein wenig aus der Schusslinie zurückgezogen und rang die Hände. »Sie haben mich völlig falsch verstanden! Und ohne Entlassungspapiere können Sie nicht ...«

Doch Eva stieg bereits in ihre Jeans, das Pyjamahöschen hatte sie einfach angelassen. Irmela reichte ihr wortlos einen Pulli, den sie über ihr Oberteil zog.

Der Doktor war jetzt an der Tür. »Ich werde ...«

»Die Polizei rufen? Bitte sehr, viel Vergnügen!«, versetzte Eva. »Ich hab so die Schnauze voll, dass mir das auch egal ist.«

## 34

*Hallo junge Frau!*
*Vielseitig interessiert? Das bin ich auch. Deine Zeilen sind zwar kurz, aber sie sagen doch viel. Dass du vermutlich so tabulos und offen bist wie ich, zum Beispiel.*
*Ich bin ein gestandener Kerl, der sich nicht mehr beweisen muss. Ein erfolgreiches Geschäft, Fernseher und andere Elektronik, zwei Kinder, die schon erwachsen sind und mir nicht mehr auf der Tasche liegen, ein anständiges Häuschen im Berliner Süden, das nenne ich mein Eigen. In meiner Freizeit fahre ich gern zu Autorennen und lerne gerade Golf. Aber diese Äußerlichkeiten sagen noch nicht alles über einen Menschen. Wie er drinnen tickt, das ist wichtig.*
*Und genau da kommt die Weltoffenheit ins Spiel. Für mich heißt das, dass ich auch und gerade in der Erotik vieles ausprobiere. Deine Anzeige interpretiere ich doch da richtig, dass das auch das ist, was dich interessiert? Wenn das so sein sollte, dann sollten wir uns unbedingt kennenlernen. Schick mir eine Mail oder ruf am besten gleich an, ich bin ein Mann der Tat, und wir können uns ganz kurzfristig treffen.*
*Dein Jürgen*

Der Doktor rückte dann doch noch den Entlassungsschein heraus. Irmela brachte Eva in die Knesebeckstraße, wo beide noch lange im Auto saßen, kalte Pizza und warmes Eis aßen und redeten. Eva hatte die Rose mitgenommen (um genau zu sein, hatte sie sie zunächst absichtlich stehen lassen – ha, sie brauchte auch Nils nicht, keinen einzigen Mann mehr! – und war dann zurückgestürmt, um sie doch noch aus der Vase zu zerren) und musste nun Irmela gestehen, woher sie sie hatte. Ja, der Fehrenberg sei vorbeigekommen, sie wisse gar nicht, wieso er ihr eine Blume mitgebracht habe, der Kerl sei doch Kirstens Freund, aber er interessiere sie auch gar nicht ... Irmela nickte nur und sagte nichts dazu.

Dann ging Eva nach oben, wo Silke sehr überrascht war, sie zu sehen. Die Freundin hätte am liebsten die Zeitungssache noch einmal endlos mit ihr durchgekaut, aber Eva entschuldigte sich nach einer Weile mit Kopfschmerzen und ging ins Bett. Diese letzten drei unerfreulichen Tage, insbesondere den heutigen, wollte sie so schnell wie möglich aus ihrem Gedächtnis streichen. Sie schlief mit der Hoffnung ein, dass sich ihre Glückssträhne so bald erholt haben würde wie ihre Schulter.

Der nächste Tag war Samstag, der Tag des Osterbasars. Eva pfiff auf Krankschreibung, bandagierte Schulter und üble Nachrede und machte sich auf, um elf in der Schule zu sein. Schließlich war sie Koordinatorin der Veranstaltung gewesen, und wenn die Direktorin nach dem Unfall auch einen Ersatz für sie aktiviert hatte, so konnte sie sicher trotzdem helfen. Der Tag hatte mit Regen und böigem Wind begonnen, doch als Eva auf dem Schulhof ankam, strahlte eine wärmende Sonne vom blauen Himmel herab. Vermutlich hatte Frau Helmholtz einen scharfen Blick nach oben gesandt und der Wettergott hatte klein beigegeben. Es wimmelte bereits überall von Eltern und Schülern, die Tische schleppten, Kaffee kochten und Kuchenberge aufschichteten. Eva ertappte sich dabei, nach dem dunklen Schopf und den breiten Schultern von Nils Ausschau zu halten. Doch sie konnte ihn nirgends entdecken, was sie zugleich beruhigte und nervös machte.

Da Eva die meisten Eltern noch nicht kannte, wurde sie nur von einzelnen Kindern begrüßt, die arglos und freundlich nach ihrem Unfall fragten und sich dann schnell wieder an ihre Flohmarktware machten, die ausgebreitet und aufgebaut werden musste. Erst in der Eingangshalle traf Eva auf die ersten Kollegen; sie stutzten kurz, da sie offenbar nicht mit ihr gerechnet hatten, nickten ihr dann flüchtig zu und eilten weiter.

Irritiert war Eva erst, als sie Sabine begegnete, der Klassenlehrerin der *Hummeln*, mit der sie sich immer gut verstanden hatte. Sabine zuckte zusammen, als sie plötzlich vor Eva stand; beinahe wäre ihr ein Kuchenteller voll dunkelroter Obsttörtchen aus dem Gleichgewicht geraten.

»Oh«, machte Sabine. »Du … äh … bist ja gekommen.«

»Klar, ich bin doch wieder völlig gesund«, entgegnete Eva fröhlich. »Soll ich dir gleich helfen beim Kuchenbuffet?«

»Äh, nein danke, wir sind da schon genug. Vielleicht solltest du erst mal … mit Bernadette reden.« Sprach's und huschte davon, den Blick fest auf ihre Törtchen gerichtet, als hinge ihr Leben davon ab, sie nicht aus den Augen zu lassen.

Eva begriff – und begriff doch nicht. Es konnte doch nicht sein, dass alle hier etwas von dem Artikel wussten. Geschweige denn, daran *glaubten*. Und doch sprachen die Mienen der Kollegen Bände. Auch in der Mensa, die sie nun betrat und in der etliche Lehrer herumwuselten, trafen sie zahlreiche Blicke, die man mindestens als zurückhaltend bezeichnen musste. Nils war nirgends zu sehen. Doch Kirsten stand hinter einem der Tische und schnitt gerade Brownies in Stücke. Sie schaute auf, runzelte die Stirn und legte dann ein schwaches Lächeln auf ihre Züge. Eva wollte gerade zu ihr gehen, als Lutz Dassler plötzlich vor ihr stand.

»Hallo, Eva. Schön, dass du wieder gesund bist.«

Die freundliche Begrüßung nahm ihr eine kleine Last von den Schultern. »Danke. Es war ja nur eine Kleinigkeit. Sag mal, weißt du, wer die Koordination heute für mich übernommen hat? Ich würde gerne helfen ...« Lutz zuckte gleichmütig die Achseln. »Oh, ich glaube, das hat Nils gemacht. Er schwirrt irgendwo hier herum.«

Evas Herz sank in den Keller. Auch das noch. Er hatte gar nichts davon gesagt.

»Aber Eva, willst du nicht vorher mal zu Bernadette gehen? Ich glaube, die Chefin hätte dir was zu sagen.« Lutz' Lächeln war eine Mischung aus Neugier, Faszination und seltsamerweise Mitleid.

»Aber was ...« Sie machte den Mund wieder zu. Hier erübrigte sich im Grunde jede Frage.

»Nimm's nicht so tragisch, meine Liebe«, raunte Lutz und legte ihr sanft die Hand auf den Arm. »Die Hormone machen mit uns, was sie wollen. So ist es eben, ich weiß, wovon ich rede. Daraus sollte man niemandem einen Strick drehen.«

Eva atmete tief ein, wollte etwas entgegnen, ließ es aber sein. Sie würde sich jemandem wie Lutz gegenüber doch nicht rechtfertigen – für was denn auch?

»Wo ist sie denn?«, sagte sie also nur. Ihr war plötzlich flau im Magen.

»Noch oben, im Büro.«

Ohne ein weiteres Wort drehte sich Eva um und ging hinaus. Wieder suchten ihre Augen nach Nils, es war wie ein Instinkt, sie konnte es nicht verhindern. Doch in der Halle war er nicht. Sie wandte sich nach links zur Treppe – und da kam er plötzlich die Stufen herab, direkt auf sie zu. Evas

Schritt stockte. Neben ihm ging eine Frau, die sie nicht kannte, vielleicht eine Mutter, sie nahm sie gar nicht richtig wahr. Ihr Herz klopfte schon wieder ganz wild, und sie hätte es am liebsten angeraunzt, es solle Ruhe geben.

»Hallo, Nils«, sagte sie mit einem Lächeln.

Er war jetzt fast unten bei ihr, doch er machte keine Anstalten, stehen zu bleiben. »Guten Tag.« Er nickte ihr zu, höflich, aber reserviert. Dann nahm er sein Gespräch mit der Mutter wieder auf, ging vorbei, zuckte nicht mit der Wimper.

Einigermaßen fassungslos verharrte Eva auf der ersten Stufe. Träumte sie? War das der Mann, der erst gestern vor ihr gestanden hatte und sie angesehen hatte wie… ja, wie denn? Hatte sie sich das alles bloß eingebildet? Hatten die Nachwirkungen der Operation ihr den Verstand vernebelt, sodass sie geglaubt hatte, er würde sie mögen? Oder übertrieb sie *jetzt* maßlos, weil sie dünnhäutig war, und Nils hatte einfach in einem ernsten Gespräch gesteckt, das er schlecht hatte unterbrechen können?

Sie sah ihm nach, obwohl er längst verschwunden war, dann gab sie sich einen Ruck. Eins nach dem anderen, immer mit der Ruhe. Jetzt musste sie erst einmal zur Direktorin.

Frau Helmholtz kam eben aus ihrem Büro. »Frau Morbach«, sagte sie gedehnt, als sie Evas ansichtig wurde. Dann drehte sie sich wieder um und winkte Eva in ihr Arbeitszimmer.

»Tja, mit Ihnen hatte ich noch gar nicht gerechnet«, sagte sie und bot Eva keinen Stuhl an. Auch sie selbst blieb an ihren Schreibtisch gelehnt stehen. »Ich dachte, Sie kämen frühestens Montag.«

»Meine Krankschreibung habe ich wohlweislich nur bis gestern ausstellen lassen«, entgegnete Eva heiterer, als ihr zumute war. »Ich wollte unbedingt vorbeikommen und nach dem Rechten sehen, wo ich doch mal verantwortlich für den Basar war.«

Frau Helmholtz verzog keine Miene. »Tja, so war das wohl.« Auf dem Wörtchen »war« lag ein wenig mehr Betonung, als Eva angenehm war. »Aber in der Zwischenzeit haben sich die Dinge ja grundlegend geändert, und das hat mit Ihrem Unfall natürlich nichts zu tun. Ich will nicht herumreden, so etwas liegt mir nicht.« Die Direktorin linste über ihre Lesebrille hinweg, und diesmal war wenig Freundlichkeit in ihrem Blick. »Diese Enthüllung, wenn man mal so sagen will, hat für beträchtliche Aufregung gesorgt im Kollegenkreis. Und leider nicht nur da. Ich hatte gestern tagsüber etliche Anrufe von der Presse und von Eltern. Man sollte es nicht glauben, aber da kommen auch vonseiten einiger, die man eher für progressiv hielt, plötzlich moralische Vorbehalte.«

Eva schüttelte fassungslos den Kopf. »Aber ... wollen Sie mir sagen, dass die Leute alle *glauben*, was in diesem Schmierblatt stand?«

Frau Helmholtz musterte sie mit unergründlichem Blick. »Sie unterschätzen die Überzeugungskraft von *Bildern*, meine Liebe. Die Fotos sprechen eine recht klare Sprache, denken Sie nicht? Aber wie dem auch sei, zu Anfang habe ich natürlich genau dasselbe gesagt wie Sie. Dass wir nicht dem *Stadtanzeiger* überlassen sollten, für uns zu denken. Die meisten Kollegen waren da ziemlich schnell einer Meinung mit mir.« Eva drängte die Erleichterung zurück, die sich in ihr ausbreiten wollte. Und warum hatten die Kollegen sie dann so seltsam behandelt, allen voran Nils?

»Was allerdings recht schnell beendet war, als der Staatssekretär hier anrief. Da sind Sie beträchtlich über das Ziel hinausgeschossen, meine Liebe.« Der Mund der Direktorin war nur noch ein schmaler Strich.

Eva starrte sie an. »Der ...«

»Alle Kollegen waren noch im Haus, obwohl es schon spät war. Ich nahm das Gespräch im Lehrerzimmer entgegen, weil ich mit nichts Bösem rechnete. Sonst hätte ich es vielleicht sogar für mich behalten, keine Ahnung. Aber so haben alle mitbekommen, dass Sie uns einen Maulkorb verpassen ließen.«

»Wie bitte?«, flüsterte Eva. »Ich verstehe kein Wort.«

Die Direktorin seufzte ungeduldig. »Kommen Sie, Frau Morbach, was sollte das anders sein? Der Staatssekretär des Kultursenators persönlich ruft hier an, um mir zu sagen, dass wir uns hüten sollten, Sie zu mobben. Natürlich betont er, dass nicht das geringste bisschen an der Sache dran wäre. Warum aber, frage ich Sie, ruft er dann an? Er hat seine Drohung hübsch verpackt, sehr höflich und allem Anschein nach nur um Sie besorgt, aber trotzdem haben sich natürlich alle gefragt, wieso er das tun sollte, wenn Sie und der Kultursenator tatsächlich nichts miteinander zu tun haben?«

Eva unterdrückte ein Stöhnen. »Weil ... aus reiner Freundlichkeit! Ich wusste nichts davon, aber es sieht John ähnlich, so ... Wir sind bloße Bekannte, weiter nichts! Wir haben gestern telefoniert, ich habe sogar seine Frau angerufen und ihr versichert, dass alles aus der Luft gegriffen ist, und sie hat mir geglaubt. Warum sie und sonst kein Mensch?! John hat sicher ... der Senator hat mir sicher nur etwas Gutes tun wollen, mich schützen vor übler Nachrede, und nun ...«

»Hat er das Gegenteil erreicht.« Frau Helmholtz' Miene war kühl. »Selbst wenn es so sein sollte, wie Sie sagen, so glaubt das jetzt kein Mensch mehr. Die Kollegen sind sehr ungehalten darüber, einen Maulkorb verpasst zu bekommen, von ganz oben. Und ich schätze das auch nicht sonderlich, um es einmal harmlos auszudrücken. Wobei wir gar nicht der Kultur unterstellt sind und Herr Hauenschildt insofern gar nicht unser oberster Dienstherr ist, aber das ist ein Nebenthema.«

»Das ist alles so *unglücklich*. Ich weiß gar nicht, was wir jetzt …«

»Aber ich. Vor allen Dingen müssen wir Ruhe hineinkriegen in die Sache, Frau Morbach. Es sind nur noch drei Tage bis zu den Osterferien, und in dieser Zeit werden Sie sich erholen. Die Schulter auskurieren und solange nicht in die Schule kommen. Nach den Ferien werden wir Bestandsaufnahme machen, ich bin sicher, dass sich die meisten Gemüter bis dahin wieder beruhigt haben. Dann können wir entscheiden, wie es weitergeht.«

Eva atmete tief ein. Es hatte keinen Sinn, sich aufzuregen, auch wenn sie am liebsten dem zufällig neben ihr stehenden Flipchart einen deftigen Tritt verpasst hätte. »Es ist verdammt ungerecht, das vor allem. Wie haben Sie es vorhin ausgedrückt: dem *Stadtanzeiger* das Denken überlassen? Ich glaube, genau das ist passiert.«

Die Direktorin verzog keine Miene. »Frau Morbach, ich persönlich überlasse anderen nur selten etwas, was mir selber Spaß macht. Dazu gehört etwa das Denken. Ich *denke* mir zum Beispiel, dass Sie höchstwahrscheinlich »unschuldig« sind, wenn wir das Wort einmal benutzen wollen. Trotzdem muss ich gewisse Rücksichten nehmen. Und die lassen es mir angeraten sein, Sie für eine Weile aus der Schusslinie zu nehmen.«

»Das heißt«, fragte Eva düster, »dass ich am besten gleich verschwinde?«

»Das können Sie halten, wie Sie wollen. Heute ist kein offizieller Arbeitstag, wer hier mithilft, tut das freiwillig.« Frau Helmholtz hatte sich vom Schreibtisch gelöst und stand schon an der Tür, die sie für Eva offen hielt. »Und wenn Sie mich persönlich fragen: Ich würde den Klatschweibern freiwillig keinen Zentimeter Boden gönnen.«

Damit schloss sie die Tür hinter ihnen und ging davon, ohne Eva eines weiteren Blickes zu würdigen.

## 35

*Ich heiße Ronnie, bin 48, ein fröhlicher Mensch und fast immer guter Laune. Wenn du dich melden würdest, würde ich mich sehr freuen. Mit mir kann man Pferde stehlen und noch viele andere schöne Sachen machen. Ich klöne gern mit Freunden und habe es gern gesellig, die Welt besteht aus mehr als nur einer Zweierbeziehung, finde ich. Mit anderen gemeinsam lacht es sich gut … Tel: 030-548 39 …*

Es herrschte reges Treiben auf dem Schulhof. Alle hatten ihre Flohmarktwaren ausgebreitet, und zahlreiche Besucher strömten durch die Gassen zwischen den Tischen. Auf einer kleinen Bühne schmetterte der Schulchor multikulturelle Weisen in die milde Frühlingsluft. Frau Helmholtz hinter dem Tombola-Tresen guckte zufrieden, und von der Kuchentheke her duftete es vielversprechend.

Eva war erst heruntergekommen, nachdem sie mit Oliver telefoniert hatte, der nach dem Schluss seiner Mathe-Klausur anrief und immer noch so aufgeregt war, dass er alle Aufgaben haarklein mit ihr durchgehen wollte. Nach geschlagenen 20 Minuten waren sie damit durch und Oliver wirkte zufrieden und deutlich ruhiger. Danach war er gerne bereit, Eva zu glauben, dass »alles in Butter sei«. Sie hatte entschieden, ihn jetzt nicht mit ihren Problemen zu belasten, auch wenn sie nicht hundertprozentig sicher war, ob das die richtige Entscheidung war.

Dann ging sie langsam hinunter, auch in der Frage unentschieden, was sie nun tun sollte. Den anderen die Zähne zeigen, wie Frau Helmholtz geraten hatte, oder ihnen – im übertragenen Sinn – den Stinkefinger zeigen, indem sie einfach ging? In der Mensa sah sie Nils, der mit einigen der größeren Kinder irgendetwas verhandelte. Kurz entschlossen lenkte sie ihren Schritt dorthin. Dass Nils zu den »Klatschweibern« gehörte, war ja ausgeschlossen, er würde sicher keine Sekunde geglaubt haben, dass an der blöden Sache etwas dran war. Und sicher hatte er bei den Kollegen für sie geworben, schließlich hatte er sie im Krankenhaus … besucht. Dass er sie vorhin nicht richtig zur Kenntnis genommen hatte, konnte nur einen anderen Grund gehabt haben.

Er sah auf, als sie noch ein paar Schritte entfernt war. Eva lächelte ihm zu, öffnete schon den Mund, um etwas zu sagen, als ihr jemand auf die Schulter tippte.

»Da bist du ja endlich! Ich hab dich schon überall gesucht.«

Es war Silke. Die Freundin entschuldigte sich für ihr Zuspätkommen, erzählte von dem Kuchen, den sie hergeschleppt hatte, und von Lena, die an ihrem Stand schon fast fünf Euro Umsatz gemacht hatte. Eva trat unauffällig von einem Bein aufs andere. Sie wollte mit Nils sprechen, Silkes Geschichten waren ihr im Augenblick ziemlich egal. Aus dem Augenwinkel sah sie, dass Nils sie musterte. Ohne lange zu überlegen, signalisierte sie ihm mit einem Winken, dass sie gleich bei ihm wäre.

»Und dann Uli, ich sage dir!«, stöhnte Silke gerade. »Glaub mir, er wollte eigentlich gar nicht mitkommen! Aber ich konnte ihn gerade so überreden.«

»Silke, sei mir nicht böse. Ich hab hier ein paar Probleme, weißt du, und will unbedingt ganz kurz mit Nils reden.«

»Oh. Na gut, verstehe.« Silke zuckte die Achseln. »Dann

geh ich mal wieder. Wir sehen uns draußen, ja? Und du *musst* meine Schaumwaffeln probieren, mit denen hab ich mir ganz besondere Mühe gegeben. Wenn du Glück hast, sind noch welche da.«

»Ja, okay.« Eva drehte sich bereits um.

Doch Nils war nicht mehr da, weit und breit keine Spur von ihm. Die Kinder, mit denen er gesprochen hatte, verschwanden gerade durch eine Seitentür in den Hof. War er einfach gegangen? Er konnte ihre Geste nicht missverstanden haben, unmöglich.

Eva spürte einen schalen Geschmack auf ihrer Zunge. Einen Augenblick lang musste sie gegen den starken Impuls ankämpfen, wegzulaufen und diese Schule hinter sich zu lassen, womöglich auf Nimmerwiedersehen. Doch dann kehrte ihre Kraft zurück. Klein beigeben? Sie war hier doch mit offenen Armen empfangen worden, sie hatte etwas erreicht. Nein, sie würde *nicht* den Schwanz einziehen und sich das alles wieder wegnehmen lassen, nur weil sie jetzt auf Widerstand stieß. Sie würde verteidigen, was sie erreicht hatte! Und Nils hatte bloß viel zu tun, vielleicht wollte er auch warten, bis er sie in Ruhe alleine irgendwo erwischte, damit sie ungestört reden konnten.

Mit entschlossenen Schritten ging sie in den Hof. Hier draußen war der Trubel auf dem Höhepunkt. Vom Grill, an dem Lutz und Monika Dassler gerade Dienst hatten und fleißig Würstchen wendeten, wehten Schwaden würziger Luft über die Menge, die sich vor der Bühne und zwischen den Ständen drängte. Beifall brandete auf, als die *Krokodile* ihre fröhliche *Jambo, Afrika*-Nummer beendeten. Am Tombola-Stand tröstete Frau Helmholtz ein kleines Kerlchen, das über eine Niete weinte.

Eva blinzelte in die Sonne. Vielleicht würde sie sich zuerst mit einem Kaffee vom Kuchenstand stärken, bevor sie sich in den Kampf stürzte. Und tatsächlich Silkes Schaumwaffeln probieren. Dort konnte sie genauso anfangen wie irgendwo anders.

Die nächsten zwei Stunden gab Eva ihr Bestes. Sie klinkte sich überall ein, wo ein paar Kollegen beisammen standen, lächelte, spuckte in die Hände und half mit. Sie fragte nicht mehr, ob diese Hilfe gewünscht war, sie machte einfach. Sie plauderte, lächelte weiter und ließ sich nicht beirren, wenn sich die Kollegen spröde zeigten. Sie zuckte nicht mit der Wimper, als sie zweimal von Eltern auf die Affäre angesprochen wurde, sondern blieb ruhig und offen: Nein, es sei nicht das Geringste dran an diesen Vorwürfen, man solle doch einfach mal die Gegendarstellung von heute lesen, und sie hoffe, niemand glaube ernsthaft, was der Stadtanzeiger da verbrochen habe. Die Eltern meinten, dass sie es *na-türlich* auch nicht geglaubt hätten, kein Gedanke!

Während Eva sich so durch den Schulhof arbeitete, bekam sie Nils kaum zu Gesicht. Zweimal sah sie ihn von ferne, stets umringt von Eltern (insbesondere Müttern) und Kollegen, und einmal ging er vor ihr durch die Menge, gerade als sie mit einem schweren Tablett voll schmutziger Teller auf dem Weg in die Spülküche war, sodass sie ihn nicht auf sich aufmerksam machen konnte, wenn sie ihm nicht gerade hinterherrufen wollte.

Doch irgendwann klappte es dann doch. Eva war gerade unterwegs zum Fußballplatz, wo angeblich ein paar Sechstklässler beim Rauchen gesehen worden waren, als sie unvermittelt vor Nils stand. Sie wäre beinahe gegen ihn geprallt.

»Nils! Was machen Sie ausgerechnet hier?« Eva wunderte sich über ihre plötzliche Kurzatmigkeit.

Er machte eine unbestimmte Geste. »Ein paar Kinder haben gesagt, hier würde geraucht. Ich wollte nachsehen.«

»Ach, Ihnen auch?«, lachte Eva, obwohl ihr nicht besonders heiter zumute war.

»Na ja, jedenfalls ist hier keiner. Also, bis dann.« Und er machte Anstalten, sich abzuwenden.

Eva war für einen kurzen Augenblick perplex. »Moment, warten Sie! Wieso ... ich wollte kurz mit Ihnen reden, über ... alles.«

Der Ausdruck seiner dunklen Augen war unergründlich. »Worüber sollte es etwas zu reden geben?«

Eva konnte nicht glauben, wie spröde er sich gab.

»Ich ...« Sie gab sich einen Ruck. So wie die Dinge lagen, hatte sie nichts zu verlieren. »Es geht um ... diese Geschichte mit der Zeitung. Warum Sie nichts dazu sagen, mich nicht angesprochen haben. Gerade von Ihnen hätte ich ... ich hatte den Eindruck, wir äh ... würden uns gut verstehen.«

Er stand beinahe zwei Schritte von ihr entfernt, seine Miene war höflich, aber zurückhaltend. »Was die Zeitungsgeschichte angeht, so habe ich nicht wirklich etwas dazu zu sagen. Es ist allein Ihre Sache, mit wem Sie sich treffen und wie Sie ... Ihr Privatleben gestalten. Inwiefern das Auswirkungen auf Ihre Arbeit hier hat, so hat Bernadette ja schon mit Ihnen darüber gesprochen. Dazu kann ich sonst nichts weiter beitragen.«

Eva traute ihren Ohren kaum. Das sollte derselbe Mensch sein, dem sie gestern beinahe um den Hals gefallen wäre?

»Sie sind ... wollen Sie damit sagen, dass Sie auch zu denen gehören, die dieser verdammten Zeitung glauben?«

»Darum geht es nicht. Ich sagte schon, Ihr Privatleben ist allein Ihre Sache, das meine ich genau so, wie ich es sage. Das einzige Problem ist, dass ich es schön gefunden hätte, wenn Sie mir das wenigstens angedeutet hätten, als ich Ihnen den Job bei Wosniak besorgt habe – der übrigens auch nicht sonderlich begeistert war, davon zu hören.«

Eva schoss das Blut in die Wangen. »Sie haben ...«

Nils runzelte ärgerlich die Stirn. »Nein, natürlich nicht.

Was glauben Sie, wie schnell diese Sache rumgegangen ist? Benno wird noch mit Ihnen reden. Da der Kultursenat unser wichtigster Auftraggeber ist, ist die Sache natürlich recht brisant.«

»Ich hätte nicht gedacht, dass Sie und Wosniak ausgerechnet den *Stadtanzeiger* für bare Münze nehmen. Das geht ja schnell, dass Sie die Leute, die Sie heute noch mochten, morgen schon verurteilen.«

»Das habe ich mit keinem Wort gesagt.«

»Wie soll ich Ihre Haltung denn sonst interpretieren? Sie haben ja noch nicht einmal den Anstand, mich zu *fragen*, ob da etwas dran ist.«

»Das habe ich gerade getan.«

Eva schnaubte verächtlich. »Haben Sie nicht. Ich finde Ihre ... Ihre Art etwas fragwürdig – so nett und verständnisvoll tun und dann hintenherum ...« Sie rang nach Worten. »Und das ausgerechnet von Ihnen!«, schloss sie mit Inbrunst und schoss ihm einen verächtlichen Blick zu.

»Was soll das heißen?« Jetzt war ein ärgerliches Funkeln in seinen Augen entstanden.

Evas Atem ging schnell. Ja, sie hatte sich wirklich gründlich in ihm getäuscht. Was für ein dämliches Huhn sie gewesen war, auf ihn hereinzufallen! Beinahe hätte sie alles vergessen, was sie über ihn wusste – seine heimlichen Liebschaften, sein Hin und Her mit Kirsten und Charlotte, seine Falschheit. Sie hatte sich einlullen lassen von seinen samtigen Blicken und seiner verführerischen Stimme, von dieser Aura, die ihn umgab, von diesen unausgesprochenen Versprechen und dem scheinbar echten Interesse, das er heuchelte. Verdammter Scheißkerl!

»Na, Ihre eigenen Affären, die meine ich!«, platzte es aus ihr heraus. »Mit Kolleginnen und Müttern, gleichzeitig und völlig skrupellos! Wissen Sie eigentlich, was Sie da machen? Dass Sie andauernd Herzen brechen, völlig schamlos! Ein

Schwerenöter, ein Don Juan, weiter nichts. Und ausgerechnet Sie haben die Stirn, mir eine Affäre vorzuwerfen!«

Nils betrachtete sie mit umwölkter Stirn. »Ich will verdammt sein, wenn ich weiß, was Sie da reden«, schnaubte er. »Sie werfen mir vor, Herzen zu brechen? Dabei sind Sie doch diejenige, die an jedem Finger einen Mann hat. Wie die männlichen Kollegen Ihnen hinterherschauen; was ich da ständig von Treffen mit irgendwelchen Männern höre! Kaum haben wir uns in den letzten zwei Wochen mal einen Moment in Ruhe unterhalten, klingelte Ihr Handy und irgendein Kerl war dran! Was sind *Sie* dann, wenn ich Don Juan bin – Donna Juanita?!«

»So etwas Absurdes habe ich lange nicht mehr gehört!«, zischte Eva. »Sie können mir mal den Buckel herunterrutschen.«

»Glauben Sie mir«, knurrte Nils. »Ich bereue spätestens jetzt, dass ich Ihnen so freundlich begegnet bin und mich sogar aus dem Fenster gelehnt habe für Sie. Meine Empfehlung an Wosniak, und da gehen Sie hin und ...«

»Und vögele den Senator? Ha, glauben Sie doch, was Sie wollen! Und werden Sie glücklich damit!«, versetzte Eva, drehte sich auf dem Absatz um und rauschte davon.

# 36

*Hallo liebe E., möglicherweise bist du ja eine sehr interessante Frau. Ich könnte mir vorstellen, dass du mich auch für einen sehr interessanten Mann hältst. Freuen würde es mich jedenfalls. Wenn du anrufst, verrate ich dir gerne viel mehr über mich und ich wette, einiges könnte dich noch überraschen! In diesem Sinne, Thomas (0623-94...)*

Eva hatte genug. Sie wollte auf der Stelle weg. Was für ein schrecklicher Ort! Hinterhältiges Natterngezücht, die Kollegen, Nils allen voran. Sie stürmte an den Weißdornbäumen neben dem Fußballplatz vorbei in Richtung Hof. Ja, sie würde schnurstracks ihre Tasche holen und verschwinden. Dieser Idiot! Wie hatte sie auch nur eine Sekunde glauben können, dass er ... Abrupt blieb Eva stehen, atmete tief ein, um sich zu beruhigen. Sie konnte fast dankbar sein dafür, dass er sich noch rechtzeitig geoutet hatte, bevor sie einen kompletten Narren aus sich gemacht hatte. Ja, sie konnte ihn sich ohne Weiteres aus dem Herzen reißen, wütend genug war sie dafür. So, wie sie sich diese ganze Schule aus dem Herzen reißen konnte!

Eva setzte sich wieder in Bewegung – und spürte plötzlich eine fremde Hand in ihrer eigenen. Beinahe wäre ihr Herz stehen geblieben. Doch es war nur ein Mädchen, das lautlos neben ihr aufgetaucht war und ihre Hand genommen hatte. Es hatte ein ziemlich verweintes Gesicht.

Eva kannte die schmale Elfjährige aus dem Hort.

»Was ist passiert, Celine? Warum weinst du denn?«

Das Kind erzählte unter zahllosen Schluchzern von der teuren Jacke, die ihre Mutter letzte Woche aus New York mitgebracht hatte, und die sie nun nicht mehr finden konnte. Sie hatte sie schon gestern nach der Schule vermisst und sich nicht getraut, ihrer Mutter davon zu erzählen. Sie hatte sie heimlich heute wieder holen wollen, aber sie war verschwunden. Eva drückte ihren eigenen Frust weg und versuchte, das Kind zu trösten. Sie versprach schließlich, noch einmal im Klassenraum der *Hummeln* nachzusehen. Sie parkte die nun wieder zuversichtliche Celine vor der Bühne, wo mittlerweile die Schulband spielte, holte ihre Tasche und eilte in den zweiten Stock. Vielleicht war das ihre letzte Amtshandlung an dieser Schule, dachte sie. Auf eine gewisse Art fand sie es tröstend, dass sie nun zu guter Letzt noch etwas Sinnvolles tun konnte.

Doch in der Klasse fand sich Celines Jacke leider nicht, und so ging Eva zurück ins Erdgeschoss. Vielleicht hatte das Mädchen ja noch nicht im »Fundbüro« nachgeschaut – zwei große Kisten, die versteckt hinter einer halbhohen Balustrade in der Nähe des Hausmeisterraums standen und in denen all die vergessenen, verlorenen Mützen, Jacken und Turnschuhe der vergangenen Wochen gesammelt wurden. Die kleine Halle an einem Seiteneingang lag still und verlassen, vom Lärm des Fests war kaum etwas zu hören. Leise seufzend kniete sich Eva vor die erste der beiden Kisten und begann, auf der Suche nach der zitronengelben Jacke die oberste Schicht abzutragen.

Sie war ungefähr bis zur Mitte des müffelnden Stoffberges vorgedrungen, als sie plötzlich Stimmen von jenseits der Balustrade vernahm.

»Ganz schön was los da draußen!«

»Ja, es wird allmählich lustig. Na, ihr wisst ja, wenn die meisten Kinder erst mal weg sind ...«

Eva kam die Stimme der Sprecherin bekannt vor. Sollte sie aufstehen und Hallo sagen?

»Bernadette hat den Schampus freigegeben«, erklang eine dritte Stimme, die Eva sofort einordnen konnte – Kirsten. »Nils will mit uns allen auf seinen Abschied anstoßen.«

Eva machte sich auf ihrem unfreiwilligen Horchposten instinktiv etwas kleiner. Nein, sie würde jetzt ganz sicher nicht aufstehen, sondern warten, bis sie verschwunden waren.

»Nils …«, kam es gedehnt von der ersten Sprecherin. Als Eva sie erkannte, richteten sich die Härchen auf ihrem Unterarm auf. Das war Charlotte vom Küchenladen! Ausgerechnet. Nils' zwei Liebhaberinnen zusammen. Was zum Teufel machten die hier? Waren sie gemeinsam aufs Klo gegangen wie Teenager?

»Solltest du ihm nicht lieber zur Hand gehen?«, fuhr Charlotte mit süffisantem Ton fort.

»Lass das, Charlotte. Braucht ja nicht jeder zu wissen, dass wir…« Der Rest von Kirstens Satz war unhörbar, weil geflüstert.

Jemand lachte.

»Wen meinst du, die Direktorin? Oder Eva, unsere Mata Hari?«

Evas Hand, die weiter die Stoffgebirge durchforstet hatte, stockte. Ein gelbes T-Shirt hing wie ein schlaffes, lebloses Tier zwischen ihren Fingern.

»Na, das Landei natürlich. Wie die sich heute ins Zeug gelegt hat, obwohl alle genervt von ihr sind, habt ihr das bemerkt? Als ob sie sich damit reinwaschen könnte …«

»Glaubt ihr denn, da ist wirklich was dran?« Das war die dritte Stimme.

»Ellen, du glaubst doch nicht wirklich, dass sie so unbedarft ist, wie sie sich gibt? Nein, die hat es faustdick hinter den Ohren, sage ich dir.« Kirsten.

Eva konnte kein Glied rühren.

»Und sie nutzt in Wahrheit die Leute aus, das glaube ich auch. Denk doch mal, wie lange sie jetzt schon bei den Breitlings wohnt, nur als Beispiel. Also, für mich wäre das schwer auszuhalten, so ein ungebetener Untermieter.«

»Aber das muss Silke schließlich selber wissen.« Das war wohl Ellen. Eva erinnerte sich jetzt an die sehr dünne Frau mit ultrakurzen Haaren.

»Mag sein. Aber dass sie sich dermaßen schamlos an alle männlichen Wesen ranmacht, die nicht bei drei auf den Bäumen sind ...« Kirsten senkte ihre Stimme, aber für Eva, lächerliche zwei Meter entfernt, war sie immer noch glasklar zu verstehen.

»Na, ihr habt's doch bei Irmelas Brunch gesehen, wie sie den Senator abgeschleppt hat. Und ich sage euch, hier im Kollegium ist es genauso. Sie tut so, als könnte sie kein Wässerchen trüben, kokettiert aber dabei, was das Zeug hält. Also mit Nils sowieso, aber auch mit allen möglichen anderen.«

»Sie macht dann immer einen auf natürlich, streicht sich so unbekümmert durchs Haar ...« Kirstens Stimme wurde zynisch.

»Und dann schwenkt sie ihre runden Hüften ...«

»In diesen Jeans von gestern ...«

»Von vorgestern. Puh!«

»Die einzig guten Klamotten, die sie hat, sind von uns, habt ihr das gemerkt?«

Eva war ein eisenschwerer Block, in dem innen roter Zorn glühte. Und Scham. Sie stellte sich vor, aufzuspringen und Ohrfeigen zu verteilen ... doch sie konnte sich nicht rühren.

»Ich fand sie ja auch ganz nett am Anfang, so frisch irgendwie.« Ellen. »Aber ihr habt schon recht – wie sie immer versucht, den Männern die Köpfe zu verdrehen ...«

»Jedem, der nicht niet- und nagelfest ist.«

»Phh! Wie gesagt: Hauenschildt. Drunter macht sie's ja nicht. Permanent trifft sie sich mit Kerlen, mit dieser guten Ausrede von der Anzeige. Aber dann schmeißt sie alle weg wie stinkende Socken.«

»Wer weiß, ob sie sich nicht sogar an Uli heranmacht. Also ich an Silkes Stelle …«

Irgendetwas in Eva platzte. Im Bruchteil einer Sekunde fielen die Gewichte ab, die sie zu Boden gedrückt hatten, und sie sprang wie ein Schachtelteufel hinter der Balustrade hervor.

*»Achtung!«*, rief sie und schüttelte sich wild, sodass Busen und Hintern wackelten. »Hier kommt die männermordende Venus vom Land! Packt eure Kerle und versteckt sie tief in euren Truhen, denn sonst hab ich sie mir gekrallt und verschleppt, bevor ihr *Mäh* sagen könnt!«

Kirsten, Charlotte und Ellen standen da wie vom Donner gerührt, Augen und Münder weit offen, in ihren Mienen der blanke Schock.

»*Eure* Kerle – huch, was sag ich denn da? Ihr habt ja gar keine!« Eva schlug sich theatralisch auf die Brust. »*Sorry*! Ich meinte natürlich die Kerle, die ihr unbedingt haben wollt!« Allmählich kam sie richtig in Fahrt.

»Korrigier mich, Kirsten, wenn ich falsch liege – aber bei dir und Nils ist immer noch nicht alles in trockenen Tüchern, stimmt's? Ja, dieser schnieke stellvertretende Direktor, den du schon seit Langem umschwänzelst wie ein Spermium das Ei, der ist echt schwer festzunageln! Und – ach du liebes bisschen, Charlotte! Wie fatal, dass du ausgerechnet dem gleichen Kerl verfallen bist wie ein Werwolf dem Mond? Na, so was Dummes aber auch!« Sie lächelte süß. »Und Ellen! Willst du dich nicht vielleicht einfach dazu gesellen? Ich höre, auch du bist Lehrern nicht abgeneigt. Außerdem sind aller guten Dinge drei – alte Bauernweisheit!«

»Was redest du da?«, zischte jetzt Kirsten, die sich als Erste gefasst hatte. »Was soll das heißen, Charlotte und Nils…«

»Oh, sag bloß, du wusstest nichts davon? Ist doch eines dieser Geheimnisse, die alle Spatzen von den Dächern pfeifen! Aber wie auch immer – es geht ja nicht um euch. Sondern um mich, männermordender Bauerntrampel, der ich bin!«

»Was redest du da? Das ist doch völliger Unsinn!«

»Ja, das würde ich auch abstreiten, liebe Charlotte. Denn Kirsten hat Haare auf den Zähnen, wie ich aus eigener, ganz aktueller Anschauung sagen kann. Und wo sie hinschnappt, wächst bald kein Gras mehr.«

Charlotte musterte sie mit rechtschaffener Empörung. »Wie kannst du solche Dinge behaupten?! Du bist… du bist fies!«

»Uuups«, sagte Eva und hielt sich geziert den Mund zu. »Hab ich da einfach was *behauptet*? Na, aber das würde ich doch nie tun! Gerüchte in die Welt setzen, über andere herziehen – wer macht denn so etwas?!«

Kirsten hatte ganz schmale Augen bekommen; ihr Blick schoss zwischen Eva und Charlotte hin und her. »Was ist das wegen Nils? Wieso bist du hinter ihm her, Charlotte?«

»Glaub ihr doch kein Wort…«

»Aber wie kommt sie darauf?«

»Weil sie stänkert, einfach so!«

»Ts, ts, ts«, machte Eva und drohte Charlotte spielerisch mit dem Finger.

»Sie hat da mal was mitgekriegt und… es völlig falsch verstanden, weiter nichts. Wie kannst du auch nur eine Sekunde was darauf geben?« Charlotte merkte gar nicht, wie sie sich immer tiefer in den Schlamassel ritt.

»Was hat sie mitgekriegt?« Mit flammendem Blick rückte Kirsten ihr dichter auf die Pelle.

Ellen jammerte: »Merkt ihr nicht, wie sie euch vorführt?« Doch Kirsten hatte nur Augen für die Nebenbuhlerin.

»Es ging ... ich war mal ... Verflucht, es war doch ein ganz anderer!«, keifte Charlotte. »Aber *sie* ist doch das Thema, nicht ich!« Und ihr Finger wies anklagend auf Eva.

»Genau«, sagte Eva ganz ruhig. »Ihr solltet weiter über mich sprechen. Über meine zahllosen Affären, meine hinterhältige Art, meine Verfehlungen. Dann fühlt ihr euch besser.«

Kirsten und Charlotte liefen hochrot an.

»Wir gehen«, zischte Kirsten. »Das müssen wir uns nicht anhören.« Sie warf den anderen einen auffordernden Blick zu, drehte sich auf dem Absatz um und eilte in Richtung Ausgang. Charlotte und Ellen folgten ihr auf dem Fuße.

»Richtig. Gar nicht schön, so etwas hören zu müssen«, verkündete Eva ihren Rückseiten. Die Tür des Seiteneingangs wurde aufgestoßen, ein paar Töne fröhlicher Musik wehten herein, dann fiel die Tür wieder zu und es war still.

Eva stand da, die Arme schlaff an den Seiten, und lauschte ihrem Zorn nach. Es schien, als sei er mit den dreien aus dem Gebäude verschwunden, verpufft wie eine übel riechende Abgaswolke.

Mein Gott, was war in sie gefahren? Eine solche Szene hatte sie noch nie abgeliefert, so etwas sah ihr überhaupt nicht ähnlich. Gleichzeitig war sie auch ein kleines bisschen stolz: wie cool sie geblieben war und wie kreativ – trotz der wilden Wut in ihrem Bauch.

Nein, Eva verspürte kein schlechtes Gewissen, Kirsten und Charlotte die Augen geöffnet zu haben. Falsche Schlangen, frustrierte Kampfhennen, stutenbissige Waschweiber! Sollten sie doch sehen, wie sie nun zurechtkamen, und Nils obendrein!

Eva stand vor der Balustrade und sah an sich hinunter. Jeans von vorgestern waren das also. Runde Hüften, ein

Bauerntrampel. Meine Güte, mussten die frustriert sein. Und sie selber war es jetzt leider auch, noch viel mehr als vorher. Anscheinend hatte sich die ganze Welt gegen sie verschworen. Wie hatte das nur passieren können? Innerhalb von zwei Tagen war das ganze, mühsam aufgebaute Gebilde, das ihr neues Leben hätte werden sollen, in sich zusammengefallen wie ein Kartenhaus.

Deprimiert schlich sie hinter die Balustrade, um ihre Tasche zu holen. Sie hatte sie neben den Fundkisten auf den Boden gestellt.

Was war das? Dort hinter der zweiten Kiste, blitzte da nicht ein gelber Streifen auf, nur zu sehen, wenn man in diesem speziellen Winkel davor stand? Eva bückte sich und fischte nach dem Stoff.

Da war es – das heiß geliebte Stück aus New York. Eva seufzte tief und hängte sich die Jacke über den Arm. Wenigstens eine, deren Nachmittag ein glückliches Ende gefunden hatte.

# 37

*Ach, wie Deine Zeilen mich ansprechen, liebe E. Emily? Ella? Esther? Erika? Eva? Ernestine? Elke? Eleonore? Wie auch immer, ich erwarte Dich! In meinem beschaulichen Heim wirst Du hoffentlich genau das finden, was Du Dir erhoffst. Zweisamkeit, gutes Essen, Vertrauen und Liebe. Was wäre das Leben ohne all diese Dinge?! Ich liebe es, Frauen auf Händen zu tragen. Stark genug bin ich dafür, und vermögend genug auch. Ich will nicht angeben, aber der Wahrheit muss die Ehre gegeben werden. Eine Höhle voll kostbarer Güter soll mein Heim sein, mitten darin Du, das Wichtigste. Stell es Dir nur einmal vor! Wenn Dich der Gedanke freut und erregt, so rufe mich umgehend an. Mein Geschäft wird mir Zeit lassen, Dich noch am gleichen Tag auszuführen – vielleicht nicht ganz wie Richard Gere seine Pretty Woman, aber doch so ähnlich. Nun, konnte ich Dein Interesse wecken? Dann freue Dich auf Dieter – 0189-55..*

Mit schwerem Herzen schlich Eva hinaus auf den Hof. Die Gänge zwischen den Flohmarkttischen hatten sich etwas geleert, doch die Kuchen- und Getränkestände waren noch dicht umlagert. Auf der Bühne intonierte die Band gerade *It's Raining Men* von den Weather Girls, ausgerechnet. Eva war nicht einmal mehr zu einem sachten Grinsen in der Lage. Sie schaute weder rechts noch links, sie wollte niemanden sehen. Eilig drängte sie sich zu Celine durch, die immer noch an der gleichen Stelle wartete, hängte dem vor Glück strahlenden Kind die Jacke um die Schulter und wartete ihre Dankesworte gar nicht ab, sondern drehte sich gleich um, um nach Hause zu gehen.

Und stand plötzlich Auge in Auge mit Fred.

Sie brauchte eine Sekunde, um den braunen Bart und den ernsten Blick zu erkennen. So gut wie möglich verbarg sie ihren Schrecken hinter einem höflichen Lächeln und wollte an ihm vorbeihuschen, als er sie ansprach.

»Bitte warten Sie.« Seine Stimme klang spröde, so als hätte er sie lange nicht mehr benutzt. Eva blieb unwillkürlich stehen.

»Ich … möchte Ihnen meine Solidarität ausdrücken. Natürlich weiß ich, was passiert ist, und ich kann mir denken, wie es Ihnen geht. Man hört so einiges, wenn man hier herumläuft.«

Eva schüttelte den Kopf, als könne sie ihren Ohren nicht trauen. »Sie … hier wird überall *davon* gesprochen?«

Er nickte schwer. »Ja. Als könnten sie von nichts anderem reden als von Seitensprüngen und ertappten Sündern – furchtbar. Es tut mir leid. Am besten wäre es, wenn Sie das alles einfach vergessen. Ich biete Ihnen an, Sie von hier fortzubringen. Ich hatte ja schon des Öfteren darauf hingewiesen, dass ich Ihnen … gut tun könnte.«

Eva seufzte tief, sehr tief. »Fred, Ihre Besorgnis in allen Ehren, aber ich bin *nicht interessiert*. Ich habe es Ihnen schon so oft gesagt, wann akzeptieren Sie das endlich? Ich gehe jetzt, aber ganz allein. Haben Sie das verstanden?«

Zwei tiefe Falten standen auf seiner Denkerstirn. »Sie missverstehen mich. Ich … wollte Ihnen nur sagen, dass ich auf Ihrer Seite bin. Und immer sein werde. Ich …« Er schien zu schwanken, dann gab er sich einen Ruck. »Ich liebe Sie, Eva. Entschuldigen Sie, aber das musste endlich einmal heraus.«

Eva blinzelte ungläubig in die Sonne. Hatte sie das wirklich gehört oder drehte sie allmählich durch? Das war die Krönung, nach allem, was heute passiert war – eine Liebeserklärung, natürlich vom Falschen, von wem sonst? Es war der blanke Hohn.

Aber Fred konnte am allerwenigsten dafür. Spontan griff Eva nach seiner Hand und drückte sie.

»Danke«, sagte sie schlicht. »Das ist … sehr nett von Ihnen. Sie wissen, dass ich das nicht erwidern kann, und ich halte es auch für besser, wenn wir uns nicht wiedersehen. Auch in Ihrem Interesse, wirklich. Aber Ihre Solidarität tut mir trotzdem gut. Auf Wiedersehen.«

Mit einem letzten Blick auf sein erhitztes Gesicht drehte sie sich um. So weit war es also – der einzige Mensch, der ihr glaubte, war ein Liebeskranker, der nicht ganz zurechnungsfähig war. Bei allen Göttern! Sie wollte weg hier, nichts wie weg. Doch sie hatte noch keinen Schritt gemacht, als ihr ein Blick in die Glieder fuhr – ein Blick aus dunklen Augen, keine zwei Meter entfernt. Dort stand Nils, halb verborgen hinter einer plaudernden Gruppe. Eva erstarrte. Doch er wandte sich sofort ab, sein Blick verschwand. Hatte er womöglich gehört, was Fred eben gesagt hatte?

Und wenn schon. Schlechter konnte er auch nicht mehr von ihr denken. Gerade wollte sie weitergehen, mit schwerem Herzen, als ihr schon wieder jemand in den Weg trat. Diesmal war es Silke.

»Eva, Gott sei Dank! Bitte bring mich nach Hause!«

Völlig perplex betrachtete Eva die Freundin. Was hatte sie da gesagt? Silkes Gesicht war totenblass, auf ihrer Oberlippe standen Schweißtröpfchen.

»Um Gottes willen, Silke, was ist denn los?«

Silkes Blick war düster und erschöpft. »Ich erzähl's dir unterwegs.«

»Aber … Lena? Und U… «

»Lena wird mit Sophie gehen, hab ich eben eingetütet. Wahrscheinlich übernachtet sie auch dort.«

Eva wollte noch etwas sagen, ergriff angesichts Silkes jämmerlicher Miene aber nur ihre Hand und lotste sie durch die Menge hinaus auf die Straße. Sie gingen zu Fuß, Silke hatte sich bei Eva eingehängt. Nach ein paar Minuten des Schweigens holte sie tief Luft und begann zu erzählen.

Vor einer halben Stunde war sie plötzlich ins Lehrerzimmer gerufen worden, von Lutz Dassler. Der hatte keine Auskunft geben wollen, worum es ging, aber ihr hatte schon Übles geschwant, als sie dort Uli vorgefunden hatte, der mit düsterem Blick an einem Tisch hockte. Außerdem waren Vera, eine Freundin Silkes, eine weitere Mutter sowie der Hausmeister anwesend gewesen. Frau Helmholtz persönlich hatte diese ungewöhnliche Versammlung geleitet und sogar die Tür abgeschlossen, nachdem Silke drin war. Dann hatte die Direktorin zu erzählen begonnen.

Silkes Stimme zitterte, während sie jetzt die wesentlichen Fakten wiedergab: Ein achtjähriges Mädchen aus der *Krokodil*-Klasse hatte ihrer jüngeren Schwester, die nächstes Schuljahr eingeschult werden sollte, das Haus gezeigt. Dabei waren sie auch am Meditationsraum vorbeigekommen und hatten die Tür geöffnet. Darin fanden sie dann außer Matratzen und Tüchern auch einen Mann und eine Frau vor, die sich halbnackt auf dem Boden wälzten. Sie waren davongelaufen und zu ihrer Mutter gerannt, die nicht glauben wollte, was ihre Töchter berichteten. Sie schnappte sich den zufällig vorbeikommenden Hausmeister und ging, um nachzusehen. Das Paar war immer noch bei seiner Beschäftigung und fuhr nun auseinander. Es waren Uli und Vera.

An dieser Stelle blieb Eva stehen und musterte Silke ungläubig. »Das kann doch nicht sein …«

»Hm, dachte ich zuerst auch. Vera! So einen Betrug hätte ich ihr nie zugetraut.« Silke wischte sich die Augen. »Sie haben es natürlich nicht zugegeben. Stell dir vor, sie haben behauptet, Vera hätte einen Hexenschuss gekriegt, als sie gerade in der Nähe herumschlenderten. Da hätte Uli sich an den Raum erinnert und sie dort hingelegt, um eine spezielle chiropraktische Übung zu machen, damit sich der Lumbago nicht festsetzt.«

»Äh ...«

»Doch, so was gibt es schon. Aber warum musste sich *Uli* dafür ausziehen?«

Darauf wusste Eva keine Antwort. Sie hatte Mühe, ihre Gesichtszüge nicht entgleisen zu lassen; in ihrem Inneren lieferten sich Entsetzen, Mitgefühl und Belustigung eine Schlacht um die vorderen Plätze. Während sie Silke weiterzog, nahm die den Faden wieder auf. Die Mutter der Mädchen, Frau Thorschmitt, hatte Alarm geschlagen und auf einem sofortigen Tribunal bei der Direktorin bestanden. Der seelische Schaden bei ihren Mädchen sei erheblich und verlange Wiedergutmachung, sagte sie, wusste aber keine Antwort darauf, wie die aussehen sollte. Uli und Vera waren wie die armen Sünderlein ins Lehrerzimmer zitiert worden, und Frau Helmholtz hatte vorsichtshalber auch Silke holen lassen, denn Frau Thorschmitt drohte damit, die Sache »publik zu machen«. Das Tribunal war allerdings ergebnislos vertagt worden. Frau Helmholtz hatte strengstes Stillschweigen aller verlangt und Frau Thorschmitt dafür alle möglichen Vergünstigungen in Aussicht gestellt. Man hatte deutlich gemerkt, dass sie der überbesorgten Mutter am liebsten die Meinung gegeigt hätte, aber was sollte sie machen? Den Breitlings hatte sie jedenfalls empfohlen, die Sache in Ruhe zu Hause zu besprechen. Uli war daraufhin zornig verschwunden, und Silke hatte gerade noch geschafft, sich Lena gegenüber nichts anmerken zu lassen, als sie für die rasch eine Verabredung organisierte.

»Und Vera?«, fragte Eva.

»Die wollte mit mir reden, aber ich konnte nicht«, seufzte Silke. »Sie hatte einen Kopf so rot wie ein Feuermelder.«

Sie waren in der Knesebeckstraße angekommen.

»Glaubst du, er ist oben?«, fragte Silke nervös.

Eva zuckte unbehaglich die Achseln. »Vermutlich ja. Sollte ich nicht lieber gehen?«

»Um Gottes willen, nein! Lass mich jetzt bloß nicht alleine!«

Und so fuhren sie beide schweigend in dem altersschwachen Aufzug nach oben.

# 38

*Gentleman mit Klasse, der zu all deinen Beschreibungen passt wie die Faust aufs Auge, freut sich auf deine Mail. pedromercator@...*

Doch Uli war nicht da. Zwischen Sorge und Wut schwankend lief Silke zum Kühlschrank und nahm einen Wein heraus, doch Eva stellte erleichtert fest, dass sie nicht gleich aus der Flasche trank, sondern sogar zwei Gläser nahm und sie ins Wohnzimmer trug. Dort ließ sie sich aufs Sofa fallen, schloss für einen Moment die Augen. Riss sie gleich wieder auf und schenkte die Gläser voll. Aus ihrem nahm sie rasch ein paar Schlucke. Ihr Blick flackerte.

»Wo ist er? Es kann doch nicht sein, dass er mit Vera ... Oh Gott!«

»Bestimmt nicht«, sagte Eva mit mehr Überzeugung, als sie wirklich verspürte. Die Ausrede mit dem Hexenschuss war zu abwegig. Und der Vorfall neulich nachts sprach auch nicht für ihn. Aber galt nicht andererseits: im Zweifel für den Angeklagten? Wichtig war jedenfalls, dass Uli und Silke erst mal in Ruhe miteinander redeten. Sie selbst, fiel ihr jetzt ein, hatte eigentlich nie in Ruhe mit Marcel geredet. Vielleicht wäre alles anders gelaufen, wenn sie das getan hätte, vielleicht säße sie dann nicht hier vor den Trümmern ihres neuen Lebens ... *Träum weiter*, sagte eine kleine Stimme in ihrem Inneren. Eva zwang ihre Aufmerksamkeit wieder auf Silke.

»... schon so lange den Verdacht. Der Schrank war ja nur ein Mal von vielen! Aber Vera, ausgerechnet! Eine meiner

*Freundinnen*! Er hat immer gesagt, er kann sie nicht leiden!«

»Aber du weißt doch nicht sicher, dass …«

Silke hörte ihr gar nicht zu. »Er hatte so viele Gelegenheiten. Immer diese Konferenzen. Und diese Patientinnen, die spät noch kommen. Und dieser verdammte Schickimicki-Tennisclub. Ich *hasse* Tennis! Die Leute dort gehen mir auf die Nerven, all diese Solariums-Weibchen mit aufgepumpten Brüsten und Brillantkettchen um die Fußknöchel …«

Eva nickte nur.

»Aber ich konnte ihn nie festnageln, verstehst du? Nie, die ganze Zeit nicht, bis jetzt. Aber immer hatte ich den Verdacht … Ich hab diese Anzeige – also, jetzt kann ich's dir ja auch sagen, Eva, ist ja auch egal …« Silke zuckte fahrig die Achseln. »Die Anzeige war eigentlich für mich. Ich hatte das Gefühl, ich müsste irgendwas unternehmen, als Ausgleich, verstehst du? Sozusagen prophylaktisch, für den Moment, wenn ich ihn erwischen würde. Damit mich's dann nicht so trifft. Aber dann kamst du und warst so erschüttert über deinen Mann, der dich betrogen hatte, da hab ich sie dir überlassen.«

Eva musterte sie erstaunt. »Du wolltest dich mit Männern treffen, um dich für den Schmerz zu wappnen?« Spontan legte sie ihre Hand auf Silkes Arm. »Ehrlich gesagt, so eine Ahnung hatte ich schon länger. Aber das war eine sehr nette Geste, danke.«

Silke verzog das Gesicht zu etwas, das wohl ein Lächeln sein sollte. »Ich dachte, ich polstere mich mit einem Mann – oder vielleicht auch mit zweien. Aber das hätte wahrscheinlich auch nicht funktioniert, das hab ich ja bei dir gesehen. Es war ja doch kaum was Vernünftiges dabei. Ich …«

In diesem Augenblick fiel die Wohnungstür ins Schloss. Silke zuckte zusammen, und Eva spürte, wie auch ihr Puls sich plötzlich beschleunigte. Das konnte nur Uli sein.

Evas Blick fiel auf Silke. »Bleib ruhig«, wollte sie zu ihr sagen, aber die Freundin war schon an der offen stehenden Tür zum Flur.

»Hier sind wir!«, rief sie mit angespannter Stimme.

Da stand Uli schon, das kurze, blonde, an den Seiten schon schütter werdende Haar leicht verweht. »*Wir*? Was soll denn das werden?«

Silke ging mit steifen Schritten zurück zum Sofa. »Wir sind weniger als vorhin, oder? Da war ein halbes Dutzend Leute dabei, als ich mir anhören musste, dass du mich betrügst!«

Uli kam mit vorsichtigen Schritten näher. »Wie oft muss ich es noch sagen? Ich habe dich nicht betrogen. Vera bekam diese Stiche im Lendenwirbelbereich, als sie sich den Schuh zumachen wollte. Und ich habe geholfen, weiter nichts.«

Silkes verächtliches Schnauben war so heftig, dass Eva den Luftzug spürte. »Ach, so nennt man das jetzt? Da hast du sie eben hingelegt und ...«

»Jawohl! Du weißt genau, dass es chiropraktische Griffe gibt, die Lendenwirbel und Ischiasnerv entlasten.«

»Und dafür musstest du dich nackt mit ihr auf eine Matratze legen.«

»Ich war nicht nackt!«, donnerte Uli. »Und deine Freundin übrigens auch nicht, bloß oben herum, ich musste ja rankommen an ihr Kreuz. Ich hatte nur mein Hemd gelockert, jawohl, das gebe ich zu. Es war verdammt heiß in diesem Zimmer. Und dass ausgerechnet dann diese Gören ...«

»Die können am wenigsten dafür«, fuhr ihn Silke an, dann ließ sie sich mit einem Schluchzer aufs Sofa zurückfallen. »Ach, wie hast du mich gedemütigt. Vor allen Leuten, quasi vor der ganzen Schule!«

Uli sah sehr unwirsch drein, sagte aber nichts. Evas Blick wich er aus.

Die fühlte unerwartet mit ihm. Mit ungerechten Anwürfen kannte sie sich mittlerweile ja gut aus. »Silke, ich glaube nicht, dass die ganze Schule Bescheid weiß. Frau Helmholtz wird da schon vorgebaut haben. Außerdem hat Uli vielleicht ja wirklich …«

»Na, die ganze Schule hat ja auch ein anderes Thema gehabt, über das sie sich auslassen konnte, was, Eva?« Uli schien nicht verstanden zu haben, dass sie ihn verteidigte. Sein Blick war bitter. »Insofern ist es eigentlich erstaunlich, dass ausgerechnet du hier über mich zu Gericht sitzen willst.«

»Ich wollte in keiner Weise …«

»Lass Eva in Ruhe. Die wollte gar nicht hier sein, aber ich hab sie gebeten!« Silkes schmale Gestalt bebte. »Und mal ganz abgesehen von Vera: Ich weiß doch schon seit Wochen, dass du eine Affäre hast. Egal mit wem! Darum liegt auch unsere Ehe in Trümmern. Aber du hast die ganze Zeit behauptet …«

»Und das tue ich auch immer noch! Ich habe keine Freundin, keine Affäre und …«

»Ha! Ich fasse es nicht, wie du immer noch da stehen und alles abstreiten kannst, wo du gerade in flagranti …«

»*Nichts* bin ich! Ich …«

»Leute! Leute!! So hat das doch keinen Sinn.«

»Halt dich bitte raus, Eva. Womöglich stachelst du Silke noch an in ihrem Wahn.«

Jetzt war Eva an der Reihe, Uli wütend anzublitzen. »Ich war immer absolut fair und zurückhaltend. Solche Vorwürfe gerade von dir …«

»Hört endlich auf!«, fuhr Silke entnervt dazwischen und funkelte beide an. »Jetzt geht es um was anderes!«

»Doch, unter Umständen geht es genau darum. Hast du schon mal darüber nachgedacht, dass unsere Schwierigkeiten vielleicht sogar mit ihr zu tun haben?« Anklagend wies

Uli mit dem Finger auf Eva, sah aber seine Frau an. »Es läuft doch schlechter bei uns, seit sie da ist. Ja, guck nicht so, es stimmt! Du hast noch weniger Zeit als früher, beschäftigst dich ständig mit den Männergeschichten deiner Freundin, anstatt mit deinem eigenen Mann, gehst *mich* öfter an, nur weil *sie* schlechte Erfahrungen mit ihrem eigenen Kerl gemacht hat. Es ist beinahe so, als hätte sie dich mit irgendeinem Virus angesteckt!«

Eva traute ihren Ohren nicht. Auch Silke lauschte den Worten ihres Mannes mit offenem Mund.

»Vielleicht bist du aber auch mit dir selber unzufrieden, seit sie da ist. Klar, sie kocht gut, sieht gut aus und hat so einen Charme – da kann man als Frau vielleicht an sich selber zweifeln. Was weiß ich?! Jedenfalls bin ich der Leidtragende ...«

»Uli, ich glaube einfach nicht, was du da sagst ...« Evas Stimme klang belegt, ihr fehlten beinahe die Worte. Silke schien es ähnlich zu gehen; sie hatte den Kopf in die Hände gestützt und stöhnte.

»Tut mir leid, Eva. Aber es ist doch wahr, ständig bist du Thema hier, garantiert vergleicht sie sich dauernd mit dir.«

»Und schneidet schlecht dabei ab.« Das war Silke, mit zittriger Stimme hinter ihren Händen hervor.

»So ein Unsinn, Silke«, sagte Eva rasch und wollte ihre Hand auf Silkes Knie legen. Doch die Freundin zuckte zurück.

»Nein, nein, lass nur. Ich ... es ist wirklich so, dass du verdammt viel Glück hast.«

Eva runzelte die Stirn. »Ich habe Glück? Meine Ehe ist vor ein paar Wochen in die Brüche gegangen, ich habe mein altes Leben von jetzt auf gleich umkrempeln müssen, und jetzt hackt plötzlich alle Welt auf mir herum – und da habe ich *Glück*?«

Silke sah sie immer noch nicht an. »Ja, schon. Aber trotzdem bist du irgendwie … aus dem Schneider. Du hast zwar gerade ein bisschen Ärger, aber der wird sich geben. Du bist der Siegertyp …«

»Was für ein Unsinn.« Es kam etwas schärfer heraus, als Eva wollte.

»Doch!«, beharrte Silke. »Meine Ehe geht gerade den Bach runter, und das hast du schon hinter dir. Und du hast einen riesigen Haufen Kerle, die vor deiner Tür Schlange stehen. Sogar ein Senator ist dabei …«

»Hör auf, Silke! Du fängst schon wieder damit an …«

»Du hast ihr nicht den Mund zu verbieten, Eva«, kam es gehässig von Uli. »Sieh's doch ein: Mit deiner Art und deinen Kurven und deinem honigblonden Haar kommst du einfach an. Schließlich hast du sogar beinahe auch mir den Kopf verdreht.«

Es war, als hielten plötzlich alle kurz den Atem an, sogar Uli, der sich offenbar am liebsten auf die Zunge gebissen hätte. Dann war es Silke, die am schnellsten reagierte.

»Was, du hast sogar …« Sie hatte den Kopf gehoben. »Du hast tatsächlich meinen Mann angebaggert?«

Eva hatte das Gefühl, als hätte ihr jemand eine heftige Ohrfeige versetzt. Ihre Wangen brannten. »Ich glaube nicht, dass du das jetzt wirklich fragst«, flüsterte sie.

»Doch, ich frage dich! Woher soll ich überhaupt noch wissen … wie soll man denn da noch den Überblick behalten? Alle sind dauernd mit irgendwelchen Liebesaffären zugange, mit Herzschmerz und Gebalze und Sex. Nur ich nicht! Es ist verdammt ungerecht! Und du vor allem, Eva!« Sie stöhnte auf und verbarg wieder das Gesicht in ihren Händen. »Dass du jetzt auch Uli …«

»Ich habe …«

»Es war nur ein kurzer Moment, es ist gar nicht wirklich was passiert«, unterbrach Uli. »Es war einfach … sie war einfach da im richtigen Moment und …«

Silke hob den Kopf und sah mit schmalen Augen zu ihr hinüber, nicht zu ihrem Mann.

»Und ich hab dich noch eingeladen, hierherzukommen!«, wisperte sie heiser. »Dir angeboten, so lange zu bleiben wie du willst, hab versucht, dir zu helfen, damit du an einen neuen Mann herankommst. Und dabei warst du die ganze Zeit hinter *meinem eigenen* her.«

Eva konnte sich einen Augenblick überhaupt nicht rühren. Die Wut und die Boshaftigkeit in Silkes Augen konnten einfach nicht wahr sein, nie, niemals hätte sie geglaubt, dass die Freundin sie so verraten könnte. Das Blut pochte in ihren Schläfen, ihr war heiß und kalt zugleich. Doch sie brachte kein Wort heraus. Es hätte auch keinen Sinn, sie würde gegen Wände reden. Silke und Uli gingen auf sie los, um sich ihren eigenen Problemen nicht stellen zu müssen. Wenn ein Feind von außen auftauchte, versöhnte man sich eben schnell.

Es gab nur eines: Sie musste auf der Stelle gehen.

# 39

*Ich werde nicht viel Worte machen, ich lasse lieber Taten sprechen. Wenn du zu mir kommst, wirst du jedenfalls staunen – es sei denn, du kennst den siebten Himmel schon. Igor, immer von 20-21 Uhr im Key West zu finden, rechts an der Bar*

Sie brauchte nur drei Minuten, um in ihrem Zimmer – ha, *ihr* Zimmer! – ein paar unverzichtbare Dinge wie Schlafanzug, Laptop und Zahnbürste in eine kleine Reisetasche zu werfen. Es fühlte sich natürlich nicht so grauenhaft an wie vor sechs Wochen, als sie zu Hause in Möckern ihre Sachen in eine Tasche geworfen hatte. Aber schlimm fühlte sie sich auch jetzt.

Richtig beschissen. Ohne einen klaren Plan verließ Eva die Wohnung. Vom Wohnzimmer her drang kein Laut zu ihr, aber selbst wenn Silke jetzt gekommen wäre und sie hätte zurückhalten wollen, so wäre sie nicht geblieben. Unten auf der Straße verharrte Eva einen Augenblick. Der Abend war warm, die untergehende Sonne tauchte die Häuser und Dächer in ein sanftes, orangefarbenes Licht. Am besten, sie ging in ein Hotel. Im Auto übernachten oder gar nach Möckern zurückfahren würde sie nicht, so tief war sie doch noch nicht gesunken. Wenn es auch gut gepasst hätte zu der Tatsache, dass sie von aller Welt verlassen war.

Doch da fiel ihr Irmela ein. Nein, diese Freundin hatte sie noch. Irmela war auf ihrer Seite, das wusste sie. Sie zog das Handy aus der Tasche. Wie immer ging Irmela nach kurzem Läuten ran.

»Hast du vielleicht für eine Nacht einen Unterschlupf für mich?«, fragte Eva und bemühte sich, locker zu klingen.

Irmela stutzte nur für den Bruchteil einer Sekunde. »Ich werfe schon mal ein zweites Steak in die Pfanne. Beeil dich«, sagte sie.

Ein Blick in Evas Gesicht genügte, und Irmela nahm sie erst mal fest in die Arme. Dann schenkte sie ihr ein Glas Wein ein, redete von diesem und jenem und ließ Eva ansonsten in Ruhe. Als die Steaks und der Salat fertig waren, setzten sie sich an Irmelas ausladenden Esstisch.

»Schön, dass du gekommen bist«, sagte Irmela. »Lass uns erst essen, dann kannst du immer noch erzählen.«

Eva nickte. Allmählich kam sie wieder zu sich. Sie aßen schweigend, doch die Atmosphäre war nicht bedrückt. Irmelas große Wohnung war still, nur das Klappern von Besteck und das sehr ferne Rauschen von Verkehr waren zu hören.

»So lang habe ich noch nie mit dir geschwiegen«, sagte Eva lächelnd, als sie fertig war.

Irmela grinste. »Da staunst du, was? Die alte Plaudertasche weiß manchmal, wann man still sein muss. Aber die Betonung liegt auf *manchmal.*« Sie nahm einen Schluck von dem exzellenten Wein. »Also, ich bin schon neugierig. Was treibt dich hierher?«

Eva erzählte. Von ihrem Auftauchen beim Schulbasar, den ersten seltsamen Reaktionen der Kollegen, dem unangenehmen Gespräch mit der Direktorin. Vom Streit mit Kirsten und Charlotte, Freds Liebeserklärung und der Breitlingschen Ehekatastrophe. Irmela lauschte mit großen Augen, schüttelte den Kopf, stöhnte. Bei der Schilderung von Ulis versuchter Hexenschuss-Behandlung brach sie vor Lachen fast zusammen, wurde dann aber sehr still, als Eva zu der Szene in Silkes Wohnzimmer kam.

»Das ist nicht dein Ernst«, flüsterte sie schockiert, als Eva geendet hatte. »Silke hat ihm geglaubt?!«

Eva zuckte die Achseln. »Zumindest hielt sie es für möglich. Dabei wusste sie noch gar nichts davon, dass ihr Mann *mir* an die Wäsche gegangen ist, erst vor zwei Wochen.« Und dann berichtete sie auch noch von Ulis Kuschelattacke in halb betrunkenem Zustand. Als sie fertig war, hatte sie nur ein Thema völlig außen vor gelassen: Nils. Aber an den wollte sie eben gar nicht denken.

»Ich fasse es nicht«, meinte Irmela und sah regelrecht erschöpft aus. »Es sieht so aus, als hättest du plötzlich ein unglaubliches Pech. Zuerst der Unfall, dann diese blöde Zeitungssache. Und danach ist alles andere auch den Bach runtergegangen. Du meine Güte.«

»Ja. Ich hätte nie gedacht, dass ein kleiner Zeitungsartikel eine solche Wirkung haben kann. Beinahe sieht es so aus, als hätten sie alle nur darauf gewartet, mich fallen zu lassen.«

»Hm.« Irmela pustete sich die roten Strähnen aus der Stirn. »Ich glaube nicht, dass es so schlimm ist. Bei Silke bestimmt nicht, und bei den anderen Weibern vermutlich auch nicht. Ich weiß, es sieht jetzt anders aus. Aber sie hatten einfach noch keine Zeit, sich an dich zu gewöhnen. Da sind meine Großstadtmädels genauso verstockt wie irgendein Bauer: Du musst erst mal Stallgeruch angenommen haben.«

»Pah. Ob ich deren Geruch annehmen will, das ist noch mal die große Frage.«

»Verstehe ich gut«, grinste Irmela. »Aber im Ernst. Das mit dem Senator wird sich legen, bei so etwas ist die Halbwertzeit minimal. Und wenn sie erst mal gemerkt haben, dass sie dir Unrecht getan haben, kommen sie alle und entschuldigen sich.«

Eva verzog das Gesicht, sagte aber nichts.

»Und als Erstes kommt Silke. Wenn nicht, werde ich ihr übrigens mal die Meinung geigen, das darfst du mir nicht verbieten! Ich könnte auch die anderen anrufen, wenn ich schon mal dabei bin …« Irmela krauste nachdenklich die Stirn.

»Nein, mach das bloß nicht. Ich will nicht, dass sich irgendjemand bloß entschuldigt, weil er Angst vor dir hat.« Sie grinsten sich an.

»Die Jobs machen mir auch Sorgen«, fügte Eva dann hinzu. »Gut, ich habe Verträge, aber jetzt bin ich in der Schule trotzdem erst mal suspendiert. Und wie viel Spaß es machen wird, in einem Kollegium zu arbeiten, das einen ablehnt, möchte ich eigentlich gar nicht wissen.«

»Sag mal«, kam es gedehnt von Irmela, die mit ihrem Weinglas Kreise in die Tischdecke drückte, »gibt es da nicht diesen Stellvertretenden, der auf deiner Seite ist? Wenn du einen hättest, der dich verteidigt …«

Eva schluckte und zuckte dann bemüht lässig mit der Schulter. »Den Kerl kannst du vergessen. Ich hab mal einen Moment geglaubt, er und ich … kämen gut miteinander aus. Aber er ist unzuverlässig und falsch und hintenrum. Und ein Casanova vor dem Herrn. Ich … äh … hab übrigens Kirsten gesteckt, dass auch Charlotte was mit ihm hat. Als sie zu dritt über mich hergefallen sind. Hab ich eben vergessen zu erwähnen.«

Irmelas Augen waren tellerrund. »Charlotte hat … was?«

»Na, du weißt das doch besser als ich. Charlottes heimliche Affäre mit Nils.«

»Aber … wie kommst du denn darauf?«

Jetzt war Eva an der Reihe, die Freundin mit großen Augen anzuschauen. »Ich war doch im Küchenladen dabei, als sie zusammengebrochen ist. Du hast gesagt …«

Irmela lachte laut auf. »Oh, ich kapiere! Aber doch nicht Nils Fehrenberg, der Uneinnehmbare! Nee, das hätte Kirsten aber schon lange raus und hätte Charlotte die Augen ausgekratzt. Es ist Lutz Dassler, dieses schmächtige Kerlchen. Jetzt ist es auch egal, wenn du's weißt. Hätte Charlotte eben nicht so auf dir herumhacken sollen.«

Eva merkte, dass ihr eine unerklärliche Last vom Herzen fiel. Also war er es nicht? Aber es blieb ja noch Kirsten und sein ewiges Hin und Her mit ihr. Vielleicht war er also kein ganz so schlimmer Schürzenjäger, aber doch immer noch unzuverlässig und unstet. Trotzdem stahl sich ein Lächeln auf ihr Gesicht.

»Lutz Dassler?«, fragte sie rasch, um ihre Erleichterung zu überspielen. »Dieses Männchen mit dem komischen Schnauzbart? Irmela, er ist verheiratet!«

»Seit wann stört das noch irgendwen?«, erwiderte die Freundin trocken. »Wo die Liebe eben hinfällt. Bei dir zum Beispiel …« Sie musterte Eva, die sich plötzlich etwas unbehaglich fühlte. »All diese Männer, die sich für dich interessiert haben. Aber es ging einfach nichts bei dir, richtig? Stattdessen haben Frauen oft einen Hang, ihr Herz an diejenigen zu hängen, die nicht zu haben sind.«

Eva hielt ihrem Blick stand. Wollte Irmela ihr damit etwas Bestimmtes sagen?

»Oder nimm Kirsten«, fuhr Irmela fort. »Ewig und drei Tage hatte sie die falschen Männer an der Angel, und dann geht sie hin und verliebt sich endlich in einen …«

»Ach, lass uns doch von etwas anderem reden als von der Liebe«, unterbrach Eva schnell. »Männer sind ja wahrhaftig nicht mein wichtigstes Problem.« Sie warf Irmela ein schwaches Lächeln zu. »Gerade dachte ich, ich hätte mein neues Leben in trockenen Tüchern, und jetzt stehe ich wieder am Anfang. Ein Haufen Feinde, zwei wacklige Jobs und so gut wie obdachlos.«

Irmela öffnete den Mund, um zu widersprechen, schloss ihn dann aber wieder. Stattdessen drückte sie kurz Evas Hand. »Es gibt etwas, das ich dir schon länger sagen wollte. Ich habe ein riesiges Gästezimmer, das meistens leer steht.

Und hier ist sowieso zu viel Platz. Wer braucht schon fünf Zimmer ganz für sich allein? Ich wollte dir anbieten, hier bei mir einzuziehen.«

Eva betrachtete sie verblüfft. »Das ist ein überraschendes Angebot. Ich wäre nie auf die Idee gekommen, dass du so etwas wollen könntest.«

»Aber ich.« Irmela betrachtete sie unter ihren roten Fransen hinweg. »Wie gesagt, sogar schon vor einer Weile, aber ich glaubte, das wäre bestimmt nicht das, was du wolltest. Von einer aufgedrehten Freundin zur nächsten. Ich dachte, du wolltest am liebsten alleine wohnen.«

»Meinst du das ernst? Aber wieso? Du brauchst das Geld nicht, und außerdem bist du daran gewöhnt, deine Ruhe zu haben.«

Irmela schnaubte leise. »Ruhe! Ruhe kann ich haben, wenn ich tot bin. Und um das Geld geht's nicht, das stimmt. Es ist nur so ...« Ihre Stimme wurde ein wenig leiser, und sie blickte angestrengt nach draußen in das schwindende Licht. »Es ist so, dass mir diese leere Riesenwohnung manchmal auch ein bisschen aufs Gemüt schlägt, weißt du. Das ist erst in letzter Zeit so, früher hatte ich solche Anwandlungen nie. Da bin ich raus und hab Leute besucht oder einfach was gekocht und Freunde eingeladen. Auf so was hab ich in letzter Zeit aber nicht immer Lust, keine Ahnung, wieso. Manchmal sitze ich dann da und denke, es wär schön, wenn einfach jemand da wäre. Es muss gar kein Mann sein, überhaupt nicht. Einfach jemand, der einen mag.«

Eva warf ihr einen Seitenblick zu. Ihre eigenen Probleme schienen mit einem Mal etwas kleiner.

»Was ist es?«, fragte sie leise.

Irmela zuckte nicht mit der Wimper, doch ihre runden, braunen Augen füllten sich mit Tränen. »Jetzt ist es so weit, was?«, flüsterte sie. »Dabei bist du doch diejenige, der es schlecht geht heute.«

»Vielleicht ist das eine gute Voraussetzung, von dir zu erzählen«, sagte Eva.

»Also gut. Es ist … bloß nicht so einfach in Worte zu fassen. Das Problem ist, dass ich, glaube ich … ich bin so verdammt einsam.« Ihre Stimme war zu einem Flüstern geworden. »Das klingt so bescheuert! Richtig peinlich. Aber es ist trotzdem so. Klar, ich habe einen großen Freundeskreis, ich bin dauernd unterwegs, ich habe ab und zu einen, der mir das Bett wärmt. Aber das hilft alles nichts. Es ist … ich habe keine *Familie*, verstehst du? Ich habe eine gewollt, so wie alle eine wollen, das kannst du mir glauben! Und ich hatte ja auch den Mann dazu. Wir wollten beide Kinder, unbedingt. Aber das hat nicht geklappt, egal, was wir versucht haben. Und dann hat er mich verlassen. Hat mich einfach ausgetauscht. Ich war so am Boden, du kannst es dir nicht vorstellen.«

Eva sagte nichts, drückte nur Irmelas Hand.

»Aber das Schlimmste kam erst neun Monate später. Seine Neue hat ein Kind bekommen, quasi sofort. Und seither noch zwei. Nun sitzen sie da in der Villa, die mal mein Zuhause war, und sind glücklich. Und ich hocke hier und bin allein mit meinem Geld.« Ihre Tränen waren versiegt, doch sie war bleich, als sähe sie etwas Schreckliches vor ihrem inneren Auge.

»Das tut mir leid«, sagte Eva. »Ich wusste nicht …«

»Nein, das behalte ich auch immer schön für mich. Aus gutem Grund! Ich will nicht, dass mich jemand einlädt, weil er Mitleid mit mir hat. *Hey, wir dürfen das alte Schrapnell nicht vergessen, sonst sitzt sie alleine in ihrer Bude und heult ins Kissen!* Alles, nur das nicht. Da bin ich lieber die fidele Tante, die immer einen Witz parat hat.«

»Irmela. Für mich bist du weder ein Schrapnell noch eine billige Stimmungskanone. Du bist einfach eine tolle Freundin mit dem Herz auf dem rechten Fleck. Und ich wette, das sehen die meisten anderen genauso. Aber um die geht es nicht, es geht um dich. Deine Ängste und deine Trauer um das, was du verloren hast, kann ich gut verstehen. Die meisten von uns wünschen sich Kinder und eine funktionierende Familie, doch viele bekommen sie nie. Oder verlieren sie wieder. Das *ist* traurig.«

»Ich hab nie wieder einen Mann gefunden, bei dem ich das Gefühl hatte, es könnte noch mal was werden. Verstehst du? Ich ... ich glaube, ich habe diesen verdammten Scheißkerl geliebt.« Sie verbarg ihr Gesicht in den Händen, und Eva sah, wie es sie schüttelte.

Eva ließ sie weinen. Es gab nicht viel zu sagen.

Nach einer Weile wurden Irmelas Schluchzer allmählich leiser, sie kramte nach einem Taschentuch. »Oh Gott, wenn es mich packt, dann ist es immer schlimm«, sagte sie. Ihre Stimme klang rau. »Verstehst du, warum ich nicht gerne darüber rede? Schlimm genug, wenn ich alleine zu Hause sitze. Aber das in der Öffentlichkeit ...«

»Betrachte mich als Privatvergnügen«, sagte Eva mit leisem Lächeln. »Nicht als Öffentlichkeit. Und ich finde es wichtig, ab und zu auch mal traurig sein zu dürfen.«

Irmela wischte sich das Gesicht und sah Eva an. »Vermutlich hast du recht. Aber du brauchst dir trotzdem keine Sorgen zu machen, dass ich hier ständig als heulendes Elend herumsitze. Jetzt weißt du mein dunkelstes Geheimnis, und jetzt ist wieder Schluss damit.« Ihr Lächeln war das eines traurigen Clowns. »Also denk nur nicht, du müsstest bei mir einziehen, weil ich so verdammt einsam bin! Das hat nichts damit zu tun. Meine Wohnung ist einfach zu groß, basta. Und wenn wir ab und zu mal abends dasitzen und klönen, wäre das nett, weiter nichts.«

Eva lächelte zurück. »Ich weiß. Obwohl es vielleicht noch so weit kommt, dass wir als alte Weiber hier zusammenhocken und uns gegenseitig unser Leid klagen.«

»Um Gottes willen!« Irmela sah ganz erschrocken aus.

»Nein, keine Angst. Wir geben einfach nicht auf. Wer weiß, welchen wunderbaren Männern wir noch begegnen und was noch alles passiert? Wir sind doch noch jung.«

»Du vielleicht.«

»Du auch. Im Kopf, verstehst du, und darauf kommt es an. Wir können noch alles machen – fast alles.«

Irmelas schicke Zähne beschrieben einen Bogen von einem Ohr bis zum anderen. »Na, erst mal sollten wir bloß den Abwasch machen, was meinst du? Nicht, dass du noch denkst, eine WG mit mir wäre das reinste Zuckerschlecken! Und dann machen wir dir ein Zimmer fertig, ja? Auf gutes Zusammenleben!« Sie hob ihr Glas. Ihre Augen leuchteten schon wieder.

Eva prostete ihr zu. »Ich freu mich. Aber du lädst dir womöglich einen Haufen Probleme auf: eine jammernde Mitbewohnerin, verärgerte Freundinnen, aufdringliche Reporter …«

»Papperlapapp!«, versetzte Irmela strahlend. »Du wirst dich wieder berappeln, den Freundinnen werde ich den Marsch geigen. Und auf die Paparazzi vor dem Haus freue ich mich beinahe. Ich wollte schon immer mal wissen, wie das ist, einem von denen die Handtasche überzuziehen!«

# 40

*RUF MICH EINFACH AN! 0144-634...*

Als Eva am nächsten Morgen die Augen in der neuen Umgebung aufschlug, kam die Niedergeschlagenheit mit voller Wucht. Der Streit und das Chaos des gestrigen Tages hatten den Frust zugeschüttet, doch nun war er wieder da. Wie hatte sie noch vor einer Woche dermaßen siegesgewiss sein können? Jobs, Männer, ein neues Glück! Und wie war das jetzt? Alles futsch, mehr oder weniger. Besonders das neue Glück.

Eva kniff die Augen wieder zu, aber es kamen auch keine Tränen. Sie fühlte sich bloß müde und lustlos und spürte deutlich, dass vom Nacken her ein übler Kopfschmerz im Anmarsch war.

Durch das Fenster des Gästezimmers fielen bereits helle Sonnenstrahlen. Wie lange hatte sie geschlafen? Ein Blick auf die Uhr verriet, dass es schon Mittag war, doch anstatt aufzuspringen, ließ sie sich wieder seufzend aufs Kissen fallen. Es war Sonntag, sie hatte sowieso nichts zu tun. Nichts und niemand wollte noch etwas von ihr wissen ...

»Eva? Lebst du noch?« Von der Tür kam Irmelas zartes Klopfen. »Keine Angst, das wird nicht zur Gewohnheit. Aber gib mir ausnahmsweise ein Lebenszeichen, ja?«

Eva war nach Lachen und Weinen gleichzeitig. Doch, jemand interessierte sich noch für sie. »Alles in Ordnung!«, log sie. »Ich bin wach.«

»Das ist gut«, gab Irmela durch die Tür zurück. »Kaffee ist fertig. Auch das wird nicht zur Gewohnheit, freu dich nicht zu früh. Aber weil Sonntag ist, weißt du. Außerdem muss ich dir was sagen.«

Während Irmelas Schritte draußen verklangen, rappelte sich Eva etwas mühsam auf. Ein schönes Zimmer, das sie da bekommen würde, groß und still, mit einem riesigen Fenster zum Hof. Es war sparsam, aber hübsch möbliert, sodass sie kaum etwas brauchen würde, um es zu ihrem zu machen.

Sie blieb noch einen Augenblick auf der Bettkante sitzen. Der Kopfschmerz war bereits bei ihren Schläfen angelangt. Sie atmete tief aus, während ihr Blick auf den kleinen Tisch fiel, der am Fenster stand. Ihr aufgeklappter Laptop lag darauf, die kleine Lampe rechts brannte noch grün. Sie hatte vergessen, ihn auszuschalten, nachdem sie gestern Abend spät noch einmal ihre Mailbox geöffnet hatte. Eigentlich eine sinnlose Aktion – so als hätte sie gehofft, dass doch noch irgendetwas Positives diesen beschissenen Tag besser machen könnte. Und dann war da tatsächlich diese Nachricht gewesen, von diesem einen Mann von den 40 Briefen, der sich so lange nicht gemeldet hatte. Der Dreizeiler. Er hatte sich für sein Zögern entschuldigt und geschrieben, er würde es doch gern versuchen, wenn sie noch Interesse hätte. Aber wozu? Männer waren im Moment einfach nicht ihr vordringlichstes Problem.

Eva wollte gerade aufstehen, als ihr Handy klingelte. Sie schlurfte zum Tisch. Wenn es Silke war, würde sie nicht rangehen, bestimmt nicht.

Doch es war Oliver.

»Herzlichen Glückwunsch zum Geburtstag, Mama.«

Ihr fiel buchstäblich die Kinnlade herunter. Sie hatte vergessen, schlicht und einfach vergessen, dass heute ihr Geburtstag war. Es war einfach zu viel passiert, wer dachte da an so etwas? Aber es war so. Sie wurde heute 41 Jahre alt.

»Oh, dankeschön. Meine Güte, ich hatte es vergessen. Lieb von dir, daran zu denken.«

»Das ist doch wohl klar. Ich wollte dir eigentlich was schicken, aber ich hab es ehrlich gesagt vergessen. Wegen Abi, weißt du, und wo du doch letzte Woche im Krankenhaus warst. Ich hoffe, du bist nicht sauer. Ich hab's sogar längst, dein Geschenk, es liegt hier im Schrank.«

»Olli, lass doch. Ich bin überhaupt nicht sauer.«

»Ehrlich?«

»Ich schwör's dir.«

»Okay, Gott sei Dank. Und … äh … es ist noch was anderes. Eigentlich sollte ich es dir ja nicht sagen, ich meine, nicht zu deinem Geburtstag, aber …«

Eva war sofort die besorgte Mutter. »Bist du krank? Hast du was angestellt? Sag's mir einfach, dann …«

»Nein, nicht *ich* hab was angestellt. Es war … Papa. Er hat … gestern war sie hier, hier im Haus. Seine Freundin. Oh Mann, ich weiß echt nicht, ob es richtig ist, dir das zu sagen. Aber es ärgert mich so! Warum macht er das, jetzt schon? Ich bin noch nicht mal ausgezogen. Sie ist bloß ein paar Jahre älter als ich, und heute Morgen sitzt sie am Frühstückstisch, als ich runterkomme, stell dir das vor! Er hat mich nicht mal vorgewarnt. Mama, ich möchte kommen. Nach Berlin. Ich habe so was von keine Lust, mit diesen zwei Turteltäubchen weiter in einem Haus zu bleiben.«

Eva spürte ihren Herzschlag, langsam und gleichmäßig. Wo war der Schmerz, die Empörung? Sie lauschte einen Moment, als müsse er gleich um die Ecke kommen. Aber da war nichts.

»Mama?«

»Ich bin hier. Ich … es ist alles gut, ich bin nicht aus den Latschen gekippt. Natürlich kannst du kommen, jederzeit, das weißt du doch. Aber dein Abitur …«

»Es ist doch nur noch die mündliche Prüfung, in zwei Wochen. Und Sozialkunde ist mein Lieblingsfach, da kriege ich eh meine 14 Punkte. Mein Abi ist quasi durch, Mama. Und sogar ganz gut.«

Sie musste lächeln. »Hm, na dann. Dann komm doch einfach. Ich wohne allerdings nicht mehr in der Knesebeckstraße. Aber Irmela wird sicher nichts dagegen haben, wenn du hier für eine Weile unterkriechst.« Sie berichtete Oliver etwas geschönt von den Verwicklungen des gestrigen Tages.

»Eine WG mit Irmela? Cool. Aber keine Angst, ich werde euch nicht lange auf den Wecker fallen. Ich will nur mal ein paar Tage hier raus. Soll er sich doch ruhig mal Gedanken machen, was er alles aufgibt für diese blöde Tussi. Aber ... wie geht's dir denn damit?«, fügte er vorsichtig hinzu.

»Tja, ich wundere mich gerade selbst. Mir geht's gut. Es ist so, als ginge es mich kaum noch was an, verstehst du? Ich bin irgendwie woanders ... und nicht nur körperlich. Es ist alles okay.«

Sie konnte Olivers Erleichterung förmlich mit Händen greifen. »Gott sei Dank«, wiederholte er noch einmal. »Ich wusste echt nicht, ob ich's dir sagen sollte. Aber ich will doch schon morgen kommen, weißt du? Dann kriegst du auch dein Geburtstagsgeschenk wenigstens nicht ganz so spät.«

Sie verabredeten sich noch etwas genauer, dann legte Eva auf. Wieder lauschte sie in sich hinein. Nein, da war tatsächlich keine Verzweiflung, keine Eifersucht. Ihre Ehe war vorbei, und ihr Herz hatte das offenbar längst begriffen. Sie verspürte ein seltsames Gefühl der Leichtigkeit, mit dem sie nicht gerechnet hatte. Es war vorbei. Obwohl Marcel und sie gute Zeiten gehabt hatten, sogar viele davon, war der Trott und die Schwere der vergangenen Jahre nun endgültig vorüber. Das bedeutete zwar, dass sie nun alleine war – aber sie war auch *frei.*

Und außerdem 41. Unglaublich, wie egal das sein konnte.

Sie tauchte erst zehn Minuten später in Irmelas Esszimmer auf. In einer Art Trotzanfall gegen die kommende Einsamkeit hatte sie doch noch die gestrige Mail des Unbekannten beantwortet: Ja, sie würde sich gerne treffen, am besten bald. Dann hatte sie rasch geduscht und ihre Kopfschmerzen waren danach tatsächlich ein wenig besser.

Irmela hatte den Tisch sehr hübsch gedeckt und sogar einen Blumenstrauß zwischen die Platten mit Käse und Aufschnitt gestellt. Für einen Augenblick glaubte Eva, die Freundin müsse doch etwas von ihrem Geburtstag wissen. Doch dann entdeckte sie verblüfft, dass insgesamt fünf Gedecke auf dem Tisch standen, und ihr schwante Böses.

»Sag nicht, du hast Silke und Uli hergebeten. Oder ein paar aus der Freundinnenrunde.«

Irmela stützte die Arme auf die runden Hüften. »Na, werde ich dir deinen ersten Tag hier bei mir so versauen? Da solltest du mich aber besser kennen.«

Eva ließ die Luft aus den Lungen und sich selbst auf einen der Stühle fallen. »Aber für wen zum Teufel hast du hier gedeckt?«

Irmela machte eine winzige Kunstpause. »Für den Senator«, sagte sie dann. »Nur, falls sie zufällig ein bisschen Hunger haben. Eigentlich kommen sie nur auf einen Kaffee.«

Eva brachte zunächst kein Wort heraus. Irmela erklärte ihr, dass das Telefon seit dem Morgen nicht stillgestanden habe. Die gestrigen Vorfälle hätten sich herumgesprochen, und über Janna, eine aus Silkes Freundinnenrunde, die bei der Senatsverwaltung arbeite, habe schließlich sogar Hauenschildt von Evas Pechsträhne erfahren. Daraufhin habe er so lange herumtelefoniert, bis er wusste, wo Eva abgeblieben war. Und nun komme er, in Begleitung seiner Frau und einer anderen Person, um ihr ein wenig Unterstützung zu bieten.

»Das gibt's nicht«, murmelte Eva. »Das ist aber ziemlich …«

»… nett, richtig.« Irmela goss Eva eine Tasse Kaffee ein. »Hier, stärk dich schon mal. Du hast aber nur noch eine Viertelstunde, um wach zu werden und dich aufzubrezeln.«

»Warum sollte ich mich …« Sie begegnete Irmelas Blick. »Okay. Na gut.«

Nach ein paar Schlucken Kaffee ging sie also brav ins Bad, sprang unter die Dusche und zog sich danach an – Jeans und eine schlichte weiße Bluse. Viel mehr hatte sie eh nicht dabei; sie würde spätestens morgen in die Knesebeckstraße müssen, um ihre restlichen Sachen zu holen. Sie kämmte ihr Haar und nahm nur sehr wenig Lipgloss, und danach sah sie deutlich frischer, aber immer noch nicht aufgebrezelt aus, nur natürlich.

Auf dem Weg zurück ins Esszimmer klingelte es bereits an der Tür. Eva hörte, wie Irmela öffnete, dann das Stimmengewirr der Begrüßung. Sie wollte gerade etwas schneller werden, als ihr Fuß stockte und ihr Herz einen kleinen Satz machte. Diese Stimme! Was um alles in der Welt wollte *Nils* hier?

Eva schluckte. Sollte sie zurücklaufen ins Bad und doch ein wenig Mascara … Nein. Wie kam sie denn auf diese blöde Idee? Sie würde sich vor diesem Kerl nicht zum Affen machen, nie wieder. Eva lauschte. Irmela hatte ihre Gäste jetzt ins Esszimmer bugsiert. Sie holte tief Luft und setzte sich dann entschlossen in Marsch.

Ursula Hauenschildt war eine zarte Person mit kastanienbraunem Bob, und Eva war sie auf Anhieb sympathisch. Als sie ihr die Hand schütteln wollte, umarmte Johns Gattin sie spontan und gab ihr ein Küsschen auf die Wange. Der Senator machte es seiner Frau gleich nach, wobei er sofort wieder damit begann, sich zu entschuldigen.

»Meine Liebe, es tut mir so leid. Wirklich sehr unangenehm, was Sie durchmachen mussten, ich habe es gehört. Das ist der Grund, warum wir hier so überraschend auf der Matte stehen. Ursula und ich haben gestern beschlossen, dass wir uns darum kümmern wollen.«

Eva schwirrte ein wenig der Kopf. Sie lächelte, nickte und wandte sich dann zu dem anderen Besucher um, den sie noch nicht begrüßt hatte: Nils.

Eva fiel es schwer, ihm unbefangen in die Augen zu sehen, zu viele böse Worte waren gestern gefallen. Sie gab ihm mechanisch die Hand und spürte, dass seine Finger ganz kühl waren.

»Guten Tag.«

»Hallo. Ich ... bin gebeten worden, zu kommen.« Sein Gesichtsausdruck war höflich, neutral.

Eva nickte flüchtig und setzte sich. Hatte John ihn *gezwungen*? So konnte man es fast verstehen. Sie sah ihn nicht an, sondern nickte Irmela dankbar zu, die ihr eine Tasse Kaffee vor die Nase stellte. Dann konzentrierte sie sich auf den Senator, der ohne viele Umschweife das Wort ergriff. Er fasste »den ganzen Schlamassel« noch einmal zusammen und entschuldigte sich zerknirscht für die »blöde Idee«, seinen Staatssekretär in der Schule anrufen zu lassen.

»Frau Helmholtz ist bekannt für ihre toughe Haltung; ich kann das beurteilen, ich war schließlich früher im Schulressort und kenne sie. Ich wollte verhindern, dass Sie leiden müssen, Eva, und habe damit das Gegenteil erreicht. Hoffentlich können Sie mir das verzeihen.«

»Sie haben es gut gemeint«, sagte sie.

»Aber nicht gut *gemacht*«, konstatierte Ursula Hauenschildt. »Tut mir leid, Lieber, aber das weißt du ja. Ich habe John jedenfalls gesagt, dass wir nun wenigstens verhindern müssen, dass es noch schlimmer kommt. Deshalb hat er gestern Abend noch Frau Helmholtz angerufen.«

Eva war verblüfft. Am Samstagabend? Wie um alles in der Welt hatte er sie da erreicht? Als hätte sie laut gefragt, erläuterte der Senator jetzt, dass er die Direktorin nach einem Hinweis von Janna von Medewitz tatsächlich noch um sieben Uhr abends in der Schule erwischt hätte. »Sie ist wohl mit diesem Haus verheiratet, wie mir scheint«, meinte er. Jedenfalls habe er sich auch bei ihr entschuldigt und ihr versichert, dass er bestimmt nicht beabsichtigt habe, dem Kollegium einen Maulkorb zu verpassen. Dass außerdem überhaupt nichts an dem Gerücht über eine Affäre dran sei und sie beide daher eigentlich in der Pflicht wären, Eva zu schützen. Schließlich sei es ihm wohl gelungen, sie zu überzeugen. Sie habe ihm für seine Offenheit gedankt und beschlossen, Eva zu unterstützen.

»Und weil sie heute terminlich beim besten Willen nicht konnte, hat sie Herrn Fehrenberg als stellvertretenden Direktor gebeten. Damit Sie ganz offiziell vonseiten der Schule hören können, dass Ihre Suspendierung zurückgenommen wird.«

Eva warf einen raschen Blick auf Nils. Er sah höflich drein, aber distanziert.

»Ja. Bernadette lässt Grüße ausrichten und mitteilen, dass sie morgen früh mit allen Kollegen sprechen wird. Sie denkt, dass sich jede Missstimmung in Luft auflösen wird, wenn sie die Hintergründe erläutert.«

Für einen Moment herrschte Schweigen, alle schienen auf irgendetwas zu warten. Eva knetete ihre Hände unter dem Tisch. So schnell würde es nicht gehen, das wusste sie. Auch Nils war immer noch auf der Hut.

»Das wird die Sache nicht ungeschehen machen«, kam es jetzt von Ursula Hauenschildt. »Aber es ist ein Anfang, finden Sie nicht? Außerdem hat Herr Fehrenberg auch mit Herrn Wosniak vom *Kulturbüro* gesprochen. Da gibt es keinerlei Vorbehalte gegen Sie.«

»Das ist gut«, murmelte Eva.

»Es ist sogar so«, platzte Irmela dazwischen und strahlte Eva an, »dass er dich immer noch als Anwärterin auf einen besseren Posten sieht. Hat er mir persönlich erzählt. In der Organisation, verstehst du, nicht mehr bloß Mäntel aufhängen.«

Eva sah sie verwundert an. »Du hast mit ihm gesprochen?«

Die Freundin zuckte die Achseln und grinste. »Na klar. Die Welt ist klein, Eva.« Mehr offenbarte sie nicht.

»Ich will keine Sonderbehandlung«, sagte Eva nach kurzem Zögern. »Ich habe erst ein einziges Mal für Herrn Wosniak gearbeitet. Woher will er da wissen, was ich kann?« Sie sah sich in der Runde um. »Wenn das Pendel jetzt in die andere Richtung ausschlägt, nur weil jemand von oben ein Machtwort gesprochen hat, dann ist das auch nicht ... echt.«

»Benno Wosniak ist kein Mann, der sein Mäntelchen dauernd nach dem Wind hängt«, meinte der Senator. »Ebenso wenig wie Frau Helmholtz, will ich meinen. Nein, ich habe niemanden unter Druck gesetzt, insbesondere nicht nach der Erfahrung von vorgestern.«

Eva nickte langsam und rührte in ihrer Kaffeetasse. Sie hätte sich gewünscht, dass Nils etwas sagte, aber er blieb stumm.

»Na gut. Obwohl ich ehrlich gesagt schon Lust hatte, den Job in der Schule hinzuschmeißen. Ich bin fallen gelassen worden wie eine heiße Kartoffel, das war ernüchternd. Aber ich werde nicht kneifen, okay.«

Irmela tätschelte liebevoll ihre Hand, die Hauenschildts äußerten ihre Zustimmung und Erleichterung. Eine zweite Runde Kaffee wurde ausgeschenkt, der Senator griff aufgeräumt nach einem Brötchen. Alle taten, so kam es Eva vor, als sei die ganze Angelegenheit bereits erledigt. Eine lockere

Unterhaltung kam in Gang, an der sich auch Nils beteiligte. Er wirkte souverän und gelassen – ein Mann, der mit sich selbst im Reinen ist. Er wich Evas Blick nicht aus, aber sie erkannte ganz deutlich, dass er ihn auch nicht suchte.

Sie selber freute sich anscheinend am wenigsten über die neue Entwicklung. Dabei war es so nett von allen, sich zu kümmern. Doch sie blieb in düsterer Stimmung, es half alles nichts. Die Gäste schienen es zu spüren und brachen bald auf. Ursula Hauenschildt sprach von einem Termin, den ihr Mann noch hatte. Als ganzer Pulk standen sie im Flur, während alle in ihre Mäntel schlüpften. Irgendein Bild in Irmelas Arbeitszimmer erregte noch einmal die Aufmerksamkeit der Hauenschildts, die kurz hinübergingen, um es sich anzuschauen. Unerwartet fand sich Eva alleine neben Nils an der Garderobe.

Er wandte sich zu ihr um, als hätte er auf diesen Moment gewartet. Ihr Puls ging plötzlich schneller.

»Unser Streit von gestern war … überflüssig«, sagte er. »Wir sollten ihn begraben.«

Eva schluckte. Er sah so gleichmütig aus, so unerschütterlich. Instinktiv zuckte sie die Achseln, damit sie auch gelassen wirkte. »Natürlich, klar. Steht ja auch nicht dafür …«

Er musterte sie mit einem seltsamen Blick. »Für was?«

Die Frage brachte Eva aus dem Konzept. Er sprach in Rätseln, außerdem guckte er verdammt zugeknöpft.

»Für … weil es nicht so wichtig ist«, sagte sie schnell. »Wir sind ja sowieso nur noch bis zum Sommer Kollegen, gerade mal zwei Monate. Da … äh … kommt es nicht so darauf an, ob wir uns sehr gut verstehen oder nur mittelmäßig.«

»Aha.«

Was zum Teufel sollte *Aha* heißen? Was sollte diese Reserviertheit? Er war wahrscheinlich keineswegs von ihrer Unschuld überzeugt, die Direktorin hatte ihn wohl eher *ge-*

*zwungen*, hierherzukommen. Eva reckte ihr Kinn ein wenig höher.

»Zumal Ihre Meinung von mir ja wohl trotzdem nicht besonders hoch ist. Ich meine gut. Sie glauben doch immer noch, ich ... ach, es ist doch auch egal.«

Nils' Lippen schienen etwas schmaler zu werden. »Wie Sie meinen«, sagte er kühl. »Lassen wir das Thema einfach. Es geht mich nichts an, was Sie treiben, und umgekehrt genauso. Und wie Sie richtig sagten: Es sollte kein Problem sein, sich für die restlichen paar Wochen einfach aus dem Weg zu gehen.«

Eva nickte flüchtig. »Genau.«

In diesem Augenblick waren die anderen wieder da. Abschiedsworte fielen, ganz plötzlich waren die drei Besucher aus der Tür und gingen die Treppe hinunter. Eva und Irmela winkten ihnen nach.

Dann schloss Irmela die Tür. »Schade«, sagte sie leise. »Ihr beide ...«

Ein einziger Blick auf Irmelas Miene zeigte Eva, dass die Freundin mehr wusste, als sie bisher enthüllt hatte.

»Nein«, sagte Eva rasch. »Sag nichts. Jeder hat einen Irrtum gut. Das hier war meiner.«

# 40 + x

Mit lautstarkem Gezeter flatterte eine Ente aus dem Schilfgras auf, platschte über das Wasser und schwang sich in die Lüfte. Eva sah ihr nach, wie sie vor dem grauen Himmel verschwand. Es sah nach Regen aus. Vielleicht sollte sie lieber gleich gehen. Sie hatte das Treffen eigentlich sowieso abgesagt, sie wusste nur nicht, ob der Unbekannte die Mail noch gelesen hatte.

Die Einladung des »Dreizeilers« war sehr knapp gehalten: *18 Uhr, Ententeich im Zoologischen Garten.* Sie hatte nicht hingehen wollen, sich aber zu der Absage nicht aufraffen können. Sie hatte sich zu nichts aufraffen können, noch nicht einmal dazu, ihre Sachen aus der Knesebeckstraße zu holen. Irmela hatte mit Silke telefoniert, der die gestrige Szene tatsächlich schon wieder fürchterlich leidtat. Doch Eva hatte nicht mit ihr reden wollen, noch nicht. Sie würde morgen, wenn die Breitlings bei der Arbeit waren, dort vorbeigehen, alles einpacken und den Schlüssel zurücklassen. Irgendwann später würde sie sich mit Silke auseinandersetzen. Deren Freundschaft hatte sie offensichtlich auch falsch eingeschätzt, wie so vieles in ihrem Leben.

Vor zwei Stunden war sie zu einem langen Spaziergang aufgebrochen, der sie beinahe zufällig hierher zum Zoo geführt hatte. Kurzerhand hatte sie sich durchgerungen, doch zum Treffpunkt zu gehen.

Der Ententeich war schwer zu finden gewesen. Er lag sehr versteckt unter alten Bäumen, kein Mensch außer ihr war weit und breit zu sehen. Friedlich und still war es hier. Eva saß nun schon seit einer Viertelstunde allein auf einer Bank im Schatten, das leise Rauschen der Großstadt klang fern und wie aus einer anderen Welt. In der Nähe malte ein einzelner Sonnenstrahl, der das Himmelsgrau durchbrach, helle Tupfen auf das dunkelgrüne Wasser.

18 Uhr 01. Eva beschloss, höchstens noch fünf Minuten sitzen zu bleiben. Falls der Letzte aus dieser unseligen Männerparade von Silkes Anzeige doch noch auftauchte, würde sie ihm einfach sagen, dass sie nicht interessiert war.

18 Uhr 02. Vielleicht sollte sie doch sofort gehen. Sie hatte das Treffen ja bereits abgesagt, was konnte sie dafür, wenn er seine Mails nicht rechtzeitig las? Außerdem würde es jeden Moment zu regnen beginnen.

Eva stand rasch auf. Wenn sie sich beeilte, wäre sie vielleicht schon weg, bevor er sie sah. Der verschlungene Pfad, über den sie gekommen war, lag verlassen, zumindest bis zur nächsten Kurve. Sie lief los, schaute sich dabei um, ob nicht ein Mann mit suchendem Blick irgendwo herumirrte. Und war keine fünf Schritt weit gekommen, als sie plötzlich gegen ein Hindernis prallte.

Sie und das Hindernis kamen ins Straucheln.

»Oh, Entschuldigung ...«

»Das ist ...«

Nils.

Eva traute ihren Augen nicht. Halluzinierte sie jetzt schon? Doch er war es eindeutig, der Mann, der da stand und sie mit fassungslosem Blick betrachtete. Evas Mund klappte auf, doch außer einem überraschten Grunzen kam nichts heraus. Ihm ging es ähnlich. Er musterte erst Eva, dann den einsamen Ententeich, als befände er sich auf einer Theaterbühne, wo die völlig falsche Partnerin aus der Kulisse aufgetaucht war.

»Ich ... äh ...«

»Was *machen* Sie hier?«

»Was machen *Sie* hier?«

Sie hatten gleichzeitig gesprochen. Dann öffneten sie gleichzeitig den Mund, um zu antworten.

»Ich …«

»Also, das ist …«

Sie schwiegen, verlegen und verwirrt. Ein einzelner Regentropfen landete auf Evas Wange. Sie sahen nach oben. Die Wolken hingen dicht und dunkelgrau über ihren Köpfen.

Eva fasste sich ein Herz. »Sind Sie zufällig hier? Oder … äh … kommen Sie wegen der Anzeige?« Oh Gott, sie hatte ja einen richtigen Kloß im Hals.

In seinen Augen funkelte etwas – lachte er sie aus? Nein, er sah ziemlich ernst aus. »Ich bin hier verabredet. Beziehungsweise nicht verabredet. Ich hatte abgesagt.«

Eva sah sich unwillkürlich um, als könne jeden Moment eine nicht verabredete Frau aus den Büschen springen. Doch nur der auffrischende Wind bewegte die Blätter.

»Ich auch. Ich meine, ich bin mit einem Unbekannten verabredet. Beziehungsweise ich hatte auch abgesagt. Aber ich weiß nicht, ob er das noch rechtzeitig gelesen hat, da wollte ich nur nachsehen …« Sie merkte selbst, dass sie ziemlich wirr klang. Entsprechend sah er sie auch an.

»Ja. Aus reiner Nettigkeit«, fuhr sie eilig fort. »Außerdem sind Sie ja auch da. Ich meine … hatten Sie nicht gerade gesagt, Sie hätten auch abgesagt? Was machen Sie dann hier?« Noch während sie sprach, merkte sie, wie absurd das alles klang.

»Ich gehe gelegentlich gerne in den Zoo. Er … beruhigt mich. Und da wollte ich einen kurzen Schlenker am Ententeich vorbei machen, wo ich auch nachsehen wollte, für den Fall, dass meine Absage nicht mehr rechtzeitig …« Seine Stimme verlor sich, als er merkte, wie das Blut aus Evas Wangen wich.

Sie lachte fahrig auf. »Man könnte ja fast meinen, *wir* wären verabredet. Absurd, oder? Das ist ja …«

»Wir sind verabredet.«

»… der pure Blödsinn. Wir … äh, wie bitte?«

»Ich sagte, wir *sind* verabredet. Das kann gar nicht anders sein.«

Eva schwieg. Auf seiner Schulter hinterließen zwei Regentropfen einen dunklen Fleck.

»Sie sollten jetzt nicht gleich davonrennen«, sagte er. »Es ist zwar wirklich ein extremer Zufall, ganz und gar unwahrscheinlich … aber es ist nun mal so. Vielleicht sollten wir das … irgendwie nutzen.«

Sie schluckte. Ein Regentropfen, der auf ihrer Nasenspitze landete, enthob sie zunächst einer Antwort. Sie warf einen Blick nach oben. Der nächste Tropfen traf sie mitten ins Auge.

»Wieso antworten Sie auf eine Anzeige?«, fragte sie mit zugekniffenem Auge. »Ausgerechnet Sie. Sie sind doch … Sie haben doch eine Freundin, mindestens. Entschuldigung. Ich meine … Sie machen den Eindruck, als ob … Alle Welt weiß, dass Sie total begehrt sind!«

»So?«, fragte er trocken. »Nun, ich weiß das nicht. Und eine Freundin habe ich auch nicht. Mir ist zumindest noch nichts dergleichen aufgefallen.«

»Aber …« Eva schüttelte energisch den Kopf. »Kirsten. Sie ist in Sie verliebt, bis über beide Ohren. Sie spricht ständig davon, dass es jetzt bald so weit ist, dass Sie sich offen zueinander bekennen …«

Jetzt war es an Nils, den Kopf zu schütteln. Der Wind war lauter geworden und er musste die Stimme heben. »Unsinn. Wie kommt sie darauf? Natürlich habe ich bemerkt, dass sie mich mag. Aber das tun andere Kolleginnen auch …«

»Ha!«, entfuhr es Eva. »Da haben Sie's.«

Nils seufzte; im Rauschen der Blätter ringsum war es kaum zu hören. »Was soll ich tun, damit Sie mir glauben? Ich bin kein Mann für schnell wechselnde Beziehungen, tut mir leid. Seit meiner Scheidung vor drei Jahren bin ich solo. Meine Frau hat mich damals betrogen. Ich konnte das nicht akzeptieren. Seither bin ich … vorsichtig.«

»So vorsichtig, dass Sie von jedem gleich das Schlechteste denken?! Insbesondere von mir. Sie haben sofort geglaubt, ich hätte etwas mit dem Senator. Sogar heute Morgen noch haben Sie mich angesehen, als seien Sie zutiefst enttäuscht von mir.« Sie sah ihm in die Augen, obwohl sie ganz weiche Knie davon bekam.

Nils' Blick war ernst. »Es tut mir leid. Ich … wusste nicht, was ich glauben sollte. Am Anfang dachte ich, Sie wären genauso vorsichtig wie ich. Aber dann … kam ich immer mehr ins Grübeln. Sie waren so begehrt. Es gibt da diese Redewendung, ich benutze sie jetzt mal, obwohl ich weiß, dass sie überspitzt ist: Sie scheinen an jedem Finger zehn zu haben. Männer, meine ich.«

»Also bitte! Völliger Blödsinn«, rief Eva, doch bevor sie fortfahren konnte, riss die Wolke über ihnen auf und klatschte einen kalten Regenguss auf sie herab. Der Wind griff nach ihren Kleidern und Haaren und zerrte daran.

Nils fasste sie schnell am Arm und zog sie unter das Blätterdach des nächststehenden Baumes. Es war nicht viel Platz unter den Zweigen.

Doch Eva waren Regen und Wind egal. »Wirklich. Meine Ehe ist vorüber, meine Freundin hat eine Anzeige für mich geschaltet, ohne dass ich davon wusste, und ich habe mich mit einer Handvoll Männer getroffen. Aber es war kein einziger dabei, der mir … der mich interessiert hätte. Und Sie sind der letzte, der …«

»Sie interessieren würde?«

»Nein!« Es war zu laut herausgekommen und sie wurde

ein wenig rot. »Ich meine, nein, das wollte ich überhaupt nicht sagen. Sie sind bloß der letzte, den ich treffen wollte. Ich meine, ich wusste ja nicht, dass Sie es sind. Ich habe Ihnen ja abgesagt…«

Er stand so verdammt nah bei ihr, dass sie keinen klaren Gedanken mehr fassen konnte.

»Nicht rechtzeitig«, sagte er leise.

Eva konnte keinen Muskel rühren. Dafür spürte sie seine Muskeln an ihrem Arm, ihrer Hüfte, zumindest bildete sie sich das ein. *Wie wunderbar, dass es regnet*, dachte sie ohne Sinn und Verstand. Die ersten Tropfen hatten jetzt den Weg durch die Blätter gefunden. Nils schlüpfte kurz entschlossen aus seiner Jacke und hielt sie wie ein Zelt über sich und Eva. Jetzt spürte sie tatsächlich seine Arme an ihren Schultern, sein Bein an dem ihren. Wenn ihr jetzt schwummrig würde, könnte sie sich gut an ihm festhalten. Weiß Gott, seltsam genug war ihr dafür… Was hatte er noch mal gesagt – nicht rechtzeitig?

»Dann sage ich eben jetzt noch ab«, flüsterte sie.

Auf seinen Lippen spielte ein leises Lächeln.

»Ich auch«, murmelte er, bevor er sie küsste.

ENDE

## Dörthe Binkert im dtv

»Dörthe Binkert versteht es, die Vielschichtigkeit ihrer Personen und ihre tiefsten Gefühle mitreißend darzustellen.«
*literaturmarkt.info*

**Weit übers Meer**
Roman
ISBN 978-3-423-**21186**-4
ISBN 978-3-423-**25324**-6 (dtv großdruck)

Eine geheimnisvolle Frau in Weiß geht am Abend des 23. Juli 1904 in Antwerpen an Bord eines Überseedampfers. Sie hat kein Gepäck, keinen Pass, kein Geld und keine Papiere. Am nächsten Morgen meldet sie sich als Blinde Passagierin beim Kapitän. Wer ist diese Frau? Welches Geheimnis verbirgt sie?

**Bildnis eines Mädchens**
Roman
ISBN 978-3-423-**21317**-2

Zwei Bauernburschen finden eine verletzte junge Frau in den Bergen des Engadin und bringen sie ins Dorf Maloja. Wer ist die schöne Fremde, die kein Wort spricht? Die nichts zu besitzen scheint außer ihrem zerlumpten Kittel und einem kostbaren Medaillon, das eine geheimnisvolle Botschaft birgt.

**Brombeersommer**
Roman · dtv premium
ISBN 978-3-423-**24913**-3
ISBN 978-3-423-**41334**-3 (eBook)

Sie kennen sich von Kindesbeinen an. Sie sind die besten Freunde. Die Sache hat nur einen Haken: Sie sind zwei Männer und eine Frau. Eine bittersüße Liebesgeschichte aus dem Deutschland der 50er Jahre über den Neuanfang nach dem Krieg und den Wert der Freundschaft in schwierigen Zeiten.

Bitte besuchen Sie uns im Internet: www.dtv.de